카나드리엘 판타지 장편 소설
FANTASY FRONTIER SPiRIT

뮤테이션 데몬 2

카나드리엘 판타지 장편 소설

초판 1쇄 찍은 날 § 2008년 12월 8일
초판 1쇄 펴낸 날 § 2008년 12월 18일

지은이 § 카나드리엘
펴낸이 § 서경석

편집장 § 문혜영
편집책임 § 서지현
편집 § 문정흠

펴낸곳 § 도서출판 청어람
등록번호 § 제1081-1-89호
등록일자 § 1999. 5. 31
어람번호 § 제1-1011호

주소 § 경기도 부천시 원미구 심곡동 163-2 서경B/D 3F (우) 420-010
전화 § 032-656-4452 팩스 § 032-656-4453
http://www.chungeoram.com
E-mail § eoram99@chollian.net

ⓒ 카나드리엘, 2008

ISBN 978-89-251-1596-2 04810
ISBN 978-89-251-1594-8 (세트)

MUTATION DEMON
뮤테이션 데몬
돌연변이 마족
II
카나드리엘 판타지 장편 소설
FANTASY FRONTIER SPIRIT

Contents

Chapter 12
마검 세크리티히

MUTATION
DEMON

라케시드는 요즘 들어 이블루시아와 아이켄의 행동이 부쩍 수상해졌다고 생각했다.

그전까지는 서로 인사 외에 별다른 대화도, 접점도 없던 두 마족이었는데 언제부터인지 둘이 같이 있는 모습이 자주 목격되었다.

무엇이 그들을 한데 모았는지는 모르겠지만, 이야기를 나누는 그들의 모습은 때로는 진지해 보였고 때로는 즐거워 보였다.

그런데 대체 무엇을 얘기하고 있었던 것인지 그들은 서로 이야기를 나누다가 라케시드가 나타나면 언제 서로 쑥덕거렸다는 듯 말을 멈추며 아무렇지 않은 척 고개를 돌려 서로를 외면하고 딴청을 부렸다.

언젠가는 집요하게 자신의 뒤통수에 쏟아지는 시선이 견디기 힘들어 핑계를 대고 밖으로 빠져나갔는데 평소라면 귀신같이 알고 쫓아올 마족들이 희한하게도 해가 거의 저물어가도록 찾으러 오지를 않는 것이다.

왠지 기묘한 섭섭함에 성에 돌아와 보니 그들은 서로 작당 모의라도 하듯 무언가를 쑥덕거리고 있다가 그를 돌아보더니, '어? 벌써 갔다 왔어?' 라며 어설프게 웃었다.

차라리 대놓고 친하게 지내는 것이면 지낸 기간이 길어 정이라도 들었겠거니 하고 이해하겠는데 그런 식으로 몰래 만나 이야기를 나누는 것을 보니 어찌 수상하게 생각하지 않겠느냔 말이다.

방으로 돌아온 라케시드는 침대에 누웠지만 잠이 오지를 않았다.

"…도대체 뭐 하는 거지?"

아무리 고민해 봐도 알 수가 없었다.

무언가 수상한 점은 분명히 있는데 몰래 들어보려고 해도 언제나 철두철미하게 주변에 소리를 차단하는 마법장을 쳐놓으니 무슨 말을 하는지 도무지 알 수가 없는 것이다.

가뜩이나 예민해진 신경을 거슬리는 그들의 태도에 라케시드는 결국 폭발 직전에 이르렀다.

"도대체 둘이 사귀기라도 하는 거야, 뭐야?!"

라케시드는 고민의 답이 떠오르지 않자 자포자기하는 심정으로 고함을 질렀다.

물론 두 마족은 외관상으로 봐서는 꽃과 나비처럼 더할 나위 없이 잘 어울렸다.

아이켄의 외모는 섬세하면서도 굵은 턱 선에 날렵한 콧날, 가느다란 눈은 여우의 그것처럼 눈꼬리가 치켜 올라가 언뜻 교활해 보이는 눈을 군청색 머리카락으로 한쪽을 가리고 한쪽에는 외알 안경을 꼈는데, 그것이 지적으로 보이면서도 묘하게 섹시하게 보이는데다가 입술 또한 붉어서 영락없는 기생오라비다. 그러면서도 키는 멀대같이 커서 190㎝가 넘는데다가 호리호리한 체형으로 보이는 온몸은 탄탄한 근육으로 다져져 있어서 평범한 여행복을 걸쳐도 뭔가 멋지고 분위기가 있어 보인다.

그리고 이블루시아는 두말할 나위 없는 도도한 공주님의 모습 그대로이다.

물결치듯 웨이브 진 붉은 머리카락은 불꽃을 실로 짜서 만든 듯 화려했고, 새하얀 얼굴에 박힌 붉은 눈동자 역시 태양처럼 반짝인다. 부드러운 곡선을 그린 코는 깨물어주고 싶을 정도로 앙증맞고 입술은 붉고 도톰하여 윤기가 흐른다. 키는 여자치고는 큰 175㎝에 완벽한 S라인을 자랑하는 글래머스한 몸매다.

즉, 미청년에 미녀라는 것이다.

물론 어울리는 것은 외형뿐이다.

아이켄과 이블루시아 둘 다 남을 괴롭히는 데 도가 튼 사디

스트들인지라 둘이 만났다가는 그야말로 전쟁이 일어날 것이었다.

잠시 동안 제 분에 못 이겨 식식대던 라케시드의 머릿속에 무언가가 떠오른 듯 눈동자가 번뜩하고 빛났다.

"흐흐흐, 둘이 그렇게 함께 있고 싶다면 있게 해주는 수밖에."

라케시드가 마왕의 업무를 대리할 때 쓰는 성의 집무실.

달이 중천에 떴음에도 잠들지 않고 그곳에 있는 이가 있었다.

"흐음, 슬슬 반응이 올 때가 되었는데……."

이블루시아가 턱을 쓰다듬으며 중얼거렸다.

라케시드의 옆에서 그 정도로 신경을 쓰게 만들었으면 지금쯤 뭔가 반응이 올 거라고 생각했는데 그는 의외로 참을성이 많은 것인지 둘을 마주쳤을 때 눈썹만 살짝 찌푸릴 뿐, 별다른 반응을 보이지 않았다.

"좀 더 노골적으로 해야 하는 것일까?"

이블루시아의 표정이 심각해졌다.

그런데 무엇일까, 이 이야기는? 그렇다면 지금까지 라케시드에게 했던 행동들이 모두 의도적인 것이었다는 말인가?

"너무 자극하는 것은 좋지 않을걸요. 지금으로도 충분해요. 자칫하면 역효과가 납니다."

그녀의 말에 대답하는 이는 아이켄이었다.

책상 위에 띄워놓은 불빛이 닿지 않는 어둠 속에서 그의 실루엣이 어렴풋이 보였다.

마치 음모라도 꾸미는 듯 음험한 분위기였다.

그들의 말은 분명 라케시드가 불편하게 여기는 그 모든 행동들이 그를 의식해 일부러 보인 것이라는 뜻을 가지고 있었다.

그리고 그것들은 아마도 라케시드가 보일 '어떤' 반응을 기다리고 있는 듯 보였다.

"그렇군."

이블루시아는 아이켄의 말에 수긍하며 고개를 끄덕였다.

그녀의 동생은 무척이나 자존심이 강하고 남에게 휘둘리는 것을 싫어하기 때문에 그가 참기 힘들 정도의 자극을 가하면 엉뚱한 곳으로 튀어버릴지도 몰랐다.

그녀의 긍정을 끝으로 두 마족 사이에 한동안 침묵이 흘렀다.

라케시드의 일 때문에 손을 잡기는 했지만 둘의 사이가 어색한 것은 어쩔 수가 없었다.

이블루시아는 아이켄의 의도를 100% 믿을 수가 없었고, 그것은 아이켄 역시 마찬가지였으니까.

그 침묵을 먼저 깬 것은 아이켄이었다.

"그런데 마왕의 검은 구하셨습니까?"

문득 생각났다는 듯이 대수롭지 않게 꺼낸 질문이었지만 그 내용은 경악스러운 것이었다.

마왕의 검이 비록 의례용의 쓸모없는(?) 검이라지만 명색이 대관식의 하이라이트로 쓰이는 물건인만큼 마신전의 중앙에서 마족들의 엄중한 감시하에 존재하고 있다.

아무리 마왕녀라 할지라도 그러한 물건을 함부로 가져올 수는 없었다.

그런데 아이켄은 그것을 마치 집에 있는 물건을 가져오듯이 쉽게 말하고 있는 것이다.

그러나 이블루시아는 그 질문에 씨익 미소를 지었다.

자신만만한 그 미소에 아이켄의 눈동자가 살짝 흔들렸지만 그것은 워낙 순식간에 일어났고, 곧 언제 그랬냐는 듯 깊게 가라앉았기에 이블루시아는 그것을 눈치 채지 못했다.

이블루시아의 손이 허공을 갈랐다.

그녀의 손짓에 따라 갈라진 공간이 끝을 알 수 없는 어둠을 담은 검은 속살을 내비쳤다.

그리고 그 공간 안에서 하나의 검이 서서히 몸을 드러냈다.

"으음……."

아이켄의 입에서 침음성이 흘러나왔다.

검은 묵빛의 금속으로 만든 검집에 새겨진 황금빛으로 빛나는 여덟 쌍의 날개를 가지고 있는 악마의 형상은 분명 예전에 마왕의 즉위식에서 봤던 마왕의 검이 틀림없었다.

"…용케도 구해오셨군요."

"동생의 일이니까."

의기양양하게 대답하는 이블루시아의 표정에 아이켄이 찡

그린 듯 만 듯 미묘한 표정을 지었다.

"여전히 동생입니까?"

그녀는 분명 라케시드가 그녀의 동생이 아니며 인간의 아이라 말한 것을 들었으며 그것을 믿는 것처럼 행동했다.

그렇지 않았으면 그의 말에 콧방귀도 뀌지 않고 외면해 버렸을 것이다.

그녀는 그런 성격이니까.

"그 녀석이 아버지의 자식이든 아니든 그것은 상관없어. 그 녀석은 내 동생이다. 내가 그렇게 정했으니까."

이블루시아는 흔들리지 않았다.

올곧은 눈동자로 오만하게 말하는 그녀의 목소리에는 꺾이지 않을 고집이 담겨 있었다.

"…어리석군요."

아이켄의 눈동자가 깊게 가라앉았다.

그것이 질책인지 도발인지 알 수 없을 정도로 그의 얼굴에는 아무런 표정이 떠올라 있지 않았다. 그는 표정만큼이나 무덤덤한 목소리로 말을 이었다.

"그가 마왕의 친자(親子)가 아니라는 것을 밝히거나, 그도 아니라 그가 이대로 죽어버린다면 차기 마왕의 자리는 자연스럽게 그대의 것이 될 텐데요."

마치 그녀의 생각을 이해할 수 없어서 내뱉는 가벼운 내용의 말이었지만 그것을 내뱉는 그의 말투가 소름 끼칠 정도로 무감정해서 오히려 진심처럼 들렸다.

잠시 그의 의도를 살피듯 뚫어져라 아이켄의 눈을 바라보던 이블루시아의 입가에 서늘한 미소가 걸렸다.

　"그러는 너야말로 라케시드를 아끼면서 내게 그렇게 종용해도 되는 거냐?"

　"…그도 그렇군요."

　잠시 눈동자를 굴리며 생각하는 듯하던 그가 힘없이 미소 지었다.

　그것이 왠지 스스로에 대해 자조(自嘲)하는 느낌이라 이블루시아는 무언가 이상한 점을 느꼈다.

　라케시드를 대하는 아이켄의 표정이나 눈빛은 어느 때보다도 감정이 풍부하게 담겨 있어서 '아, 이 녀석이 진심으로 라케시드를 아끼는구나' 라는 느낌을 가질 수 있었다.

　그런데 가끔씩 아이켄이 보이는 행동 중에는 라케시드를 빤히 위험에 빠뜨리게 될 줄 알면서도 저지르는 일들이 종종 있었다.

　이것을 대체 어떻게 해석해야 좋을까?

　마치 그의 비밀을 샅샅이 파헤치겠다는 듯이 뚫어져라 응시하는 이블루시아의 눈빛에 아이켄의 뒤통수로 땀방울이 맺혔다.

　"뭡니까, 그 눈빛의 의미는?"

　"아니. 나도 괴짜지만 너도 참 괴짜라는 생각이 들어서."

　"…마왕녀 전하와 같은 취급을 받았으니 영광이라 해야 할까요?"

　아이켄이 어깨를 으쓱하며 웃었다.

가벼운 농담조로 넘어가려는 그의 태도는 분명히 수상한 구석이 있었다.

이블루시아의 눈빛이 가라앉았다.

"난 너를 믿지 않는다. 그러니 엉뚱한 짓은 하지 않는 것이 좋을 거야. 그렇지 않으면 그 아이가 용서한다고 해도 내가 가만있지 않을 테니까."

라케시드는 센 척하는 겉모습과 달리 정에 약했다.

바알이 자신의 아버지일지도 몰라 불안해하고 있는 라케시드는 자신에게 아무것도 가르쳐 주지 않은 채 비밀리에 바알을 찾아가 계약을 했던—지금도 계약의 내용은 알지 못한다—아이켄을 용서했을 정도니까. 그러나 그사이에 있던 감정의 찌꺼기가 아주 사라진 것이 아니어서 무슨 일이 생기면 무조건 아이켄에게 다가가 이야기했지만 요즘에는 그것이 조금 뜸해진 것이 둘 사이가 조금은 서먹해졌음을 드러내고 있었다.

'나였다면 죽이지는 못하더라도 반쯤 죽인 후 생체 실험체로 삼았을 텐데.'

이블루시아는 그것이 못내 불만스러워 잠시 입을 삐죽거렸다.

하기는 그 모습이 또 라케시드답기는 했다.

타인과 적에게는 누구보다도 강하고 잔혹하면서 자신의 주변에 있는 이들에게는 정에 약한 모습을 보이는 것이 말이다.

이블루시아는 그것이 인간과 마족의 차이인 것인가 싶었다.

전에는 단지 라케시드가 특이한 것이라고 생각했는데 그가 인간의 아이라는 것을 알고는 종족의 차이가 아닌가 하고 생각하게 된 것이다.

'뭐, 그런 것이야 이제는 어떻게 된 것이든 상관없지.'

라케시드가 사실은 마왕의 아이가 아니라던가 하는 것은 중요치 않았다.

처음 그를 봤을 때 이미 사랑하게 되어버렸으니 말이다.

그리고 지금은 그의 그 정에 약한 점을 이용하고자 하는 것이고.

"어쨌든 이번은 잘 부탁한다고, 동지 씨."

이블루시아의 입가에 음모를 꾸미는 자 특유의 음험한 미소가 걸렸다.

*　　　　*　　　　*

붉은 카펫과 검은 휘장들로 장식된 고풍스러우면서도 무거운 분위기의 성.

자신의 집무실에서 자신에게 올라온 보고서들에 사인하고 있던 악마족의 군주 벨제뷔트의 손이 멈칫했다.

누군가 들어온 기척은 없었지만 방 안의 분위기가 기묘하게 변해 있었다.

방 안을 감싼 음유하고도 있는 듯 없는 듯 희미한 어둠의 기운이 그의 말초신경을 자극했다.

주르륵.

그의 이마에서 식은땀 한줄기가 흘러내렸다.

그는 천천히 일어나 뒤를 돌아보았다.

그곳에는 어느덧 긴 흑청색 머리카락을 길게 늘어뜨린 금안과 자주색 눈동자의 오드 아이(odd eyes)를 가진 마족이 까마귀의 깃털 같은 여섯 쌍의 날개를 접으며 서 있었다.

"오랜만이다, 벨제뷔트."

오만한 음성으로 그가 입을 열었다.

그를 발견한 벨제뷔트의 눈이 반가움과 경외로 물들었다.

"오랜만에 뵙습니다, 마신의 대리자 아이하르켄님이시여."

"계획대로 잘돼가고 있는가?"

아이하르켄은 그의 인사를 고갯짓으로 받은 후 단도직입적으로 본론을 꺼냈다.

의례적으로 꺼내는 그 흔한 인사치레도 없는 삭막한 질문에 벨제뷔트의 어깨가 잠시 움찔거렸다.

"현재까지는 순조롭게 영입 중입니다. 그런데……."

자신의 눈치를 살피며 말을 끄는 벨제뷔트의 모습에 아이하르켄의 무심한 눈동자가 더욱 깊게 가라앉았다.

"뭐지?"

벨제뷔트는 그의 말투와 분위기에서 그가 불쾌해하고 있다는 것을 느꼈다. 하지만 그렇다고 해서 이 질문을 하지 않을 수도 없었다.

이 대답으로 인해 다음 상황의 진행이 좀 더 쉬워질지 어려워질지가 달려 있었기 때문이다.

벨제뷔트는 그의 질문에 더 이상 머뭇거리지 않고 바로 다음 말을 내뱉었다.

"혹 아이하르켄님의 존재에 대한 이야기를 다른 마족들에게도 언급해도 될는지……."

그는 말을 하면서 다시 한 번 아이하르켄의 눈치를 살폈다.

아이하르켄의 눈동자는 여전히 무심한 빛을 띠고 있었고, 그의 표정 역시 여전히 오만하고 무표정하여 그가 어떠한 생각을 가지고 있는지 도무지 짐작할 수가 없었다.

그의 분위기에 압도된 것인지 말을 하는 벨제뷔트의 목소리가 점점 더 흐려졌다.

두 마족 사이에 침묵이라는 무거운 공기가 내려앉았다.

마치 공기 자체가 숨을 옥죄는 것 같은 분위기를 견디지 못하고 벨제뷔트가 먼저 어색한 얼굴로 억지웃음을 지으며 자신의 말을 철회했다.

"핫핫, 역시 그건 안 되겠지요?"

벨제뷔트의 이마로 식은땀이 줄줄 흘러내렸다. 보지 않아도 등은 어느덧 물에 빠진 것처럼 축축하게 젖어 있는 것을 느낄 수 있었다.

아이하르켄은 가만히 서 있기만 했을 뿐, 그를 향해 어떠한 제스처도 취하지 않았음에도 그저 존재하는 것 자체로 그에게서 풍기는 위압감은 마왕보다도 더한 존재감을 드리우고 있었다.

가만히 그를 내려다보던 아이하르켄의 입이 열리며 로우 톤의 깊은 울림을 가진 목소리가 흘러나왔다.

"나에 대한 것은 아직 누구에게도 드러내서는 안 된다."

그것은 단호하면서도 거부할 수 없는 명령과도 같은 무거움을 담고 있었다.

마왕에게도 자존심을 굽히지 않는 벨제뷔트였지만 그의 말은 감히 거부할 수 없었다.

그가 현재 마신의 대리자 신분에 있음을 떠나 한때 마왕과 그 후계를 놓고 다투던 마왕의 자식들을 단신으로 모두 죽이고 옥좌의 앞에 섰던 마족이기 때문이었다.

힘의 논리가 전부인 마계에서는 그것만으로도 가히 절대적인 영향력을 가질 수 있는 것이다.

아마도 아이하르켄이 마왕의 자리에 앉기 전 마신의 대리자가 급사하여 그 자리가 공석이 되지만 않았다면, 그리고 마신이 그 후임자로 아이하르켄을 정하지 않았다면 분명 현재 역대 최강의 마왕으로서 공포로 군림했을 마족은 현 마왕인 베리알이 아닌 아이하르켄이었을 것이다.

"그리고 마왕자에 대한 새로운 정보가 들어왔다."

잠시 그에 대해 생각을 하고 있던 벨제뷔트가 움찔하며 고개를 들어 그를 바라보았다.

그 눈동자에 서린 의문과 기대감을 충족시키듯 아이하르켄에게서 흘러나오는 말들은 벨제뷔트의 입가에 자신도 모르게 만족스러운 미소가 새겨질 정도로 그의 계획에 있어 커다란 변수가 될 수 있는 사안이었다.

"…그렇게 되었으니 너는 그가 중간계로 갈 수 있도록 마족들의 배치에서 틈을 만들어라."

"그냥 내버려 둬도 죽을 터인데 왜 그런 번거로운 일을……?"

벨제뷔트는 진심으로 의문스러웠다.

십오 년밖에 남지 않은 목숨이라는데 굳이 중간계로 보내는 수고를 해야 하나 싶었다.

"그대는 마왕녀가 그가 죽도록 그냥 놔둘 것이라 생각하는가?"

"……!!"

벨제뷔트의 얼굴이 굳었다.

그 역시 마계에 떠도는 이블루시아의 소문을 알고 있었다.

마왕의 자리를 포기했다는 둥, 마왕자에게 반했다는 둥, 혹은 그의 환심을 사고 뒤에서 그를 해치기 위해 접근한 것이라는 음모설까지 이블루시아에 대한 소문은 종류도 다양했다. 그러나 그 소문 모두가 가리키고 있는 공통점은 한 가지였다. 그것은 바로 그녀가 라케시드의 곁에서 떨어지지 않으며 보호하려 든다는 것이었다.

이블루시아의 그러한 행동의 의도에 대해서는 추측성 소문만 무성했을 뿐이었지만 그것 하나만은 모든 소문이 동일한 내용을 담고 있었다.

그렇지 않아도 손녀의 그러한 행동에 대해 불안해하던 차에 라케시드의 수명이 얼마 남지 않았다는 말을 듣고 기뻐하던 벨제뷔트는 아이하르켄의 그 말에 자신의 앞에 누가 있는지조차 잊은 채 얼굴을 와락 구겼다.

"정말로 마왕녀께서는 그 비천한 반쪽짜리 녀석을 아끼고 있는 것입니까?"

벨제뷔트의 음성은 마계에 떠도는 소문을 믿을 수 없다는 듯 불신감으로 가득했다.

잠시 그 모습을 무심한 표정으로 바라보던 아이하르켄이 시선을 돌려 창밖을 바라보았다. 어둠이 드리우며 보랏빛으로 물든 하늘의 건너편에 반쯤 몸을 감추고 있는 태양의 모습이 보였다.

낮 동안 새빨간 핏빛으로 하늘을 밝히던 태양은 지쳐서 그 힘을 잃었는지 그 빛이 노란색에 가까운 황금빛을 띠고 있었다.

아이하르켄의 손이 자신의 오른쪽 눈언저리를 매만졌다.

그곳에는 저기 저물어가는 태양의 빛과 같은 황금색을 가진 눈동자가 자리 잡고 있었다.

그의 머릿속에 그 눈동자와 같은 황금색의 눈동자를 가진 소년의 얼굴이 떠올랐다.

자신을 바라보던, 그 티끌 하나만큼의 의심도 담고 있지 않던 투명하고 맑은 눈동자를.

그리고 그것과 함께 몇백 년 전부터 라케시드의 곁에 머무르고 있는 아름답고 도도한 여마족의 모습도 떠올랐다. 그녀의 시선 끝에는 언제나 마왕자가 있었고, 그녀의 눈동자에는 언제나 염려와 애정이 가득 담겨 있었다.

"내가 보기에는 진심인 것 같았다."

아이하르켄의 대답에 벨제뷔트의 얼굴이 굳었다.

설마 설마 하면서도 애써 외면했던 것이 사실로 드러난 느낌은 무척이나 참담했다.

하지만 그렇다고 해서 마냥 넋을 놓고만 있을 수는 없었다.

"중간계로 간다면 마왕녀 전하의 개입은 없는 것입니까?"

딱딱하게 굳은 그의 목소리에서는 비장감마저 흘렀다.

"글쎄……."

아이하르켄은 잠시 그녀에 대해 생각했다.

그가 파악한 그녀의 성격이라면 라케시드가 중간계로 떠났다고 해서 손 놓고 구경만 하고 있을 것이라는 생각은 들지 않았다.

하지만…….

벨제뷔트가 말을 끄는 그의 모습이 답답해 막 입을 열려 하는 순간, 아이하르켄이 벨제뷔트를 바라보며 입가에 미소를 띠었다.

"그녀는 당분간 그에게 신경 쓰지 못할 것이다. 내가 그녀를 막을 테니까."

왠지 뒷목을 시리게 하는 그 서늘한 표정에 벨제뷔트의 얼굴에 식은땀이 흘러내렸다.

문득 오우거를 잡기 위해 드래곤의 힘을 빌린 것이 아닌가 하는 불길한 느낌이 심장을 섬뜩하게 훑고 지나갔다.

그의 불안감을 느꼈는지 그가 뒷말을 덧붙였다.

"걱정 마라. 그녀에게 위해(危害)가 가는 일은 없을 테니. 설사 그녀를 오래 붙잡고 있지 못해서 결국 그를 따라가게 한다 하더라도 중간계에서 그와 파장이 맞는 육체를 찾기란 그야말로 천계에서 천왕을 암살하는 계획만큼이나 실현 가능성이 없는 일일 테니까. 마왕자는 그저 가출을 통해 중간계에 내려갔고 다시는 돌아오지 않았다… 라고 말하면 되는 거지."

"오오……!!"

아이하르켄의 설명에 벨제뷔트의 얼굴에 감탄의 표정이 떠올랐다.

마계에서 그가 죽은 것이라면 그를 따르는 마족들로 인해 문제의 소지가 될 염려가 많았지만 그가 스스로 중간계로 가출하여 그의 행방을 알 수 없는 것이라면 시간이 흐름에 따라 차차 마계의 마족들이 이블루시아 쪽으로 기울 것이라는 계산이었다.

그리고 별다른 일만 일어나지 않는다면 마왕자의 행방불명은 그저 흐지부지되어 누구도 신경 쓰지 않게 될 것이다.

착각일까. 마왕자가 사라졌을 때 생기는 이득에 대해 열심히 따지고 있는 벨제뷔트를 바라보는 아이하르켄의 시선은 무척이나 차가워 보였다.

"계획은 잘 지켜지는 게 좋을 거다. 한 치라도 실수가 있다면 모든 것이 물거품이 되어버릴 테니까."

엄중하게 경고하는 그의 목소리에 하늘 높이 들떠 있던 벨제뷔트의 어깨가 움찔 흔들렸다.

뜨겁게 뛰던 심장이 싸늘하게 식어버리는 기분이었다.

아이하르켄은 그 말을 끝으로 자리에서 사라져 버렸다.

바로 눈앞에서 보고 있으면서도 언제 사라졌는지조차 느끼지 못할 정도로 은밀한 이동 마법이었다.

남은 것은 아이하르켄의 있던 자리를 바라보며 공포스러운 얼굴로 식은땀을 닦고 있는 벨제뷔트뿐이었다.

                    *   *   *

"우와아악—!!"

라케시드의 입에서 비명 같은 고함이 흘러나왔다.

그가 현재 있는 곳은 황야의 벌판이라는 곳으로, 마치 사막처럼 붉은 모래가 사방에 깔려 있는 곳이었는데, 라케시드에게 폐성과 함께 주어졌던 영지의 외곽에 속한 곳으로 성과는 꽤 멀리 떨어진 곳에 위치해 있는 장소였다.

라케시드는 그곳을 정신없이 달리고 있었는데, 그의 뒤로는 어마어마한 숫자의 마물들이 그를 따라 달려왔다.

그런데 따라오는 마물들의 면면을 살펴보자면 온전한 놈이 단 한 놈도 보이지 않았다.

온몸에 눈이 달려 있는 놈이 있는가 하면 외눈박이에 악어 같은 입을 가진 커다란 뱀같이 생긴 놈도 있었고, 머리카락 대신에 뱀들을 달고 다니는 놈, 그리고 열두 개의 다리를 가진 거미처럼 생긴 놈 등 마치 창조신이 만들다 버린 듯한 끔찍한 몰골을 하고 있는 놈들뿐이었다.

어째서 그가 이러한 상황에 처해 있는 것일까?

그것을 알기 위해서는 잠시 전으로 돌아가 봐야 했다.

그는 아이켄과 이블루시아의 수상한 거동(?)에 대해 계속해서 스트레스를 받자 아예 둘을 붙여놓기로 마음먹고 여러 가지 공작을 준비하고 있는 참이었다.

둘을 따로 따로 도서관으로 불러내서 문을 잠가 버리는 것이 좋을지, 전 침실의 문을 잠가놓고 단 한 곳만 열어놓는 것이 좋을지, 아니면 당분간 둘이 이곳에서 함께 지내면서 정이나 키우라고 나가서 여행이라도 하는 것이 좋을지를 고민하던 라케시드의 앞에 이블루시아가 나타났다.

"웬일이야?"

이블루시아의 표정이 왠지 심상치 않다고 생각하면서도 그는 걱정의 말보다도 시큰둥한 목소리로 물었다.

그녀에게 서운했던 감정이 그대로 묻어나서 질문하는 그의 목소리는 퉁명스럽기 짝이 없었다.

가시가 가득 돋아 있는 라케시드의 목소리에 이블루시아의 표정이 더욱 어두워졌다.

"라케시데라… 나… 어떡하지?"

무척이나 심각해 보이는 그 표정에 라케시드의 얼굴에도 긴장감이 감돌았다.

"무… 뭐야? 무슨 일인데?"

이블루시아는 자신을 바라보는 라케시드의 눈동자에 한줄

기 걱정의 빛이 담겨 있는 것을 보고 웃음이 나오려는 것을 억지로 참았다.

라케시드의 그러한 눈빛을 보니 지금껏 그녀가 그에게 들인 정성이 이제야 빛을 발하기 시작했다는 생각에 조금은 찡한 감동이 밀려오기는 했지만 그의 앞에서 지금 그것을 드러낼 수는 없었다.

"사실은 내 성에서 이곳까지 날아오면서 중요한 실험 재료를 그만 잃어버리고 말았어."

곧이라도 울먹일 것 같은 난처한 표정으로 그를 바라보며 이야기하는 이블루시아의 모습에 라케시드가 움찔했다.

"실험 재료?"

결코 좋게 들을 수 없는 그 어휘의 뜻에 그의 마음속에 왠지 불길한 예감이 들었다.

이블루시아의 취미는 실험이었다.

그를 고양이나 쥐, 개구리 등으로 만들 만큼 다른 마법이나 약물의 작용에도 엄청난 관심을 가졌는데, 그녀가 실험하는 내용의 특징은 어지간한 마족이라도 모두 다 엽기라 느낄 만큼 특이하고 까다로운 것들뿐이었다.

그리고 그것들은 실험이 까다로운 만큼 그 폐해 역시 어마어마하였는데, 그동안 그녀의 실험의 뒤처리는 언제나 그녀의 보좌관과 라케시드가 하였다.

그렇다.

지금 그를 따라오고 있는 이 기이한 모습의 마물들이 모두 이블루시아의 '실험 재료'들인 것이다.

　차마 이블루시아의 눈물 어린 부탁—혹은 협박?—을 거절하지 못했던 라케시드는 이곳에 와서 이 마물 대군을 발견했을 때 욕설을 내뱉을 수밖에 없었다.

　눈물을 글썽거리며 그를 향해,

　"들.어.줄. 거.지?"

　라고 말하는 그녀의 등 뒤로 거대한 마력에 휘감긴 채찍이 먹이를 노리는 뱀의 모습처럼 살아 있는 듯 꿈틀거리는 것을 보았다면 그가 아니라 누구라도 그녀의 부탁(?)을 들어줄 수밖에 없었을 것이다.

　하지만 이곳에 와보고 나서는 왜 그때 목숨 걸고 반항하지 않았는지 후회하지 않을 수 없었다.

　보통 마계에 존재하는 마물들의 힘은 보통 중급 마족의 수준이며 간간이 그러한 마물들 사이에서도 상급이나 최상급 마족의 힘에 달하는 특출난 녀석들이 나오는 경우도 종종 존재했다.

　그런데 이블루시아가 '실험 재료'라 명명한 이 마물들의 힘은 평균치가 상급 마족의 힘과 맞먹을 정도였으며 열 마리 중 한 마리가 최상급 마족에 준할 정도로 강한 힘을 가지고 있었다.

　즉, 이것들은 실험 재료라고 부르기보다는 이미 완성된 전투 생명체라 불려야 마땅할 존재들이라는 것이다.

마계의 모든 마물들을 종류별로 하나씩 끌어모은 듯 수천에 달하는 그 숫자는 겉으로 보이는 위용만으로도 라케시드를 압도하기에 충분했다.

이블루시아가 그것들을 통제할 수 있는 건지는 둘째로 하더라도 이러한 힘을 가진 마물 수천이라면 그야말로 어마어마한 전력이 아닐 수 없었다. 그 정도로 이곳에 와서 발견한 그것들의 숫자는 그야말로 어마어마했다.

아무리 그가 최상급 마족을 죽일 수 있을 정도로 강한 힘을 가졌다고 할지라도 이 정도의 숫자를 상대하는 것은 불가능했다.

그 수천 마리 중 수백이 그가 죽인 최상급 마족과 비견될 만한 힘을 가지고 있는데 혼자서 어떻게 그 많은 수를 상대할 수 있겠는가.

그나마도 그것들이 마법을 사용했다면 아마 도망 다니는 것조차도 불가능했을 것이다.

불행인지 다행인지 그 녀석들은 마법을 쓰지 못했고, 라케시드는 날개를 펴서 공중에 뜨고 나서야 그들을 꼬리에 매단 채 겨우겨우 도망 다닐 수 있었다.

"제길!! 도대체 저것들은 다 뭐야? 그 마녀는 마계라도 전복할 생각인가?"

라케시드의 입에서 거친 욕설이 흘러나왔다.

그의 등은 식은땀으로 흥건하게 젖어 있었다.

마계에 존재하는 최상급 마족의 수라고 해봐야 전부 합쳐도 천을 넘지 않는다.

그들에 맞먹는 힘을 가진 변형된 마물들을 보니 새삼 이블루시아가 가진 힘과 재능이 두렵게 느껴지지 않을 수 없었다.

이것들이 정말로 '실험 재료'들이라면 그녀는 이들을 이용해 대체 어떤 실험을 하려는 것일까?

라케시드는 허리춤에 매인 검의 손잡이를 움켜쥐었다.

이블루시아가 도움이 될 것이라며 던져 준 무기였다.

검은색 검집에 금색으로 여덟 쌍의 깃털로 된 날개를 지니고 있는 남자의 형상이 그려져 있었는데, 머리 양옆으로 돋아난 양의 뿔처럼 생긴 뿔로 인해 그것이 마족 중의 하나인 타천사 일족을 형상화한 것이라는 것을 알 수 있었다.

다만 특이한 것은 마치 천족처럼 날개가 여러 장이 있다는 것이었는데, 라케시드는 마족 중에서도 돌연변이처럼 여러 쌍의 날개를 타고 나는 마족들도 있으니 그 그림의 모델도 아마 그러한 것이 아닐까라고 생각했다.

이블루시아가 특별히 챙겨준 검이니 뭔가 마법이라도 걸려 있는가 싶어 마력을 흘려 훑어봤지만 무언가 안개가 한 꺼풀 끼어 있는 듯 모호한 느낌만 들 뿐, 그 외에 딱히 마법의 존재를 느낄 만한 것은 없었다.

"이런 모호한 느낌이라면 봉인 마법일 확률이 높은데……."

라케시드는 탐탁지 않은 목소리로 중얼거리며 얼굴을 찌푸렸다.

왠지 검에서 불길한 오라가 느껴지는 것처럼 보이는 것은 단지 그의 착각일 뿐인 것일까?

심각한 표정으로 검을 노려보듯 바라보던 라케시드가 이번에는 등 뒤에서 쫓아오는 마물들을 바라보았다.

눈앞에 있으면서도 잡힐 듯 잡히지 않는 그의 모습이 얄미웠던 탓인지 그들은 눈에 벌건 핏발을 세운 채 그의 뒤를 미친 듯이 쫓아오고 있었다.

"……!!"

마치 불구대천(不俱戴天)의 원수를 쫓는 듯한 그들의 모습에 라케시드의 얼굴이 창백하게 핏기가 가셨다. 이대로 가다가 체력이 떨어져 버리기라도 하면 그대로 죽어버릴 것 같았다.

라케시드의 손이 검의 손잡이를 잡았다.

스르렁.

검이 검집에서 뽑혀 나오는 맑은 소음과 함께 달빛을 떠올릴 정도로 새파랗게 빛나는 날카로운 검신이 모습을 드러냈다.

그는 그대로 검에 빙화(氷火)의 힘을 담아 가볍게 휘둘렀다.

한 일이십 마리 정도는 본보기이자 경고로써 죽일 예정이었다.

하지만 결과는 그가 예상치 못한 방향으로 나타났다.

콰콰콰콰쾅—!!

검에서 뿜어져 나간 푸른 불꽃은 마치 물결이 번지듯 반월의 형태로 퍼져 나가더니 마물들과 부딪치는 순간 사방으로 엄청난 충격파를 내뿜었다.

"흐읍?!"

라케시드의 입에서 당혹스러운 신음이 새어 나왔다.

충격파는 그 역시 빗겨 나가지 않아서 반쯤은 무방비한 태도로 검을 휘둘렀던 그는 순식간에 뒤로 튕겨져 사오백 미터는 날아간 뒤 미처 반응을 하기도 전에 순식간에 땅에 떨어졌다.

"커흑— 쿨럭!"

라케시드의 입에서 피가 한 움큼 쏟아져 내렸다.

목이 간질거린다는 느낌이 들자마자 가슴이 찢어질 듯 아파오며 자신도 모르게 피를 토해낸 것이다.

라케시드의 눈동자가 흔들렸다.

"대체 이건……."

단지 위협에 가까운 조그마한(?) 마력을 담아 휘둘렀을 뿐이다.

빙화(氷火)의 힘이 강하다고 해도 그것은 속성으로써 공기조차 녹여 버릴 정도로 엄청난 고열에 의한 공격일 뿐이었지 이렇듯 충격파만으로도 그를 날려 버릴 정도로 파괴력있는 기술은 아니었다.

그는 언제나와 같은 힘의 배분을 통해 기술을 사용했다.

아무리 몸 안의 기운이 엉망으로 엉키고 있다고 하더라도 자신이 몇백 년 동안 사용해 왔던 힘의 조절마저 못할 정도는 아니었다.

라케시드는 눈앞에 보이는 풍경에 눈을 부릅떴다.

그곳에는 마치 운석이라도 떨어진 듯 거대한 구덩이가 파여 있었으며 수천 마리의 마물은 모두 갈기갈기 찢긴 채 구덩이 주변으로 튀긴 몇 방울의 피와 살점 조각들만 그곳에 그들이 존재했다는 흔적으로 남아 있을 뿐, 단 한 마리도 시체조차 남기지 못한 채 사라져 있었다.

라케시드는 멍한 표정으로 자신의 손에 들린 검으로 시선을 옮겼다.

다른 때와 다른 점이라고는 오직 단 하나, 그 검뿐이었다.

이 일을 시키며 이블루시아가 그에게 건네주었던.

"만약, 위험해지면 그걸 휘둘러."

그녀의 목소리가 환청처럼 그의 귓가에 울려 퍼졌다. 그 검을 건네주며 그녀가 그에게 했던 말이다.

그녀는 이러한 일이 벌어질 것을 알고 있었던 것일까?

라케시드의 눈동자가 풍랑을 만난 배처럼 이리저리 흔들렸다.

만약 이 검마저 이블루시아의 작품이라면 그녀가 가지고 있는 힘에 대한 그의 생각은 뿌리부터 전부 뒤집어야만 했다.

만약 그녀가 '실험 재료'라 명명했던 저 마물들을 통제하는 것이 가능하며 이러한 무기가 몇 개만 더 있다고 하더라도 그녀를 막을 수 있는 존재는 어디에도 없을 테니까.

"하… 하하……."

라케시드는 그 어이없을 정도로 엄청난 힘에 웃음밖에 나오지 않았다.

　마왕의 후계자로 정해졌지만 그것에 대해 특별하게 연연한 적은 없었다.

　물론 마왕이 되어 자신을 눈 아래로 내려다보는 마족들을 굴복시킨다면 꽤 재미있는 일이 되지 않을까 생각해 보기는 했다.

　하지만 이런 능력이라면 싸워볼 필요도 없이 그의 패배였다.

　"어차피 남은 삶도 얼마 없지만……."

　라케시드는 스스로의 생명이 얼마 남지 않았음을 느끼고 있었다.

　자신을 보는 이블루시아의 눈동자에 가끔 비치는 초조함과 불안의 감정이라던가 점점 약해져 가는 것이 느껴지는 결계의 힘.

　그리고 마지막으로 점점 몸 안에서 서로 꼬여가며 크기를 키워 나가는 빛과 어둠의 힘.

　그것들은 서로 반발해 가며 격렬하게 서로를 공격했고, 그로 인해 그의 몸 안은 망신창이가 된 지 오래였다.

　겉으로 드러나지는 않았지만 그는 안에서부터 서서히 죽어가고 있었다.

　점점 더 짧아져 가는 발작 주기가 그 증거였다.

　그러나 그것을 느끼면서도 그의 마음은 담담했다.

　어쩌면 언제나 죽음의 존재를 가까이 느끼고 있었기 때문일지도 몰랐다.

　신경이 타들어가는 듯한 고통이 온몸에서 느껴질 때면 '차라리 이대로 죽어버렸으면' 하고 바란 적도 많았다. 그럼에도 구차한 삶을 악착같이 붙잡고 살아왔던 이유는 단 하나였다.

그가 죽으면 남게 될 그의 보좌관.

아이켄은 어찌할 것인가?

마왕의 자식에게 정해진 보좌관들은 자신이 모시는 주군과 운명을 함께한다.

즉, 그가 죽게 된다면 아이켄은 죽거나 혹은 평생 동안 죽은 것과 마찬가지인 생을 살아가게 되는 것이다.

하지만 지금 생각해 보니 자신의 그 생각이 너무도 오만했다는 생각이 들었다.

그의 누님인 마왕녀 이블루시아는 강한 이였다.

마왕의 위를 두고 그녀와 다투게 된다면 그의 필패(必敗)였다.

이기고자 생각하는 자체가 어이없을 정도의 차이인 것이다.

그는 그것을 뼈저리게 느꼈다.

그러자 오히려 마음이 편해졌다.

'어차피 죽을 목숨이라면 구차해지지 말자.'

그는 검을 다시 추슬렀다.

돌아간다면 이블루시아에게 마왕위의 포기에 대해 말할 생각이었다.

Chapter 13
중간계로

MUTATION
DEMON

　한편, 그런 라케시드의 모습을 멀리서 지켜보고 있는 이들
이 있었다.

　"저건……!"

　구릉 뒤에 숨어서 라케시드가 위험해질까 봐 노심초사(勞心
焦思)하며 바라보고 있던 이블루시아의 눈동자가 못 볼 것을
본 듯 불신감과 경악으로 커졌다.

　벌판을 덮은 충격파의 근원.

　마물들에게 닿은 그 검의 정체는 분명 그녀가 라케시드에게
건네준 마왕의 검이었다.

　그것도 검집에서 뽑혀진 찬란한 빛을 뿜내는 아름다운 검신
이었다.

"마왕의 검이 뽑히다니!!"

이제껏 역대 마왕 누구도 뽑지 못했다는 검이다.

그랬던 그 검이 라케시드의 손길에는 쉽사리 그 몸을 드러낸 것이다.

그것을 바라보는 이블루시아의 눈동자가 흔들렸다.

언제나 보면 볼수록 놀라게 하는 녀석이었다.

어째서 마왕이 그를 후계자로 삼았는지 어렴풋이 알 수 있는 느낌이었다.

그에게는 타인을 끌어들이는 매력이 있었다.

현재 라케시드를 따르는 마족의 수는 이블루시아를 따르는 마족 수에 거의 육박할 정도였다.

그리고 그는 자신이 하고자 하는 일을 끝까지 해내는 끈기와 집념이 있었다.

그 작은 체구에 어떻게 그 정도의 열정이 숨어 있는지 매일 자신의 부족함을 메우기 위해 노력하는 그의 모습을 보자면 온몸에 소름이 돋을 정도였다.

라케시드는 절대 제자리에 안주하는 경우가 없었다.

마계의 최약체 체질이라 불리는 돌연변이로 태어난 그가 현재까지 살아 있으며 최상급 마족과 맞먹을 정도의 힘을 가지고 있다는 것만 보아도 그가 얼마만한 재능이 있으며 그것을 꽃피우기 위해 노력을 해왔는지 알 수 있을 것이다. 마법도 사용할 수 없는 반쪽짜리 힘밖에 가지고 있지 않은 그에게 말이다.

타고난 힘을 다듬는 것에 그치는 그녀로서는 언젠가는 그에게 따라잡히리라는 것을 깨달을 수 있었다.

　라케시드에게 새삼 감탄하고 있는 이블루시아의 귀로 아이켄의 목소리가 들려왔다.

　"저 마물들……."

　그녀의 옆에서 마찬가지로 라케시드를 관찰(?)하고 있던 도중 문득 의문점을 느꼈던 것이다.

　일반적인 실험 대상이라고 하기에는 그들의 힘이 너무나도 많이 증폭되었다.

　아마도 정말로 저러한 마물들을 만들 수 있다면, 혹은 마족들에게 그러한 힘을 몇 배씩 활성화시키는 약이 있다면 그 방법이 결코 평범하지는 않을 것이다.

　그리고 그는 그것들과 최대한 비슷한 방법을 알고 있었다.

　"마령단을 먹인 겁니까?"

　마령단.

　그것은 이블루시아가 라케시드를 위해 결계를 설치하고 마력을 나눠 주기 전까지 라케시드가 발작을 일으키던 때면 으레 먹던 약의 이름이었다.

　복용자의 마력을 증폭시키지만 최종적으로는 결국 몸을 망가뜨려 버리는 악마의 약.

　이블루시아는 그 약을 마물들에게 사용했던 것이다.

　마왕의 승인이 나지 않으면 얻을 수 없는 약이었지만 그것을 구하는 것이 그리 어려운 일은 아니었다.

라케시드의 이름만 대면 두말없이 내주었으니까. 이블루시아가 라케시드에게 마력을 나눠 주었다고 하지만 그것을 아는 것은 당사자인 라케시드와 이블루시아, 그리고 그들의 보좌관인 아이켄과 로드리온, 이렇게 네 명뿐이었다.

로드리온은 라케시드의 몸이 약한 것(?)을 알고 이블루시아가 그를 챙기는 것을 더욱 못마땅하게 생각했지만 그렇다고 해서 그에게 해코지를 하지는 않았다.

아니, 정확하게 말하자면 하지 못한 것이 맞다.

이블루시아와 아이켄의 보호하에 있는 그를 공격하기란 그야말로 불가능에 가까운 일이니 말이다.

어쨌든 이블루시아는 그렇게 빼돌려서 모아두었던 마령단을 이용해 마물 군단을 만들어낸 뒤 실험 재료 운운하며 그를 마왕성에서 멀리 떨어진 평원으로 보내 버렸다.

물론 친절하게 마왕의 검을 손에 쥐어주는 것도 잊지 않았다.

그가 신변의 위협을 느껴 검을 휘두르면―그 검이 비록 뽑히지 않는 것이라 할지라도―차원에 균열이 생기며 그가 중간계로 이동한다는 것이 계획의 요지였다.

하지만 이 계획은 그가 검을 뽑으면서 산산이 부서져 버리고 말았다.

빙화와 호응한 마왕의 검은 순식간에 그곳에 모여 있던 수천의 마물들을 산산조각 내서 가루로 만들어 버렸다.

그 엄청난 위력은 뒤로하고라도 마왕의 검이 그를 택했다는 사실은 그녀를 혼란으로 몰고 가기에 충분했다.

마왕의 검이라 불리는 그 검은 초대 마왕이 사용한 무기로, 그의 사후 이후 역대 마왕 중 그 검을 뽑은 마왕은 단 한 명도 없었다. 그래서 에고 소드(ego sword)로 의심되던 그 검이 라케시드의 손에 너무나 쉽게 뽑혀 버린 것이다.

아이켄은 공황 상태에 빠져 있는 듯한 그녀의 표정에 그녀에게서 대답을 듣기를 포기했다.

어차피 저 마물들에게 마령단이 사용되었음은 거의 확신하고 있는 사실이었다. 단지 그녀를 통해 더욱 정확한 확답을 듣고자 한 것뿐, 그녀가 대답을 하지 않는다고 해서 답답해할 이유는 없는 것이다.

'어차피 마령단을 사용한 마물들 따위, 시간이 지나면 스스로 탈진해 죽을 뿐.'

언뜻 대단해 보일지 몰라도 그다지 효용성은 없는 방법이었다. 만약 라케시드가 계속해서 도망만 다녔다던가 맞서서 차근히 상대했다면 얼마 지나지 않아 그들 모두가 자멸해 버렸을 것이다.

아이켄은 아직도 멍하니 라케시드를 바라보고 있는 이블루시아를 무시한 채 라케시드가 가지고 있는 검에 시선을 주었다.

그런 그의 자수정 빛 눈동자는 심연(深淵)처럼 깊게 가라앉아 있었다.

[살고 싶나……?]

막 혼란스러운 마음을 대충 수습하고 자리에서 일어나려던 라케시드의 머릿속으로 환청 같은 울림이 들려왔다.

그것은 목소리라기보다는 생각을 직접 마음속에 전달하는 것 같은 기묘한 느낌이었는데, 느껴지는 분위기로 보아서는 조금 차가우면서도 중후한 중년의 남성으로 생각되었다.

"…넌 누구냐?"

라케시드는 주위에 마력을 풀어놓으며 나직한 목소리로 물었다.

기척도 없이 갑작스럽게 들려온 목소리(?)였지만 침착하게 대응하는 그의 모습에서 당황은 느껴지지 않았다.

[상대의 이름을 물을 때는 자신의 이름을 댄 후 정중하게 묻는 것이 예의가 아닌가?]

그런 라케시드의 반응이 흥미롭다는 듯 대답하는 누군가의 목소리에는 희미한 웃음기가 담겨 있었다.

라케시드의 눈썹이 미세하게 꿈틀거렸다.

"마족에게 예의를 따지다니 그것이 더 웃기는 일이 아닌가? 마계의 법칙은 힘의 논리. 용기가 있다면 모습을 드러내라."

당당하게 말하는 그의 목소리에는 강자의 오만함이 묻어났다.

하지만 목소리의 주인은 그것에서 자신의 강함을 과신하는 어린아이 특유의 치기를 느꼈다.

[하여간 마족의 꼬맹이들은 예나 지금이나 건방지다니까……]

그는 자그마한 목소리로 중얼거렸다.

하지만 그 느낌이 작다 하여도 마음에 대고 직접 말을 거는 이상 그 의미를 라케시드가 느끼지 못할 리가 없었다.

라케시드의 입가에 서늘한 미소가 맺혔다. 그의 금빛 눈동자에 떠오른 감정은 분노와 치욕이었다.

가까이에서 누군가가 그에게 말을 걸고 있음에도 그가 어디에 있는지 존재를 느낄 수 없었다. 더군다나 그 누군가는 그를 철없는 어린아이 취급하며 아무것도 아니라는 양 무시하고 있었다.

마왕자로서 후계자를 뜻하는 '데라(후계자)'의 칭호를 받은 후 처음으로 받아보는 모욕감이었다.

그리고 라케시드는 상대가 강하다 해서 모욕을 참아 넘기는 성격이 아니었다.

"그러는 네놈이야말로 모습도 드러내지 않은 채 쥐새끼처럼 숨어 계집아이처럼 입으로 조잘대기만 하는구나. 그대로 나서지 않겠다면 나는 이만 돌아가겠다. 두려움에 모습조차 보이지 않는 겁쟁이를 상대할 시간 따윈 내게 없으니까."

비웃듯 입꼬리를 말아 올리고 이죽대는 라케시드의 모습에 목소리가 웃었다.

[나는 단 한 번도 모습을 감춘 적이 없단다, 아이야.]

"……!"

라케시드의 얼굴이 일그러졌다.

그는 목소리의 주인이 자신을 놀린다고 생각했다.

아무리 그가 미성년 마족이라 하더라도 그의 힘은 최상급에 준할 정도이다. 게다가 그는 마왕의 후계자로 내정된 존재였다.

목소리의 주인이 마왕을 제외한 남은 8군주 중의 한 명이라 하더라도 그를 이렇게 대놓고 무시할 수는 없는 것이다.

[그나저나 꼬마, 너 대단하구나. 전혀 상반되는 힘인 마력과 신성력을 몸에 담은 것도 놀라운데 그 힘들이 이렇게까지 꼬여 있다니. 언제 폭발하더라도 이상하지 않을 정도야. 이런 몸을 하고도 아직까지 살아 있다니. 어떤 의미로는 존경스러울 정도야. 고통이 어마어마할 텐데.]

"……."

라케시드의 눈이 깊게 침잠했다.

마치 '너에 대해 잘 알고 있다'는 듯한 의미를 담은 그의 말이 무척이나 라케시드의 신경을 거슬렀다.

스르룽.

그의 손에서 마왕의 검이 다시 세상에 모습을 드러냈다.

순간 주변의 공기가 묵직해지는 듯한 느낌이 들었다.

검이 뽑히는 순간 검에서 뿜어져 나온 농도 짙은 어둠은 삽시간에 주변으로 퍼져 나가 그곳에 존재하는 모든 것들을 굴복시켰다.

풀도, 나무도, 바람도, 땅도, 그리고 마계의 원천이라 불리는 마력까지도.

아까 마물들에게 쫓기며 뽑았을 때는 미처 느끼지 못했는데 그 검은 단지 생명체를 죽이는 도구이자 무기로 생각하기에는 너무도 엄청난 마력과 존재감을 가지고 있었다.

마치 영혼이 통째로 먹힐 것 같은 압도적인 느낌에 라케시드는 저도 모르게 침을 꿀꺽 삼켰다.

"이런 존재감을 가진 것이… 단지 검이라고?"

스스로도 의식하지도 못하는 사이 그의 목소리가 떨렸다.

너무나도 어마어마한 기운이 온몸을 짓누르는 느낌에 어느덧 그 검을 왜 뽑았는지에 대한 이유에 대해서는 까맣게 잊고 있었다.

그것을 상기시켜 준 것은 예의 그 목소리였다.

[그것 봐. 그렇게 또렷하게 나를 바라보고 있으면서 왜 내가 보이지 않는다고 말하는 거야?]

마치 자신과 마주하고 있다는 듯한 목소리에 라케시드의 눈동자가 커졌다.

목소리가 들려옴과 함께 웅웅거리며 울리는 검의 공명 때문이었다.

"설마……."

라케시드의 목소리가 떨렸다. 상상치도 못했던 일이고, 별로 상상하고 싶지도 않은 일이지만……. 설마 이 목소리의 주인은……?

[이제야 눈치 챘냐?]

경악 어린 표정으로 보는 라케시드의 모습을 즐기듯 예의 그 목소리가 으스대며 물었다.

마치 '그것도 눈치 채지 못했다니, 바보구나' 라고 놀리듯 빈정거림이 묻어나는 그의 목소리에 라케시드의 몸이 부들부들 떨리며 눈동자에 파란 불꽃이 튀었다.

"검 주제에 나를 무시했단 말이냐—!!"

[…….]

잠시간 목소리가 침묵했다.

그러나 라케시드의 마음에 공명하고 있는 그의 감정은 수많은 것들을 그에게 전달하고 있었다.

어이없음, 허탈감, 자괴감, 한심스러움 등…….

그가 스스로에게, 혹은 라케시드에게 느끼는 감정들이 고스란히 라케시드에게 전해졌다.

그 기묘한 경험에 라케시드의 표정 역시 기묘하게 변했다.

자신이 느끼고 있는 감정이 스스로의 것인지, 검의 감정이 전이된 것인지 모호하게 느껴졌다.

그때, 그의 머릿속에 이대로는 검에게 정신을 먹혀 버릴지도 모른다는 생각이 퍼뜩 스쳐 지나갔다.

철컥!

그는 곧바로 검을 검집으로 집어넣었다.

그러자 검의 감정이 자신의 감정처럼 전이되는 느낌은 더 이상 들지 않았다.

"허억! 허억!"

온몸이 무언가에 호되게 얻어맞은 듯 욱신거리며 숨이 가빴다.

라케시드는 목이 타들어가는 듯한 지독한 갈증에 무의식적으로 혀로 입술을 축였다.

잠깐이었지만, 그동안의 심력 소모가 엄청났다는 것을 알리듯 라케시드의 온몸은 물을 뒤집어쓴 듯 땀으로 흠뻑 젖어 있었다.

[아직 한참 애송이군. 그래 가지고 날 휘두르기나 하겠냐?]

검이 한심하다는 듯 혀를 차며 중얼거렸다.

자존심을 건드는 그 발언에 라케시드의 눈썹이 꿈틀거렸다. 금방이라도 이 검을 패대기치고 싶지만 그러지 못하는 것은 외부의 타격에 검에 충격에 가는 것은 불가능한 것이라는 것을 좀 전의 공격에서 깨달았기 때문이다.

어지간한 검은 그의 빙화(氷火)를 견디지 못했다.

평범한 검이라면 불꽃을 피워 올리는 그 순간 한 줌의 먼지로 화했으며, 그가 아이켄을 통해 특수 제작한 검 역시 마력으로 보호하며 쓰는데도 날이 녹아버렸을 정도로 그 열기는 엄청났다.

그런데 그러한 초고열의 불꽃을 휘감고도 흠집은커녕 손잡이가 달궈지는 느낌조차 들지를 않았었다.

"너… 대체 정체가 뭐냐?"

이러한 검이 이블루시아의 작품일 리가 없었다.

긴장감으로 딱딱하게 굳어 있는 라케시드의 음성에 검이 한숨을 내쉬었다.

[내가 아까 분명히 남에게 이름을 물어볼 때는 자기 이름 먼저 대라고 말했던 것 같은데? 아니면 아직도 내가 겁쟁이이며 힘의 논리에서 너에게 뒤떨어진다고 생각하는 거냐?]

삐딱하게 말하는 그의 말투에 섞인 못마땅하다는 듯한 느낌에 라케시드의 눈썹이 다시 한 번 꿈틀거렸지만 이대로 화를 내면 자신이 지는 것이라 스스로를 다독거리며 최대한 다듬은 목소리로 입을 열었다.

"라케시드 데블 라 블러드 피엔 아이에드다. 라케시데라라고 불러."

[데블 라? 마왕에게나 들어가는 미들네임을 쓴다는 것은……. 너, 마왕의 후계자였냐? 게다가 아이에드면… 음… 지금이 6대째 마왕이었던가? 어쨌든 나한테는 까마득한 손자로군.]

"……?!"

라케시드의 얼굴이 분노로 일그러졌다. 자신이 눈앞의 검에게 까마득한 손자가 된다고 한다면 반대로 자신에게는 까마득한 할아버지가 된다는 말이 아닌가?

"농담하지 마! 검이 어떻게……."

[세크리티히 데블 라 아이에드. 내 이름이다.]

막 검에 대고 화를 내려던 라케시드의 몸이 딱 굳었다.

검이 내뱉은 이름. 그것은…….

[지금은 검에 갇혀 있지만 이래 봬도 초대 마왕이었던 몸이

시지.]

마계 제1대 마왕의 이름이었다.

"피하시는 것이 좋을 것 같군요."

"어?"

갑자기 아이켄이 심각한 표정으로 내뱉는 말에 이블루시아가 의아한 눈으로 그를 바라보았다.

막 라케시드가 마물들을 없애고 그것이 마왕의 검에 의한 것이라는 사실에 충격을 먹은 참이었다.

그런데 심각한 표정으로 말을 하고 있는 아이켄의 목소리를 듣자니 사단이 단단히 난 것 같았다.

"뭔가… 잘못된 건가?"

의아하면서도 걱정 섞인 목소리에 아이켄이 안심하라는 듯 생긋 웃었다.

"그런 건 아닙니다만 마왕자 전하께서 무언가를 눈치 채셨는지 주변으로 마력장을 펼치고 있어서요."

그 말에 이블루시아가 라케시드의 주변을 집중해서 바라보니 과연 그의 주변에서 꿈틀거리는 마력의 파장이 느껴졌다.

빠른 속도로 주변으로 퍼져 나가는 마력의 실은 마치 무언가를 탐색하듯 주변을 샅샅이 훑어가고 있었다.

"아쉽게도 작전 실패인 것 같군."

이블루시아는 아쉬운 표정으로 혀를 찼다.

마왕의 검에게 선택을 받은 것은 축하해 줘야 할 일일지 모르겠지만 그가 중간계로 내려가지 못한 것은 아쉬운 일이 아닐 수 없었다.

십오 년이라는 시간은 긴 시간이 아니었다.

그래서 한시라도 빨리 보내고자 한 것인데 이렇듯 예상과는 다른 일이 벌어지자 마음이 초조해졌다.

하지만 그렇게 마음만 급하다고 해서 일이 성공하는 것은 아니었기에 이블루시아는 심호흡을 하며 마음을 가라앉혔다.

아쉽기는 하지만 라케시드의 마력의 양을 생각해 봤을 때 이곳에 그대로 있다가는 들키는 것은 그야말로 시간문제였기 때문에 이제는 그만 돌아가야만 했다.

라케시드의 마력은 몸 안에서 커가는 신성력과 균형을 맞추기 위해 서로 경쟁하듯이 엄청난 속도로 불어났기에 어지간한 마족들은 마력의 양만 가지고는 비교조차 할 수 없을 정도로 압도적이었다.

직접 싸우는 것이라면 몰라도 이렇듯 무식하게 마력을 퍼뜨려 상대의 기척을 감지하고자 한다면 마왕처럼 압도적인 마력을 가지지 못한 이상 피할 방법이 없는 것이다.

"돌아가자. 다음 작전을 생각해 봐야겠어."

"아니요. 작전은 성공입니다."

"응?"

막 자리에서 일어나려던 이블루시아가 흠칫 놀라며 그를 바라보았다.

안경 너머로 보이는 낮게 가라앉은 그의 눈동자가 사이하게 빛나고 있었다.

아이켄의 붉고 가느다란 입술이 벌어지며 만족스러운 미소가 그려졌다.

"당신의 역할은 여기서 끝입니다, 고귀하신 마왕녀 전하."

"……!!"

이블루시아의 등 뒤로 식은땀이 흘러내렸다.

아이켄이 수상하다는 것은 충분히 알고 있었고 위험하다는 생각도 가지고 있었다. 하지만 이렇듯 계약 중간에 마음을 변할 줄은 몰랐다.

마족에게 있어서 계약의 파기란, 그것도 마족끼리 한 계약에서 한쪽의 일방적인 계약 파기란 얼마만한 대가를 요구하는지 알면서…….

어찌나 당황했는지 부릅뜬 눈 위로 그녀의 속눈썹이 바르르 떨리고 있었다.

흔들리는 그녀의 눈동자에 아이켄이 다시 생긋 미소 지었다.

"걱정하지 마세요. 계약은 확실하게 이루어졌으니까."

이블루시아의 눈동자가 아이켄의 손가락이 가리키는 끝을 향해 시선을 옮겼다.

그곳에는 허공 위로 한 마족이 겨우 통과할 정도의 넓이를 가진 통로가 형성되어 있었다.

검은 어둠과 보라색의 빛이 뒤섞이며 끊임없이 흔들리는 그 구멍의 모습에 이블루시아의 눈동자가 흔들렸다.

분명 삼천 살 이상이 된 상급 마족 이상의 존재들만 만들 수 있다는 중간계로 통하는 통로였다.

　그가 주장한 대로 그녀와의 계약 내용이 이루어진 것이다.

　"어떻게……."

　포기했던 상황에서 벌어진 기적 같은 성공 때문일까, 아니면 자신이 처한 상황을 믿기 힘들었던 것일까.

　이블루시아의 입에서 흔들리는 목소리가 흘러나왔다.

　원래의 계획대로라면 그녀가 그를 따라갈 작정이었다.

　그러나 눈앞에서 그녀를 향해 야릇한 미소를 짓고 있는 아이켄의 존재를 무시할 수도 없었다.

　상대는 마계 비공식 서열 2위에 해당하는 강자인 것이다.

　아이켄은 그녀의 당황하는 표정을 즐기듯 감상했다.

　주변으로는 그의 마력으로 하이딩(Hiding)을 걸어놔 뒀기에 라케시드의 마력장에도 걸리지 않을 수 있었다. 그리고 그가 이블루시아의 시선을 끈 사이 미리 섭외해 두었던 조력자는 역시 그의 기대를 실망시키지 않고 일을 성공적으로 이끌어내었다.

　"레이디를 험하게 다루고 싶지는 않군요. 얌전히 계시길."

　부드럽게 미소 지으며 말하는 아이켄의 표정은 무척이나 신사다워 보였다. 하지만 얼굴과는 달리 그의 손짓에 따라 이블루시아의 발밑에서 솟구쳐 오른 그림자의 촉수는 그녀가 미처 반응을 보이기도 전에 그녀의 전신을 꽁꽁 에워싸 움직이지 못하게 만들었다.

"왜 이런 짓을 하는 거지? 너는 라케시데라의 보좌관이 아니었던가?!"

마족이 계약이 아닌 자신의 의지로 중간계로 가게 될 경우 힘의 10분의 1가량밖에 쓸 수 없다.

마족의 마기가 중간계의 기운인 마나와 부딪치기 때문이었다. 계약을 통해 갈 경우 계약자의 마나를 이용하는 것이기 때문에 힘의 절반 정도는 쓸 수 있지만 스스로의 힘으로 갈 경우 그곳에서 마나에 공격당한 데미지는 온전히 스스로의 힘으로 막아내야 했다.

그래서 보통 고위 마족이 유희를 하기 위해 중간계로 내려갈 경우 인간의 영혼을 방패막으로 쓰거나 마계에서만 나는 희귀한 보석인 마정석―중간계의 마나석과 비슷한 개념으로, 마력이 농축되어 있다―을 이용해서 자신에게 오는 데미지를 최대한 줄였는데 라케시드는 그러한 것 없이 그야말로 갑작스럽게 중간계로 떨어져 버리게 되어버린 것이다.

원래대로라면 중간계로의 통로가 열리는 즉시 이블루시아가 라케시드를 따라가 보호할 예정이었다.

그래서 일부러 마왕성의 창고에서 마정석도 한 아름 집어서 빼내왔고, 자신을 따르는 마족들을 닦달해 인간의 영혼이 담겨 있는 영혼의 구슬도 두엇 얻어왔는데 눈앞에서 그가 중간계로 가는 통로를 향해 발을 내딛는 것을 보면서도 따라갈 수 없는 것이다.

그러니 어떻게 아이켄의 진심을 의심하지 않을 수 있겠는가?

자신을 향해 의심과 불신 가득한 눈빛을 보내는 이블루시아의 모습에 아이켄은 잠시 무언가를 생각하듯 눈동자를 굴리며 턱을 쓰다듬었다.

"이블루시아님께서는 마왕의 검에 대해 얼마나 아십니까?"

"뭐……?"

갑작스럽게 그에게서 흘러나온 질문에 이블루시아가 당황스러운 표정을 지었다.

마왕의 검에 대해서 얼마나 아느냐니, 이 상황에 꺼내기에는 너무나 동떨어진 질문이 아닌가? 더군다나 그녀의 질문에 대해서는 은근슬쩍 넘어가 버리고 말이다.

혹시 자신을 놀리려고 꺼낸 말인가 싶어 아이켄의 표정을 살펴봤지만 그의 눈동자는 무척이나 진지해 보였다.

아무래도 자신을 해치고자 하는 것이 아니라던 말이 진심이라는 듯 그녀를 묶어놓기만 하고 아무런 행동도 취하지 않는 모습에 이블루시아도 점차 냉정을 되찾아갔다.

침착하게 생각해 보자 그의 태도에서 무언가 석연치 않은 점이 있다는 것을 깨달았다.

"…그 질문은 마치 마왕의 검이 중간계에 있을 라케시드에게 어떠한 도움이라도 줄 것처럼 들리는군?"

"쿡, 역시 눈치가 빠르시다니까요."

이블루시아의 눈동자가 더욱 깊게 침잠했다.

"그렇다면 나를 못 믿는 것인가?"

아이켄은 아마도 라케시드에게 '마왕의 검'이라는 보험을 들어놓은 것 같았다. 그를 죽게 내버려 둘 것이 아니라면 그냥 보내지는 않았을 것이라 생각은 했지만 그 방안이 일개 검이라니, 어이가 없을 지경이었다.

물론 그 검의 위력이 생각보다 뛰어났다는 것은 이블루시아 역시 인정했다.

하지만 그의 안위를 걱정해 검을 쥐어주면서도 정작 보호자로 따라가려는 이블루시아를 떼어놓을 이유라면 단 하나밖에 생각할 수 없었다.

이블루시아는 자신의 진심이 의심받았다는 사실에 무척이나 불쾌했다.

하지만 아이켄이 그녀를 묶어놓은 것은 그러한 이유 때문이 아니었다.

"이런 이런. 무언가 오해가 있으신가 보군요. 제가 당신을 따라 가지 못하게 한 것은 오히려 당신이 그를 아끼고 있기 때문입니다."

"뭐……?"

이블루시아는 일순간 아이켄의 말을 이해하지 못했다.

그의 태도를 보아서는 라케시드를 걱정하고 아끼는 것이라고 생각했다. 그런데 이블루시아가 그를 아끼기 때문에 따라 가지 못하도록 잡아두었다는 말은 대체 무슨 뜻인가?

혼란스러워하는 그녀의 표정에 아이켄이 '쿡' 하고 웃음을 터뜨렸다.

"설마 당신은 정말로 중간계에 마계에서 버틸 만한 '껍데기'가 있을 것이라고 믿으신 겁니까?"

"······!!"

이블루시아의 얼굴에 핏기가 가셨다.

확실히 그의 말을 너무 쉽게 믿었다.

라케시드에게 남은 생은 십오 년······. 아니, 이제는 그마저
도 확실하지 않았다. 눈앞에 있는 남자의 모든 것을 믿을 수가
없어져 버렸으니까.

그러나 라케시드에게 남은 시간이 없다는 것은 그녀 역시
어렴풋이 느끼고 있었다.

그리고 중간계라는 낯선 세계에 보호자조차 없이 버려진 라
케시드의 수명은 지금보다 더욱 빠르게 줄어들 것이 분명했
다.

"대체 왜······?"

그녀가 알기로 그가 라케시드에게 억하심정을 가질 이유는
전혀 없었다.

그가 태어났을 때 스스로 보좌관이 되기를 청한 것도 그였
고, 지금껏 그를 보살피며 가르쳤던 것 역시 그였다.

제2의 아버지와 같은 존재.

라케시드는 그를 그렇게 말했다.

아버지보다 오히려 더 아버지 같은 존재라고.

그런데 대체 왜?!

이블루시아의 얼굴에 한줄기 눈물이 흘러내렸다.

그녀는 지금 자신이 처해 있는 이 상황이 너무나 분했다.

라케시드가 불쌍했고, 그를 배신한 아이켄이 증오스러웠
다.

타는 듯한 시선으로 노려보는 그녀의 눈동자는 살기로 인해
진한 핏빛으로 보였다. 그 눈빛을 마주하며 아이켄이 웃었다.

"라케시드님이나 당신이 마왕의 자리에 어울린다고 생각하
십니까?"

"……."

이블루시아는 그의 질문에 대답하지 않았다. 아무런 말도
들리지 않는다는 듯한 표정으로 그의 얼굴만 뚫어져라 노려보
고 있었다.

만약 살기만으로 누군가를 죽일 수 있다면 아이켄의 몸은
이미 갈기갈기 찢기고 말았으리라.

확실하게 미움받고 있다는 느낌에 아이켄의 입가에 쓴웃음
이 떠올랐다.

이렇게까지 노골적인 시선을 받기는 무척이나 오랜만이었
다.

아주 어렸을 적을 제외하고는…….

그의 눈동자에 스산한 살기가 스치고 지나갔다.

"……!"

0.1초도 안 되는 아주 짧은 순간이었지만 이블루시아는 그
순간 온몸의 세포가 공포로 마비되는 느낌을 받았다. 마치 까
마득한 나락으로 떨어지는 듯 아찔한 느낌이었다.

그녀의 관자놀이를 타고 식은땀 한줄기가 흘러내렸다.

'대체… 뭐지?'

무언가 차가운 것이 심장을 훑고 간 것처럼 서늘한 느낌이었다.

무심코 움켜진 손끝이 무척이나 차가웠다.

공포에 질린 그녀의 표정에 아이켄의 표정이 기묘하게 변했다.

허탈한 것 같기도 하고 한심한 것 같기도 한 오묘한 표정이었다.

"후우, 역시 지금의 핏줄은 무척이나 약하다니까요. 혹시 그런 생각 해본 적 있나요? 만약에 현재 후계자로 정해진 라케시데라님이 사라진다면, 그리고 다른 후계자인 이블루시아님마저 사라져 버린다면 마계에 무슨 일이 벌어지게 될지?"

이블루시아의 눈동자가 커졌다.

생각해 본 적 있냐고 은근하게 묻고 있었지만 그의 말에는 분명 라케시드 다음으로 그녀를 행방불명 처리하겠다는 의미가 담겨 있었다.

"그렇게 하면 마계가 혼란에 빠진다!"

이블루시아는 다급하게 외쳤다.

갑자기 비워져 버린 후계자의 공백에 마족들은 서로를 의심하고 싸우게 될 것이다. 그리고 그중에서는 자신이 마왕이 되고자 꿈꾸는 야심가들 역시 은밀한 움직임을 시작할 것이다.

그러나 아이켄은 그 말에 오히려 환하게 미소 지었다.

마치 그것이 자신이 원하는 답이라는 듯이…….

"괜찮습니다. 고인 물은 한 번 갈아줘야 썩지 않거든요. 그리고… 마왕이 될 분은 이미 준비가 되었습니다."

"뭐……?"

이블루시아의 머릿속에 불길한 상상이 떠올랐다.

'설마 이 모든 것이 마왕이 되고자 한 누군가의 음모에 의해 꾸며진 일이란 말인가?'

창백하게 질린 그녀의 귓가에 아이켄이 비밀을 이야기하듯 속삭였다.

"순수한 진마족. 마신의 힘에 의해 탄생한 마왕이 지금 중간계에 있거든요."

*　　　*　　　*

'여기는 어디지……?'

라케시드는 욱신거리는 머리를 부여잡았다.

눈앞에 갈색의 땅과 초록색의 식물, 그리고 파란 하늘이 보였다.

그 낯선 풍경에 다시금 머리가 아파오는 느낌이 들었다.

'그러니까… 마물들을 처리하고 난 후에…….'

서서히 옛 기억을 더듬어 올라가자 잘 이해가 되지 않던 지금의 풍경을 겨우 알 수가 있을 것 같았다. 그는 세크리티히가 만든 검은 구멍을 통과했고, 그것이 중간계로 통하는 입구라는 것을 들었다.

"이곳이… 중간계?"

라케시드는 새삼스러운 시선으로 주위를 둘러보았다.

마치 어린아이가 처음 세상에 나와 눈에 보이는 모든 것이 신기한 구경거리이듯 그 역시 모든 것이 낯선 느낌이었다.

자신이 원한다면 얼마든지 중간계로 갈 수 있다고 말하던, 자칭 초대 마왕 세크리티히라던 검의 말은 거짓이 아니었던 것이다.

라케시드의 머릿속으로 이곳에 오기 전에 있었던 일이 떠올랐다.

'살고 싶냐고 물었던가?'

당연히 살고 싶었다.

아직 성마식도 치르지 못한 어린 나이에 죽기에는 해보지 못한 일들이 너무나도 많아서 아쉬웠다. 할 수만 있다면 주어진 수명은 다 채우고 싶은 것이 모든 생명체들의 바람 아니겠는가?

세크리티히는 그를 향해 달콤한 미끼를 내밀었고, 라케시드는 지푸라기라도 잡는 마음으로 그것을 붙잡았다.

솔직히 그의 말을 온전히 믿는 것은 아니었다.

무엇보다도 검에 초대 마왕의 영혼이 봉인되어 있다는 것 자체가 웃기는 일이 아닌가 말이다. 도대체 그가 뭐가 아쉬워서?

그럼에도 그의 제안에 응했던 것은 그가 그것을 계약이라고

칭하지 않았기 때문이다.

그는 교묘한 말을 통해 중간계로 가면 그가 살 수 있는 방법을 찾을 수 있노라고 말을 했고, 라케시드는 설마 하면서도 대수롭지 않게 고개를 끄덕였던 것이다.

그리고 결과가 바로 이것.

"하늘이 파래."

라케시드의 시선이 허공을 향했다.

붉게 물든 마계의 하늘과는 달리 이곳의 하늘은 시릴 정도로 푸르렀다.

그것은 분명 처음 보는 광경이었는데 눈물이 흐를 정도로 그리운 느낌이 들었다. 이 낯설면서도 익숙한 느낌에 라케시드는 당황했다. 언제 폭주할지 모를 정도로 불안하게 날뛰던 몸 안의 기운들도 이곳의 포근한 기운이 마음에 든다는 듯 마력과 신성력이 서로 각기 나뉜 채 얌전히 한쪽 구석에 자리를 잡고 있었다.

마치 자신의 몸이 아닌 듯 가벼운 느낌이었다.

라케시드는 그제야 살 수 있게 해줄 수 있다던 세크리티히의 말이 실감이 났다.

[아직 네 육체의 문제는 해결된 것이 아니다. 다시 한 번 묻지. 살고 싶으냐?]

감회에 젖어 있는 라케시드에게 다시 한 번 세크리티히가 물었다.

과연 원조 마왕답다고나 할까.

그의 말은 악마의 유혹처럼 달콤하고 감미롭게 귓가를 울렸다.

"물론 조건이 있겠지?"

하지만 라케시드는 그의 말에 선뜻 마음을 빼앗기지 않았다.

반쪽이라고는 하지만 그 역시 마왕의 핏줄. 마족의 계약에 있어서 공정함과 이득을 바란다는 것은 차라리 팥에서 콩이 나기를 바라는 것보다 어렵다는 것을 알고 있었다.

라케시드가 자신의 말에 관심을 갖기 시작했다고 생각했는지 세크리티히의 목소리에 득의양양한 웃음기가 묻어났다.

[물론이지. 조건은…….]

하지만 그의 말은 끝까지 이어질 수 없었다.

"아아, 조건은 되었어. 계약은 거절이다."

라케시드가 그의 말을 거절했기 때문이다.

깔끔하고 단호하게 말하는 그의 목소리에 세크리티히는 일순 당황했다.

[왜지?]

라케시드의 생각을 이해할 수 없었다.

직접 고통을 겪는 당사자라면 자신의 생명이 얼마 남지 않았다는 것은 알고 있을 터이다.

더 살 수 있다는 말에 혹했던 그인데 정작 그 방법을 알려주겠다고 하니 조건을 들어보지도 않고 거절을 하는 행동에 의아해하지 않을 수 없었다.

세크리티히의 당황한 목소리에 라케시드는 왠지 이겼다는 듯한 통쾌함을 느꼈다.

"난 내 생을 누군가가 마음대로 주무르는 것은 싫거든. 더군 다나 그게 이미 죽어 영혼만 남은 초대 마왕의 의지라면 더욱 더."

[……]

"이곳에 오니까 어느 정도는 알 수 있을 것 같아. 내가 살아 갈 방법은 내가 찾는다. 그러니까 넌 참견하지 마."

세크리티히는 기가 막혀 말문을 잃었다.

조건도 들어보지 않고 그것이 자신의 삶에 영향을 미칠지 안 미칠지 어떻게 판단한단 말인가?

그러나 그렇게 말하는 라케시드의 눈동자가 너무나도 단호 하게 빛나고 있어서 세크리티히는 아무 말도 할 수 없었다.

그 역시 그러한 때가 있었다.

자신 스스로의 의지로 노력한다면, 운명마저 극복할 수 있 으리라 믿었던 때가.

[그래 봐야 어차피 그 끝은 좌절일 뿐인데…….]

세크리티히는 혀를 찼지만 굳이 그를 설득하려 들지는 않았 다. 정해진 운명은 거부할 수 없다. 벗어났다고 생각하여도 어 느 순간 자신이 여전히 운명에 얽매여 있음을 깨달을 수 있었 다.

운명이라는 것은 결국 창조주가 정한 대로 흘러가는 시나리 오였다.

자신의 마음에 따라 삶의 방향이 변할 수는 있어도 그 본질은 결코 변할 수 없는.

그리고 라케시드 역시 그것을 깨닫는다면 그것이 언제가 되었든 간에 그에게 손을 내밀 것이 분명했다.

세크리티히는 더 이상 라케시드에게 자신과의 계약을 꺼내지 않았다.

아무런 말도 하지 않는 세크리티히의 모습에 라케시드는 자신이 이겼다며 잠시 의기양양한 표정을 지었지만 잠시 뒤 난감한 상황에 봉착했다는 것을 깨닫고는 표정이 굳어질 수밖에 없었다.

"대체 여기서 어떻게 나가야 하는 거지?"

사방이 푸른 나무로 덮여 있는 것을 보아 숲인 것은 확실한 것 같았는데 정작 이곳이 어디쯤에 있는 곳인지, 어디로 가야 하는지, 무엇을 먹어야 하는지, 잠은 어디서 자야 하는지 그 어떠한 것도 감을 잡을 수가 없었다.

중간계.

그곳은 그에게 너무나 낯선 곳이었던 것이다.

Chapter 14
운명의 시작

MUTATION
DEMON

[낄낄낄낄!]

라케시드의 마음속으로 웃음을 멈추지 못하고 계속 낄낄거리고 있는 세크리티히의 목소리가 들려왔다. 그러나 라케시드는 그에게 조용히 하라는 한마디조차 내뱉을 수 없었다.

"괜찮아? 정신이 들어? 어때? 조금 움직일 수 있겠어?"

원인은 바로 이 소녀.

카이렌 티그리스라 불리는 파란 머리의 어린 여자아이 때문이었다.

이 상황을 설명하기 위해서는 시간을 좀 더 거슬러 올라가봐야 했다.

지난밤.

결국 마계를 떠나 처음 내려오게 된 중간계에서 길을 잃고 한참을 헤맨 라케시드는 허기를 못 이겨 쓰러지기 직전이었다.

이상하게도 중간계에서는 체력이라던가 기운 같은 것이 급속도로 빠르게 소진되어서 마계에서라면 끄떡없었을 거리를 걸었을 뿐인데도 금세 숨이 차는 것을 느낄 수 있었다. 그래서 조금만 더 조금만 더 하며 걷다 보니 어느새 몸에 힘이 죽 빠져서 다리가 천근만근이 되어 있었다.

더군다나 숲에 웬 먹을 것이 그렇게 없는지 전부 푸르른 풀쪼가리들만 보일 뿐, 동물이나 몬스터는커녕 과일조차 눈에 띄지 않았다.

결국 배가 고파 잠도 자지 못한 채 먹을 것을 찾아 돌아다니다가 새벽녘이 다 될 때 즈음해서야 겨우 발견한 것이 바로 붉은 점이 촘촘하게 박혀 있는 하얀 버섯이었다.

색깔도 곱고 먹음직스러워 보여 세크리티히의 경고—먹으면 후회할 텐데?—에도 불구하고 주변에 있는 모든 버섯들을 깡그리 긁어 집어먹어 버렸는데 설마 그것이 모두 독버섯이었을 줄이야!

[그러게 내 도움을 거절하면 후회하게 될 거라고 했잖아?]

고소하다는 듯 놀려대는 세크리티히의 말에 반박조차 하지 못한 채 끙끙대고 있던 그를 마침 약초를 캐기 위해 산을 올랐던 소녀가 발견하여 집에 데려와 치료를 해준 것이다.

[천하의 마왕자가 어린 소녀에게 보살핌이나 받는 신세가 되다니! 낄낄.]

손끝 하나 까딱일 힘도 없어 인간의 어린 소녀에게 간호를 받고 있는 라케시드의 처지가 웃긴 듯 세크리티히는 짐짓 웃음을 멈추지 못했다.

"시… 끄러워."

소녀에게 들리지 않게 개미만 한 목소리로 중얼거리는 라케시드의 얼굴이 벌겋게 달아올랐다.

바로 코앞에 마을이 있었는데 찾지 못하고 주변만 뱅글뱅글 돈 것도 어이가 없었지만 마계의 온갖 독극물에 단련되어 있던 그가 고작 중간계의, 그것도 전혀 정제되지 않은 채 자연 그대로 심어져 있는 독버섯의 독에 중독되어 거의 사경을 헤맬 지경에 이르렀던 것은 스스로 생각해도 부끄러운 노릇이었다.

그리고 그와 동시에 그만큼 경각성도 높아졌다.

지금까지 그는 마계에 통용되어 있던 상식처럼 중간계를 별 것 아닌 것으로 여겨왔었다.

중간계의 몬스터들은 마계의 마물에 비해 열 배는 약했고, 그곳의 주(主) 종족인 인간들 역시 어리석고 우매하여 늘 마족에게 속는데다가 타고난 힘조차 약하여 툭하면 개 떼처럼 몰려다니는 것이 특징이라고 들었다.

끽해야 마족들에게 1:1로 대항할 수 있는 존재인 드래곤은 타고난 게으름뱅이에, 온화한 기후는 척박한 마계에 비하면 온순한 양과 같다며 비유하는 말에 중간계에 사는 존재들은 물론이거니와 중간계 자체도 한 수 아래로 보았던 것이 사실이다. 한데 고작 독버섯의 독이 이 정도로 강하다면 이곳에 그의 생명을 위협할 수 있는 것들은 꽤 많이 있을지도 모른다는 생각이 들었다.

더군다나 라케시드는 중간계에 대해서 아는 것이라고는 하나도 없었다.

이번처럼 길을 잃고 헤매다 먹을 것을 찾지 못해 굶어 죽었다고 하면 그 얼마나 허무하고 어처구니없는 죽음이란 말인가?

그러지 않기 위해서는 정보가 필요했다.

이곳 중간계에서 스스로의 힘으로 살아갈 수 있을 만한 정보가.

그렇기 때문에 라케시드는 어느 정도 몸을 움직일 수 있게 되었음에도 이 집에서 나갈 수가 없었다.

당장 인간들이 어떻게 생활하는지조차 잘 모르는데다가 무엇을 먹는지, 그리고 어떤 화폐를 쓰는지조차 알지 못했다.

만약 이 상태로 밖으로 나갔다가는 영락없이 적의 첩자나 정신병자로 오인을 받을 것 같았다. 그리고 마계에서 들었던 특징대로라면 그러한 오인을 받은 즉시 수많은 인간들이 개 떼와 같은 움직임으로 그를 에워싸고 귀찮게 굴 것이 틀림없었다.

다행히도 그를 데려온 아이의 집은 마음씨 착한 사람들만 살고 있는지 독버섯을 잘못 먹고 쓰러진 그를 데려다가 간호를 해주고 먹을 것을 주는 등 그를 위해 호의를 베풀었다.

아마도 그것이 말로만 들어왔던 인정(人情)이라는 것 같았다.

그 온기는 라케시드에게 무척이나 낯선 것이었다.

부모에게조차 받아본 적 없는 호의가 생판 모르는 남, 그것도 종족조차 다른 인간에게서 받아졌다는 것에 라케시드는 무척이나 묘한 기분을 느꼈다.

머리로는 이해할 수 없으면서도 가슴 한구석은 따뜻한 느낌.

포근한 무언가가 심장을 감싸듯 뭉클한 기분에 지금은 마계에 있을 한 존재가 생각났다.

'날 기다리고 있을 텐데……. 실험 재료 다 날려먹었다고 뭐라고 하는 건 아니겠지?'

이블루시아.

그녀를 떠올리자 자신도 모르는 사이 입가에 쓴 미소가 떠올랐다.

그녀의 이천 살 생일에는 결국 레기야크를 못 구해주는 바람에 카이세리온을 통해 다른 마수를 얻어다가 선물로 주었는데 그때 얼마나 시달렸는지 말도 못할 정도였다.

그런데 지금 역시 실험 재료들이 사라졌다는 것을 알면 어쩌면 대신 라케시드를 데려다가 실험의 재료로 삼을지도 몰랐다.

라케시드의 등 뒤로 주르륵 땀방울이 흘러내렸다.

종족이 달라서인지는 몰라도 이블루시아 역시 같은 여자일진대 그를 구해준 소녀와는 천지 차이였다.

만약 이블루시아가 밖에서 독에 중독된 마족을 구해왔다면 그는 그 즉시 그녀의 실험 도구로써 전락했을 것이다.

"도대체 넌 뭐지? 너와 난 아무런 사이도 아닌데 왜 자꾸 도우려 하지?"

라케시드는 몸의 건강을 회복하고 인간들의 사회생활이라는 것에 대해서도 어렴풋이 느끼게 되었을 때쯤 카이린에게 물었다.

그녀는 예상치 못했던 그의 말에 잠시 당황한 것처럼 눈을 동그랗게 뜨고 물었다.

"도시 사람들은 너처럼 그렇게 삭막해?"

"도시 사람인지 뭔지는 몰라도 네가 이상한 거야. 너 외에는 누구도 날 도우려 하지 않는다고."

라케시드에게서 은연중에 풍기는 고압적인 느낌이랄지, 평민이라고 볼 수 없는 기품있는 태도와 주위를 맴도는 어둠의 분위기는 마을 사람들로부터 멀어지게 만들었다.

왠지 가까이하면 위험할 것이라는 사실을 본능적으로 느낀 것이다.

그리고 그러한 태도의 어느 정도는 귀족이라는 존재에 대한 평민들의 인식에서 오는 것이기도 했다.

어쨌든 그의 외모와 분위기로 인해 마을 사람들은 그에게 잘 다가오려 하지도 않았고, 말을 거는 것도 꼭 필요한 것 외에는 하지 않았다.

마을 사람들에게 그는 타인이었다.

그것도 최대한 가까워지고 싶지 않은 거북한 존재였다.

그런데 단 한 사람.

카이린만은 달랐다.

그녀는 그런 것에 상관치 않고 스스럼없이 그에게 접근했다. 마을 사람들이 그를 꺼리고 있다는 사실도 전혀 상관하지 않았다.

그렇다고 해서 그녀가 마을 사람들로부터 소외당해서 외로운 처지이기에 그 외로움을 달래고자 그에게 접근하는 것도 아니었다.

카이린의 부모들은 그녀를 아끼고 사랑했으며 마을 사람들 역시 예쁘고 싹싹한 그녀를 사랑했다.

그들은 라케시드에게 가까이 다가가는 카이린을 걱정해서 몇 번이나 걱정 어린 충고를 던졌지만 그녀는 그럼에도 불구하고 꿋꿋하게 그를 챙기며 오히려 마을 사람들에게 선입견을 갖지 말라고 설득했던 것이다.

라케시드는 그러한 모습에서 왠지 속이 뒤틀리는 것 같은 기분을 느꼈다.

카이린의 주위에는 언제나 빛이 머무는 것 같았다.

그녀의 주변 사람들은 모두 그녀를 사랑했고 그녀 역시 세상의 더러움 따위는 모른다는 듯 맑고 순수한 표정을 지었다.

라케시드는 그것이 왠지 지독한 가식처럼 느껴졌다.

마치 고고한 척하는 천족을 보는 듯 본능적인 거부감을 느꼈던 것이다.

그래서 일부러 상처 주는 말을 내뱉어보기도 했지만 그녀는 그 순간에는 눈물을 흘리다가도 시간이 지나면 언제 그랬냐는 듯 다시 그를 향해 손을 내밀었다.

라케시드는 그 모습에 가슴이 뭉클하면서도 왠지 모르게 화가 났다.

그 깊은 푸른빛의 눈동자에 자신이 비친다는 사실이 싫었다.

하지만 이상하게도 그녀를 죽이고 싶다는 생각은 들지 않았다.

엄청나게 거슬리면서도 말이다.

정말로 이상하게.

라케시드는 자신이 처음 길을 잃은 채 헤매던 산의 지리에도 어느덧 익숙해져서 간간이 사냥을 하기 위해 숲에 들어가는 일이 있었다.

그에게서 풍겨지는 마기는 여전히 동물들을 움츠리고 도망가게 만들었지만 그가 설치하는 덫마저 그런 것은 아니었다.

처음 그에게 언제까지 하는 일 없이 얻어먹기만 할 거냐고 눈치를 주던 카이린의 어머니는 번번이 사냥에 허탕을 치고 돌아오는 라케시드의 모습에 그가 사냥에 재능이 없다는 것을 깨닫고 그에게 덫을 통해 사냥을 하는 방법을 가르쳐 주었다.

라케시드는 그녀를 통해 진정 아줌마는 강하다는 것을 느꼈다.

카이린의 아버지는 그의 분위기에 위축되어 말 한마디 편하게 하지를 못했는데 정작 몸집도 작고 통통하고 순하게 생겨서 마음씨가 좋을 것 같은 카이린의 어머니는 라케시드조차 한순간 움찔하게 만드는 카리스마를 흘리며 그에게 '밥값'을 하도록 시킨 것이다.

그것도 일부러 친절하게 손수 방법까지 알려주면서.

그 노골적인 독촉에 견디지 못해 사냥을 나섰던 라케시드는 덫을 설치하는 것을 통해 사냥의 묘미를 찾을 수 있었다.

동물들이 그의 마기를 피해 도망 다녔기 때문에 영락없이 덫을 이용해야만 했는데, 이 덫이라는 것이 아무 데나 놓는다고 다 잡히는 것이 아니라 자주 다니는 장소라던가 시기라는 것이 다 달랐던 것이다.

그 외에도 함정을 파놓고 일부러 반대쪽에서 마기를 흘려 동물들을 몰기도 했는데 사냥감이 많이 잡히는 날이면 라케시드도 왠지 모를 뿌듯함에 웃음을 흘리곤 했다.

중간계로 내려온 후로는 어쩐지 발작도 없어져서 라케시드는 어쩌면 이렇게 사는 것도 괜찮을지도 모른다고 생각했다.

하지만 그러한 평화로운 날들은 오래가지 않았다.

그날 역시 여느 때처럼 덫에 걸린 동물들을 수거하고 새로운 덫을 설치한 후 내려오는 길이었다.

마을로 돌아오는 그의 눈에 멀리 붉게 노을이 지는 것이 보였다.

유일하게 마계와 비슷한 것이 있다면 바로 이 노을이었다.

어둠이 오는 순간 붉게 물든 하늘이 점점 보랏빛으로 물들다가 검게 변하는 그 시기만큼은 마계의 하늘과 무척이나 비슷했다.

비록 그 위에 떠 있는 달의 모습은 달랐지만.

잠시 그 노을을 감상하고 있던 라케시드는 늘 보던 모습과 무언가가 다르다는 위화감을 느꼈다.

이맘때면 저녁을 짓느라 하늘 위로 길게 줄지어 늘어선 흰 연기를 볼 수 있었는데 이상하게도 그 연기의 색깔이 여느 때와는 달리 검은빛에 가까운 짙은 회색인데다가 산발적으로 솟아오르는 것이 아닌, 서로 뭉쳐서 마치 구름처럼 뭉게뭉게 솟구치고 있었던 것이다.

마치 불이 났을 때의 그것처럼.

라케시드는 그것을 깨닫는 순간 심장이 쿵! 하고 떨어지는 것 같은 아찔한 기분을 느꼈다.

미친 듯이 뛰는 심장의 두근거림 때문일까.

머릿속이 텅 비어버린 것처럼 아무것도 생각나지 않았다.

그는 반사적으로 마을을 향해 달렸다.

무언가를 어떻게 해야겠다는 생각은 없었다. 그저 지금 이 순간 멀쩡한 마을의 모습을 확인하지 않으면 미칠 것만 같았다.

그것은 불안감이라는 감정이었다.

어느덧 그 조그맣던 마을이 그의 마음속에 조그마한 안식처로서 자리 잡고 있었던 것이다.

그리고 마을에 도착했을 때.

라케시드는 그곳에서 차마 눈 뜨고 볼 수 없을 참상(慘狀)을 마주할 수 있었다.

마을의 집은 모두 불길에 활활 타오르고 있었다.

그리고 차마 반항하지 못한 채 일방적인 살육을 당한 듯 마을 사람들은 도망가던 모습 그대로 등 뒤를 베이거나 검에 꿰뚫려 있었다.

그중에는 갓난아이를 안은 어미의 시신도 있었고, 몸을 움직이지 못하는 노인도 있었다.

남녀노소는 물론이고 집을 지키던 개나 닭 등의 가축들마저도 마을에 사는 모든 생명체란 생명체들은 하나도 남김없이 모두 죽임을 당한 것이다.

그들 중 손에 무기를 든 자의 시신은 단 한 구도 없었다.

너무나 압도적인 힘을 가져서 차마 거역하지 못할 존재에게 당한 듯 그들의 부릅뜬 눈에는 당황과 공포라는 감정이 죽은 후에도 진하게 남아 있었다.

"대체 이게 무슨……."

라케시드의 눈동자가 떨렸다.

그들의 상혼에 나타난 자국은 분명 검상이었다.

그리고 불을 사용해 남겨진 흔적을 지우려 하는 것은 오직 인간뿐이었다.

마족이나 드래곤이었다면 차라리 마법을 이용해 그 일대 전체를 흔적도 없이 날려 버렸을 테니까.

상대는 인간, 그것도 남겨진 흔적으로 보아 훈련받은 군인이나 그 비슷한 존재인 것이다.

그것도 규율이 꽤나 엄격한 곳의.

상혼에 새겨진 검의 흔적은 한 점의 군더더기도 찾을 수 없을 정도로 매끄러웠다. 검을 휘두른 자가 망설임을 느끼지 않았다는 뜻이다.

인간이 잔인한 존재라더니, 과연 그 말을 이해할 수 있을 것 같은 기분이 들었다.

마족들조차 미성년인 동족의 어린아이를 죽이는 것은 엄격하게 금지되어 있었다. 하지만 그들은 어미의 젖도 채 떼지 못한 갓난아이마저 모질게 숨통을 끊어놓은 것이다.

잠시 시체를 둘러보며 상황을 파악한 라케시드의 눈이 생존자를 찾아 움직였다.

이렇게까지 철저하게 불까지 지른 자들이 한 명이라도 산 자를 남겨두었을 리가 없다는 생각은 들었지만 '혹시라도……' 하는 기대감이 그로 하여금 포기할 수 없게 만들었다.

그의 몸 주변으로 잠시 어둠의 기운이 넘실거리더니 그것들이 촉수처럼 수천수만 개로 갈라지며 마을이 있던 반경을 촘촘히 에워쌌다.

그 생소한 기운에 닿은 불꽃이 치이익 하는 소리를 내며 움츠러들었다.

빛이 양(陽)의 기운이라면, 어둠은 음(陰)의 기운.

정반대되는 속성을 가진 마기가 불의 힘을 약화시킨 것이다.

그리고 그렇게 약해진 불길 사이로 하나의 미약한 생기가 느껴졌다.

"이 기운은… 카이린!"

라케시드의 마음속에 반가움과 안도감이라는 감정이 순간적으로 스쳐 지나갔다.

좀 전까지만 해도 불안감에 미친 듯이 뛰던 심장이 조금은 느슨해진 기분이 들며 그때서야 좀 전까지 눈에 보이지 않던 주변의 풍경들이 눈에 들어왔다.

불길에 휩싸여 반쯤 뼈대가 드러나거나 무너진 다른 집들과는 달리 단 한 집만은 마치 무언가에 보호를 받기라도 하듯이 불길이 침범하지 않은 채 다른 집들 사이에 교묘하게 모습을 감추고 있었다.

주변에서 너울거리는 불길 때문에 그 집에도 불이 붙은 듯한 착각을 일으켰지만 분명 그 집을 이루고 있는 나무들은 손

톱만 한 그을음조차 묻지 않은 것이다.

라케시드는 그것이 의아했지만 그것도 잠시, 안에 있던 카이린의 기운이 점점 약해지고 있음을 깨닫고 서둘러 집 안으로 뛰어들었다.

"카이린—!!"

라케시드의 외침이 메아리가 되어 오두막 안에 울려 퍼졌다.

그러나 카이린은 정신을 잃은 것인지 그의 부름에도 미동도 하지 않았다.

"카이······!"

다시 한 번 카이린의 이름을 부르려던 라케시드가 멈칫하며 입을 다물었다.

거실의 중앙에 등을 돌리고 있는 푸른 머리카락을 가진 작은 체구의 여자아이가 눈에 들어왔던 것이다.

카이린이었다.

라케시드의 예상과는 달리 그녀는 정신을 잃고 있지 않았다.

단지 피를 잔뜩 뒤집어쓴 채 자신의 눈앞에 죽어 있는 자신의 부모님의 시신을 멍한 눈으로 바라보고 있었다.

충격으로 굳어버린 그녀의 푸른 눈동자가 짙은 어둠에 휘감긴 듯 검게 느껴졌다.

빛에 휩싸인 것처럼 밝기만 하던 평소의 모습을 상상하지 못할 정도로 가라앉은 분위기였다.

만약 그녀에게서 느껴지는 기운이 달랐다면 그녀가 카이린이라는 것을 예상하지 못했으리라.

그 정도로 그녀에게서 느껴지는 분위기가 달라져 있었다.

두근.

라케시드는 심장이 조여오듯 욱신거리는 것을 느꼈다.

발작이 일어날 때보다는 약했지만 그것과 비슷한 증상이었다.

무언가 속에서 뜨거운 것이 목을 타고 울컥 넘어올 것 같은 거북스러움이 느껴졌다.

"카이린……."

목이 메어 그녀의 이름을 부르는 것마저 힘겹다.

하루아침에 가족과 이웃 모두를 잃은 그녀의 심정을 이해할 수는 없었지만 어쩐지 그녀의 눈빛이 무척이나 슬퍼 보인다는 기분이 들었다.

가까이서 들려오는 라케시드의 부름에 카이린의 어깨가 움찔 떨렸다.

여전히 멍한 시선으로 그녀가 중얼거렸다.

"엄마가 죽었어."

"응……."

"아빠도 죽었어."

"그래……."

"날 살리려고 하다가……."

"……."

"왜 우리가 이런 꼴을 당해야 하지? 대체 무슨 잘못을 했기에?"

카이린의 눈동자에 초점이 돌아오며 의식하지 못한 사이에 눈물이 흘러내렸다.

단지 작은 마을일 뿐이었다.

겨우 20여 가구 정도로, 총 인구수 백 명이 채 되지 않아서 주변에 몬스터 출몰 지역이라도 있었더라면 하루도 견디지 못하고 순식간에 몰살당할 정도로 작고 볼품없는 곳이었다.

그렇게 작은 마을이었기 때문에 마을 사람 모두가 한 가족처럼 서로서로 도와가며 사이좋게 지내왔고 딱히 남에게 잘못이라고 할 수 있을 정도로 죄를 지은 것도 없었다.

아무리 생각해도 이런 식으로 죽임을 당할 이유가 없었다.

"…누가 죽인 거였지?"

속삭이듯 낮게 묻는 라케시드의 목소리에 아버지와 어머니의 시신을 바라보며 하염없이 눈물을 흘리던 카이린의 눈동자에 파란 불꽃이 피어올랐다.

그녀의 머릿속에 마치 무생물을 보듯 무표정한 얼굴로 검을 내리긋던 살육자의 모습이 떠올랐다.

그 일이 일어난 것은 라케시드가 사냥을 위해 산에 올라가고 나서 얼마 지나지 않았을 때다.

의례적으로 마을 입구를 지키고 있던 카울은 마을을 향해 다가오는 흐릿한 인영의 모습을 발견했다.

희끄무레하게 보이는 모습으로 보아서는 말을 탄 여러 명의 사람들 같았다.

워낙 외진 곳이라 여행자가 잘 들르지 않던 마을에 여러 사람이 다가오는 모습에 그의 얼굴이 딱딱하게 굳으며 눈빛에 긴장감이 감돌았다.

혹시나 도적이 아닐까 생각한 카울이 지나가던 청년을 불러 마을에 중요한 일이 있을 때나 울리는 회관의 종을 흔들도록 했다.

땡땡땡땡!

급박한 종소리에 마을 사람들이 무슨 일인가 하여 고개를 내밀었다.

"무슨 일이야?"

"뭔 사고라도 났나?"

"마을 회의는 아직 먼 것 같은데?"

"누가 온다는 것 같은데?"

그들은 그때까지도 상황을 파악하지 못하고 있었다.

그리고 마을을 찾아온 방문자들의 모습이 서서히 가까워져서 모습을 분별할 수 있을 만큼이 되자 마을 사람들의 얼굴에 놀람이라는 감정이 떠올랐다.

"저건!"

순백의 갑옷, 그리고 가슴의 흉갑에 새겨진 검은색의 테라프(✛십자의 각 끝마다 공처럼 둥근 원의 모습이 그려져 있는 모양을 하고 있는 문장. 4대정령을 상징한다)의 문장은 분명 달과 정령의 여신이라 불리는 디테리엔을 모시는 신자들의 상징이었다.

"서, 성기사다!!"

누군가의 입에서 떨리는 목소리가 흘러나왔다.

마을로 다가오는 그들은 신의 검이라 불리는 신전기사들, 그중에서도 그 한 명 한 명의 무력이 소드 마스터에 준한다는 성기사들이었다.

중앙의 귀족들조차 한 번 만나기가 어렵다는 그들이 변방의 오지에 위치한 작은 마을에 그 모습을 드러낸 것이다.

그것도 한두 명이 아닌 한 개 단에 해당하는 스무 명의 성기사가.

마을 사람들은 그저 신을 모시는 사자(使者)가 왔다며 좋아했지만 마을에서 가장 연장자이자 촌장인 일란 노인은 그들의 모습에서 무언가 알 수 없는 진득한 불길함을 읽었다.

평소와 다른 일이 발생하는 것은 그것이 어떤 일이든 사람들에게 불안감을 유발시키는 것이다. 더군다나 절대 그 원인을 알 수 없을 정도로 뜬금없는 일이라면 그것은 득보다는 실이 많을 확률이 높았다.

하지만 평민들에게 있어서 신전의 기사들이란 귀족의 기사들만큼이나, 아니, 그 이상으로 두려운 존재였기에 촌장은 마음의 불안감은 접어둔 채 그들의 앞에서 억지웃음을 지으며 환영의 말을 내뱉을 수밖에 없었다.

"어, 어서 오십시오, 기사님들. 누추한 곳에 고귀한 분들이 방문해 주시어 영광입니다."

애써 태연한 척 고개를 숙이는 그의 몸이 부들부들 떨렸다. 그의 표정에서 드러나는 은은한 두려움의 기색을 가만히 쳐다보던 성기사가 입을 열었다.

그의 눈동자는 마치 유리알처럼 아무런 감정도 담고 있지 않았으며 그 목소리 역시 눈동자만큼이나 무미건조한 색을 띠고 있었다.

"이곳의 마을 사람들이 전부 몇 명이냐?"

"예……? 아, 그러니까 여, 여든두 명이 있습니다."

손가락을 들어 꼽아보던 촌장이 겨우 말을 내뱉었다.

그러나 너무나 갑작스러운 대답이었기에 얼마 전 태어난 갓 난아이와 라케시드는 미처 숫자에 더하지 못한 채 한 달 전에 조사했던 수치를 말했다.

"여든두 명이라……."

성기사는 촌장의 눈빛에서 진실을 읽었다.

오직 당황과 두려움만이 섞여 있는 그 눈동자는 거짓을 꾸며대는 자의 눈이 아니었던 것이다.

성기사의 시선이 자신들의 주위에 몰려든 채 호기심 어린 시선으로 자신을 바라보는 마을 사람들을 훑었다.

"현재 이곳에 모인 인원수는 마흔여덟 명. 남은 인원수는 서른네 명이다. 단 한 명도 놓쳐서는 안 된다. 실행하라!"

"자비의 이름으로!"

그가 단장인 듯 네 개의 보석이 가드에 십(+) 자의 형태로 붙어 있는 검을 위로 치켜들며 외치자 나머지 성기사들이 복명을 외치며 사방으로 흩어졌다.

그리고 일방적인 살육이 시작되었다.

촌장은 자신의 심장이 검에 꿰뚫리는 그 순간까지도 지금의 현실을 믿을 수 없다는 듯이 그저 불신감 가득한 눈을 부릅떴다.

이상하게 불안한 느낌이 강하게 들기는 했지만 설마하니 신을 모시는 성기사들이, 그것도 자비와 자애를 덕목으로 삼는 달과 정령의 여신 디테리엔의 신자들이 아무런 힘도 없는 양민을 향해 검을 휘두를 것이라고는 생각지도 못했기에 죽는 그 순간까지도 상황을 파악하지 못한 것이다.

미처 감기지 못한 채 서서히 빛을 잃어가는 그의 눈동자 위로 비명을 지르며 도망 다니는 사람들의 모습과 불길에 휘감긴 집들의 모습이 비쳤다.

"그건… 성기사들의 모습을 한 악마들이었어."

카이린이 몸을 부르르 떨었다.

카이린의 눈동자에는 독기와 살기, 그리고 분노로 점철되어 있었다. 그녀가 살 수 있었던 것은 순전히 운에 의해서였다.

카이린은 아침부터 미약한 열기 때문에 잠시 쉬기 위해 자신의 방에 있는 침대에 누워 있던 참인데 마을에 일어난 참화를 눈치 챈 그녀의 부모가 재빨리 바닥의 카펫을 들어 그 밑의 판자를 떼어낸 후 그녀를 밀어 넣고 소리를 내지 말도록 한 것이다.

카이린은 부모의 말이 아니더라도 아무런 소리도 낼 수 없었다.

판자 너머로 들려오는 비명 소리들이 너무나 생생해서.

성기사의 검이 그녀의 부모를 베는 서걱 하는 소음이 너무나 크게 귓가에 울려 퍼져서.

주위로 퍼지는 혈향이 너무나 강해서…….

그리고 성기사들은 촌장과는 달리 갓난아이의 숫자까지 마을 인원수로 생각했기에 라케시드와 카이린이 빠졌음을 눈치채지 못한 채 마을에 불을 지른 후 떠났다.

채 반나절도 걸리지 않았을 정도로 짧은 시간이었다.

그러나 카이린에게는 마치 몇백 년은 지난 것 같은 길고도 지옥 같은 시간이기도 했다.

Chapter 15
마족의 계약

MUTATION
DEMON

라케시드는 카이린을 바라보며 기묘한 기분을 느꼈다.

바로 아침까지만 해도 마을 사람들에게 둘러싸인 채 햇살처럼 환한 미소를 짓던 소녀이다.

마치 세상의 더러움은 하나도 보지 못한 것처럼 순결하게 빛나던 그녀가 고작 반나절 만에 푸른 살기와 함께 독기를 눈 안에 품고 있는 모습을 보니 과연 인간이란 변화막측한 존재라는 생각이 들었다.

라케시드 역시 한 달 가까이 함께 지내왔던 마을 사람들의 죽음이 애석한 것은 사실이었다.

하지만 카이린처럼 그렇듯 분노감을 느끼지는 않았다.

마계는 철저한 강자존의 세계였다.

그리고 라케시드는 그러한 법칙이 지배하는 곳에서 지내던 마족이다.

살아온 환경 자체가 판이하게 다른 만큼 외모가 비슷하다 하여 그 생각과 사상까지 인간과 같은 것이 아니었다.

라케시드의 관점에서 보자면 상대의 강함에 당한 자신의 약함에 대해 분노할 수는 있어도 스스로가 약해서 이미 죽어버린 이들에게까지 쓸 만한 신경은 없는 것이다.

그런 라케시드의 모습이 서운할 만도 하련만 카이린은 현재 스스로의 감정을 추스르는 것조차 불가능한 상태였기 때문에 그가 현재 어떤 표정을 짓고 있으며 무슨 생각을 하고 있는지를 전혀 눈치 채지 못했다.

"흐윽……!"

입을 틀어막은 그녀의 손가락 사이로 숨죽인 울음소리가 새어나왔다.

눈물을 참기 위해 부릅뜬 눈꼬리가 찢어져 붉은 피가 배어나왔다.

그녀에게서 느껴지는 감정의 오라는 평소의 밝고 환한 것이 아닌 누군가를 향한 날카로운 살기와 분노로 음침하고 검은 어둠을 뿌리고 있었다.

그것에 라케시드의 몸 안에 있던 마기가 반응하듯 꿈틀거렸다.

중간계에 내려온 후 얌전히 있던 두 기운 중 하나가 처음으로 움직임을 보인 것이다.

라케시드는 그것을 깨닫고 흠칫 놀랐다.

평소 불안해하며 가장 염려하던 발작의 증세가 현재 나타나려는 것은 아닌가 하는 생각에 전신의 근육이 긴장되며 등 뒤로 식은땀이 배어 나왔다.

그러나 마기의 반응은 그가 염려한 대로 발작 때문이 아니었다. 카이린에게서 뿜어져 나오는 음차원의 마나. 그 어두운 감정의 오라에 감응한 것이다.

라케시드가 의식하지 못한 사이 그에게서 뻗어져 나간 마기의 촉수가 그녀의 주위를 휘감고는 그녀 주위의 음차원의 마나를 흡수하듯 빨아들였다.

그러자 마치 식사를 한 듯 포식감이 느껴지며 마기가 급속도로 팽창했다.

"……!!"

라케시드의 눈동자가 흔들렸다.

문득 지난날 아이켄에게 물었던 질문이 생각났다.

"마족은 어째서 인간과 계약하는 걸까?"

아이켄은 그때 이렇게 대답했다.

"인간이 내뿜는 강렬한 부정적인 감정은 음차원의 존재인 마족에게 음식이자 에너지의 근원이 되거든요. 마족과 계약을 바라는 인간들은 거의가 그러한 마이너스적인 감정의 오라를 가지고 있고, 마족들은 그것을 받아먹음으로 인해 중간계에서도 견딜 수 있게 되는 것이죠."

라케시드는 당시 그 대답을 이해하지 못했다.

그가 듣기로 중간계와 마계의 기운은 판이하게 달랐고, 음식 외에 기운만 가지고 배를 채운다는 개념을 이해하지 못했던 것이다.

그것은 그가 미성년 마족이기 때문이라는 이유도 있었다.

보통 삼천 살이 넘는 마족들이라면 마계의 공기 내에 있는 마력을 통해 호흡하고 그것을 생체 활동 에너지의 근원으로 삼아 음식을 먹지 않아도 충분히 삶을 연장할 수 있었지만, 미성년 마족은 아직까지 마기를 통해 몸의 세부 기능들을 지탱할 능력이 없기 때문에 음식을 먹지 않으면 굶어 죽을 수도 있는 것이다.

그렇기 때문에 처음으로 타인의 감정에서 뿜어져 나온 감정의 오라를 흡수하는 지금의 상황은 라케시드에게 엄청나게 충격적이고 경이로운 경험이었다.

마치 몇 달에 걸쳐 고생했던 어려운 일을 겨우 해냈을 때의 성취감처럼 황홀한 기분이 들었다.

잠시 그 감정에 취해 있던 라케시드가 문득 떠오르는 생각에 황급히 카이린을 향해 시선을 돌렸다.

카이린은 눈꼬리가 찢어져 피눈물을 흘린 것처럼 붉은 핏자국이 눈부터 턱까지 길게 선을 그은 채 말라붙어 있었는데, 생기로 반짝이던 푸른 눈동자가 마치 감정이 텅 비어버린 것처럼 무미건조한 빛을 띠고 있었다.

마치 세상을 그저 비출 뿐, 아무런 의식도 떠올리지 못한 것처럼 멍하니 멈춰 버린 그 동공의 모습을 본 라케시드의 표정에 살짝 난감함이 떠올랐다.

본의 아니게 계약도 하지 않은 채 남의 기운을 탐해 버린 것이 된 것이다.

그렇다고 이제 와 그녀와 계약하자니 라케시드는 아직 성마식도 치르지 않은 미성년 마족이었고, 계약의 의사를 표시해야 할 카이린은 아무런 의지도 가지지 않은 듯 눈동자가 텅 비어 있어서 여러모로 곤란한 감이 있었다.

계약은 서로가 원해야만 할 수 있는 것.

이렇게 아무런 의지도 가지지 못한 상대에게서는 어떠한 것도 원할 수 없다는 생각에 '이 소녀는 이미 죽은 것이나 마찬가지다' 라는 판단을 하고 떠나려던 라케시드를 붙잡는 한가닥의 가냘픈 목소리가 들려왔다.

"힘을 얻으려면 어떻게 해야 하지?"

"······."

돌아서려던 라케시드가 다시 카이린을 바라보았다.

그녀의 눈동자는 여전히 멍했다.

그러나 그 눈동자 깊은 곳에서는 밤하늘의 그것보다도 더욱 짙은 어둠이 똬리를 튼 듯 넘실거리고 있었다.

"그들에게 복수를 하려면··· 어떻게 해야 하지?"

그녀에게서 뻗어 나오는 음차원의 마나가 더욱더 강해졌다.

거의 상급 마족에 버금갈 정도로 짙은 어둠의 기운에 라케시드의 눈동자에서 이채가 떠올랐다.

마치 그와 같은 마족을 보는 듯한 기분에 당황스럽기까지 한 감정이었다.

애초에 태어날 때부터 어둠의 마나에 소질을 가지지 않았다면 결코 내뿜을 수 없는 수준의 기운이었다.

빛에 가깝다고 느꼈던 그녀의 기질의 근원이 사실은 어둠이었다는 생각에 라케시드는 당황스럽기까지 했다.

"만약 세상에 신이 있다면……."

그녀의 목소리가 간절하게 울렸다. 라케시드의 눈썹이 꿈틀거렸다.

"너희들이 말하는 신 따위는 세상을 구원하지 않아."

천계에 엉덩이를 붙이고 앉은 채 자신들만 잘났다는 듯 도도한 척 구는 천족들이 중간계에 있는 그 많은 인간들의 사정 따위 꼼꼼하게 다 살펴볼 것 같으냐?

라케시드는 애써 뒷말을 삼켰다.

굳이 그러한 말을 덧붙여서 자신이 마족이라는 사실을 드러낼 필요가 없는 것이다.

라케시드의 말에 카이린의 멍하던 시선에 초점이 잡혔다.

기계적으로 중얼거리던 그녀의 목소리가 멈췄다.

조금 또렷해진 목소리로 그녀가 말했다.

"그렇다면 악마라도 좋아. 내게 힘을……."

휘이이이—

바람이 불었다.

황폐한 마을의 풍경만큼이나 삭막한 바람이었다.

라케시드는 카이린의 말에 아무런 대답도 하지 못했다. 카이린의 의지가 있다면 계약을 할 수도 있다고 생각했지만 막상 그러한 대답을 들으니 아무런 말도 할 수 없었던 것이다.

카이린 역시 그에게 대답을 바라지 않고 한 말이었기 때문에 그러한 그의 반응에 상관없이 어머니의 시신을 끌었다. 하지만 어린 소녀의 힘만으로 끌 수 있을 정도로 시신의 무게는 녹록치 않았다.

카이린은 어머니의 팔을 잡아당기기도 하고 몸을 잡아 끌어당기기도 하였지만 작게 들썩거리기만 할 뿐, 요지부동이었다.

술에 취한 취객의 몸무게가 평소보다 훨씬 무겁게 느껴지듯 사후경직으로 굳어버린 두 구의 시신은 그녀의 힘만으로는 도저히 끌고 갈 수 없었던 것이다.

"이익……!"

악을 쓰면서도 힘에 부쳐 쩔쩔매는 그녀의 모습이 안쓰러웠던지 라케시드가 그 두 시신의 목덜미를 잡고는 그대로 바닥에 질질 끌며 문을 향해 걸었다.

별로 힘들이지도 않은 듯 성큼성큼 걸음을 옮기는 라케시드의 모습에 카이린이 멍한 표정으로 그의 등 뒤를 바라보았다.

라케시드는 아직 다 자라지 않은 소년임을 나타내듯 체구가 작고 호리호리했는데 카이린과도 그닥 차이가 나지 않을 정도였다. 그런데 자신과는 달리 힘이 센 것으로 보이니 그가 새삼 남자아이라는 것을 깨달았다. 평범한 힘을 가진 그 또래의 남자아이라면 절대로 저러한 힘을 가질 수 없다는 것은 생각지도 못한 채로.

그러다가 그가 끌고 가는 부모의 시신이 문턱에 걸려 둔탁한 소리를 내며 거칠게 흔들리는 것을 보고 화들짝 놀라 소리쳤다.

"끌고 가지 마!!"

등 뒤에서 외치는 카이린의 목소리에 라케시드의 눈썹이 꿈틀거렸다.

날카롭게 외치는 그녀의 말투가 왠지 명령조로 들렸던 것이다.

라케시드는 시큰둥한 표정으로 눈만 돌려 카이린을 바라보며 낮게 으르렁거렸다.

"시끄러워. 그러면 너는 안고 갈려고 그랬냐? 잊었나 본데, 이 집에도 다른 집처럼 불이 붙었다고. 지금은 비록 많이 번지지 않은 모양이지만 빨리 빠져나가지 않으면 우리도 여기서 불에 타 죽거나 연기에 질식해서 죽을 거다."

그 말에 무언가 반박하려던 카이린이 입술을 깨물고 시무룩한 표정을 지었다. 그녀의 눈 위로 다시 눈물이 글썽거리며 차올랐다.

"…후우, 그래, 알았다! 알았다고! 이렇게 하면 되는 거지?"

그 모습에 라케시드가 두 손을 들며 항복을 외쳤다.

그의 주변에 있던 여자라고는 이블루시아밖에 없었는데 그녀는 단 한 번도 우울한 모습을 보이거나 눈물을 보인 적이 없었다. 기분 상하는 일이 있으면 상대를 반쯤 죽여놓았고, 어려운 일은 수단과 방법을 가리지 않고 무슨 수를 써서라도 성취해 냈다.

그녀의 존재로 인해 라케시드는 여자란 무시무시하며 되도록 신경을 거스르지 않도록 하는 것이 정신 건강에 이로운 존재라는 인식을 갖고 있었다.

그것은 이곳 중간계에서 만난 카이린의 어머니를 보며 확신을 갖게 되었는데, 이상하게도 그 딸인 카이린은 작은 일에도 상처받은 눈으로 쳐다보며 흔할 정도로 눈물도 자주 흘리는 것이다.

그래서인지 카이린이 눈물을 흘리는 모습을 보면 심장이 덜컹거릴 정도로 당황스러운 감정이 들었다.

어떻게 해야 좋을지 알 수 없는 것이다.

라케시드는 결국 카이린의 부모 시신을 양쪽 어깨에 짊어진 채 걸어나올 수밖에 없었다.

두 구의 시체를 양어깨에 걸친 채 걷는 그의 뒷모습은 마치 어린 소년이 무게를 견디지 못해 중심을 잡지 못하는 것처럼 위태로워 보이면서도 카이린에게는 함께 있어주는 누군가가 곁에 있다는 느낌을 주어 무척이나 든든한 기분이 들었다.

"미안……. 그리고 고마워."

"…쳇."

자신의 옷자락을 잡고 작은 목소리로 말하는 카이린의 목소리에 라케시드의 얼굴이 붉어졌다.

무안하고 쑥스러운 한편으로 뿌듯한 기분이 들었다.

그러나 라케시드는 그러한 감정을 억지로 억눌렀다. 상대는 어머니와 같은 인간의 여성인 것이다. 그리고 인간은 세상에서 가장 믿을 수 없는 종족이었다.

바깥으로 나와서 보자 마을의 집들은 여전히 불길에 휩싸인 채 활활 타오르고 있었다.

아니, 불길은 더욱 세진 것 같았다.

나무로 된 문짝과 천장이 불길에 타다가 결국 견디지 못하고 무너져 내리기 시작했다.

카이린은 그 광경을 굳은 표정으로 바라보았다. 그녀의 꽉 깨문 입술과 움켜진 양 주먹 사이로 피가 배어 나와 뚝뚝 떨어지고 있었다.

가만히 그녀의 뒷모습을 바라보던 라케시드가 입을 열었다.

"너… 아까 말한 마족의 힘을 빌린다는 게 무슨 의미를 가지고 있는지 알기는 하는 거냐?"

카이린의 어깨가 움찔 떨렸다. 그러나 그녀는 그를 향해 얼굴을 돌리지 않았다.

그녀는 붉게 타오르는 집을 눈 안에 담은 채 확고한 어조로 말했다.

"상관없어, 힘을 얻을 수 있다면."

그녀의 목소리에는 분노와 증오, 그리고 짙은 슬픔이 묻어 있었다.

"…영혼을 빼앗길 수도 있다."

"……."

카이린은 대답하지 않았다.

그러나 그녀의 눈동자가 떨리지 않는 것으로 보아 그조차
각오하고 있다는 대답을 대신하는 것을 알 수 있었다.

"후우……."

라케시드의 입에서 한숨이 흘러나왔다. 그 반응이 자신에
대한 실망이라고 생각했는지 카이린의 어깨가 움찔 떨렸다.

"내가 추악해 보여? 복수를 위해 어둠에 손을 내밀려는 모
습이?"

카이린의 목소리는 물기로 젖어서 가냘프게 떨리고 있었다.
그것에서 느껴지는 자신에 대한 짙은 혐오감은 스스로조차 그
러한 자신의 모습을 추악하게 생각하고 있음을 미루어 짐작할
수 있게 만들었다.

카이린은 자신에게서 부모를 빼앗아가고, 마을 사람들을 죽
이고, 집마저 불태워 버린 그들을 용서할 수 없었다.

하지만 그보다 더 증오스러운 것은, 그럼에도 현재 혼자서
살아남아 숨 쉬고 있는 자신의 모습이었다.

만약 라케시드가 곁에 있지 않았다면 카이린은 미쳐 버릴
것 같은 현실을 견디지 못해 자살을 택했을지도 몰랐다.

그 정도로 카이린이 받은 정신적 충격은 컸다.

악마에게 영혼을 팔아서라도 이러한 기분을 느끼게 만든 그
들을 죽이고 싶을 정도로.

"추악하다고는 생각하지 않아."

라케시드의 말에 카이린이 그를 이채 어린 시선으로 바라보았다.

중간계의 존재라면 어느 누구라고 할 것 없이 마족을 비롯한 어둠의 근원을 가진 존재에 대해 입에 올리는 것만으로도 두렵고 꺼림칙하게 생각했다.

그런데 라케시드는 악마에게 손을 내밀고 싶다는 그녀의 말에도 눈썹 하나 까닥이지 않고 있는 것이다.

신앙을 갖고 있지 않는 자라고 생각하더라도 그 태도는 무척이나 이상한 것이었다.

그러고 보니 이상한 점은 그것 외에도 또 있었다.

마을을 둘러싸고 있는 불길.

그것이 마치 라케시드의 눈치를 살피듯 그의 주변의 일정 범위 안쪽으로는 접근을 하지 않는 것이다. 마치 무언가에 보호라도 받고 있듯이 열기마저도 느껴지지 않았다.

그리고 그는 불타고 있는 집 안에 아무런 방비도 하지 않은 채로 들어왔다.

카이린을 향해 불에 타 죽거나 질식사할지도 모른다고 말했으나 그의 얼굴에는 분명 초조함 따위는 조금도 비치지 않고 있었다.

멍한 눈으로 자신을 바라보는 그녀에게 라케시드가 물었다.

"하지만 그렇게 힘을 얻으면… 무엇을 할 건데?"

그의 질문에 카이린은 퍼뜩 자신의 생각에서 벗어났다. 그녀는 잠시 라케시드의 질문 안에 든 의도를 생각하려 애썼다.

무엇을 할 거냐고?

"그거야……."

당연히 복수를 할 것이다. 그녀에게서 모든 것을 빼앗아갔으니 그들에게도 똑같이 소중한 것을 빼앗기는 고통을 맛보게 하며 처절한 죽음을 선물할 것이다.

하지만 카이린은 선뜻 그 말을 내뱉을 수 없었다.

자신을 바라보며 대답을 촉구하고 있는 라케시드의 시선이 그러한 대답을 주저하게 만들고 있는 것이다. 자신을 바라보는 그의 눈빛이 마치 자신의 생각이 대단히 잘못되었다고 말하고 있는 듯한 기분에 카이린은 입을 열 수 없었다.

"마족의 힘을 빌려도 이미 죽은 자들은 살아 돌아오지 않아. 그래도 복수를 할 거야? 누구에게……?"

죽은 자를 되살릴 수 있는 방법은 전무하다는 것은 그녀 역시 알고 있었다.

그리고 대상은 당연히 마을 사람들을 죽인 성기사들이라고 생각했다.

"그야 당연히……."

그녀가 막 입을 열려는 순간 라케시드가 그녀의 말을 끊고 물었다.

"그 성기사들에게? 아니면 신전에? 그도 아니면 그들이 모시는 신에게? 무엇보다 성기사들의 얼굴은 모두 기억하고 있어?"

"그건······."

당연히 누구에게?

카이린의 눈동자가 흔들렸다.

그제야 라케시드가 하고자 하는 말이 무엇인지 알 수 있었다. 그리고 다른 어떤 말보다 마지막 말이 비수가 되어 그녀의 가슴에 박혔다.

그녀는 성기사들의 모습을 볼 수 없었다.

만약 그들의 눈에 띄었다면 그녀 역시 죽음을 면치 못했을 것이다.

카이린은 자신을 필사적으로 그녀를 감추었던 부모 덕에 거실의 바닥에 있는 판자 아래의 작은 창고에 숨은 채—평소 술을 담가두던 곳이었다—두 손으로 입을 막고 숨소리조차 죽이고 있었기에 스스로의 목숨을 구할 수 있었다.

당연히 누가 그들을 죽였는지 알지 못했다.

살육자가 성기사들이라는 것 역시 아버지의 외침으로 알 수 있었던 것이다.

기억나는 것은 오로지 판자 너머로 스며들던 부모의 붉은 피의 비릿한 냄새와 판자 사이의 틈새로 보이던 피에 젖은 흰색 갑주를 입고 있는 살육자의 모습과 그의 가슴에 새겨져 있던 검은색 테라프의 문장, 그리고 투구 사이로 그들의 시신을 무심한 눈으로 내려다보던 소름 끼칠 정도로 차가운 회색빛 눈동자뿐이었다.

카이린의 눈동자가 암울한 절망으로 물들어갔다.

자신이 그들이 할 수 있는 일이 아무것도 없다는 사실이 못 견디게 고통스러웠다.

"그러면… 어떻게 해야 하지? 나는 아무것도 할 수 없는데! 이대로 고통 속에 살아야 해? 이들의 죽음에 대해 왜 함께 죽지 못했는지 죄책감을 느끼면서 평생을?"

카이린은 자신이 느끼고 있는 비참한 감정을 담아 절규했다.

라케시드가 아무런 잘못도 없다는 것을 알고 있었다.

그는 마을에 들어온 지 한 달도 안 된 이방인이었고, 상대는 기사였다.

불에 타는 마을의 모습을 보고 그냥 도망쳤어도 아무런 원망도 할 수 없는 사이였다. 하지만 카이린은 지금 이 순간 그가 너무나 밉고 원망스러웠다.

자신이 아무것도 할 수 없음을, 무슨 짓을 하더라도 예전의 시간으로 되돌릴 수 없음을 말하는 그가 너무나 서운했다.

카이린의 몸에서 나오는 어둠의 농도는 그럴수록 더욱 진해지고 커졌다.

라케시드의 눈썹이 꿈틀거렸다.

몸 안의 마기가 더욱 요동치고 있었다. 그에 반응하듯 신성력까지 움직일 기세다.

이대로 내버려 두었다가는 또다시 폭주의 고통에 시달리게 될 것이 자명했다.

그리고 도와줄 수 있는 이가 아무도 없는 이 중간계에서 마기를 느끼고 찾아온 이종족이나 신관들에 의해 죽임을 당하게 되겠지.

이를테면 이곳을 쑥밭으로 만든 성기사들 같은 존재 말이다.

온전한 힘을 가지고 있을 때라면 수가 몇이든 상대가 인간이라면 얼마든지 상대할 수 있다고 말하겠으나 지금 자신은 중간계에 내려오면서부터 폭주는 없어졌지만 힘은 말도 못하게 약해져 있다.

마법조차 사용할 수 없는 라케시드로서는 자칫 잘못하면 목숨을 잃을 수도 있었다.

하지만 라케시드는 결국 카이린에게 손을 내밀 수밖에 없었다.

"그렇다면 나와 계약하겠어?"

카이린의 눈에 의문이 감돌았다.

이해할 수 없다는 듯한 그 시선에 라케시드가 '쳇!' 하고 혀를 찼다. 미성년인 그로서는 마족이 아닌 누군가와 계약을 맺는다는 것은 굉장한 모험이었다.

자칫 일이 잘못되어 계약이 파기될 경우에는 그 반동으로 인해 목숨을 잃을 수도 있었다.

하지만 그렇다고 지금 이 순간 그냥 멍하니 있다가 폭주하게 된다면 그것 역시 위험하기는 마찬가지였다.

'젠장! 수명도 얼마 안 남았는데 까짓 죽기밖에 더하겠냐?'

라케시드는 입술을 깨물었다.

허리춤에 매달린 세크리티히가 킬킬거리며 웃는 듯한 소리가 귓가에 맴도는 듯했다.

펄럭!

그의 등 뒤로 순백의 깃털을 가진 한 쌍의 날개가 펼쳐졌다.

그에 따라 꿈틀거리던 마기와 신성력이 그의 몸 밖으로 표출되며 뻗어나갔다.

하얗고 검은 기운이 서로 얽혀들며 회색빛으로 변했다.

주변의 불길이 그에게 고개를 숙이듯 삽시간에 사그라지기 시작했다.

마치 타락한 천사처럼 성스러우면서도 사이한 기운을 뿜어내는 그의 모습에 카이린의 동공이 더할 수 없을 만큼 커졌다.

잠시 오만한 시선으로 그녀를 응시하던 라케시드가 마력을 담은 목소리로 물었다.

"내 이름은 라케시드 데블 라 블러드 피엔 아이에드, 마족의 왕자다. 그대 카이린 티그리스여, 나와 계약을 하겠는가?"

*   *   *

파캉!

값비싼 유리로 만들어진 갓난아이의 머리만 한 크기의 구슬이 요란한 소리와 함께 금이 갔다.

새하얀 대리석으로 만들어진 건물의 방 안에 있던 여인의 시선이 유리구슬을 향했다.

건물만큼이나 새하얀 옷을 입은 여인의 얼굴은 무척이나 수

척해 보였다.

사르륵.

옷자락이 끌리는 소리와 함께 여인의 걸음이 유리구슬을 향해 천천히 움직였다.

여인의 움직임을 따라 새하얗게 빛나는 은발이 찰랑거렸다. 마침내 구슬을 눈앞에 둔 여인의 하늘색 눈동자가 깊게 빛났다.

"드디어……."

의미를 알 수 없는 한 단어가 여인의 입술을 비집고 새어 나왔다.

마치 한숨처럼 들려오는 그 목소리에는 약간의 침음성마저 묻어 나오고 있었다.

여인의 두 손이 조심스러운 손길로 깨진 유리구슬을 감싸안자 구슬 안에서 맑은 푸른빛을 띤 기류가 스르륵 흘러나와 한 사람의 인영을 만들어냈다.

여인은 그의 얼굴을 머릿속에 깊게 새기겠다는 듯이 뚫어지게 바라보았다.

그리고 곧 기류가 흩어지며 허공에 그려졌던 사람의 얼굴도 사라지자 여인이 심호흡을 하듯 깊은 한숨을 내쉬고는 옆에 있던 은색의 줄을 흔들었다.

짤랑짤랑.

맑은 방울 소리가 울려 퍼지자 얼마 지나지 않아 흰 갑옷을 입은 남자가 여인의 등 뒤로 나타났다.

"부르셨습니까."

오른손을 왼쪽 가슴에 대며 공손히 시립하는 그의 모습을 물끄러미 바라보던 여인이 입을 열었다.

"신탁이 내려졌습니다. 내용은 한 사람을 찾아 보호하는 것. 그의 얼굴을 그려야 하니 화공(畵工)을 데려오십시오."

"……!"

남자의 시선이 흔들렸다. 그의 눈빛에 떠오른 것은 참을 수 없는 격동이었다.

감격에 몸을 떠는 그에게 여인이 한마디를 붙였다.

"단, 이 일에 대해서 교황께서는 모르셔야 할 것입니다."

그렇게 말하며 돌아서는 여인의 옷의 가슴 위 중앙 부분에는 은빛의 테라프가 짙게 새겨져 있었다.

*   *   *

"뭐… 라고?"

카이린의 목소리가 흔들렸다.

그녀는 잠시 자신이 들은 말이 무엇인지 파악하지 못한 채 멍한 눈으로 눈앞의 라케시드를 바라보았다. 하지만 잘못 봤기를 기원하는 그녀의 마음과는 달리 라케시드의 등 뒤에는 여전히 눈처럼 새하얀 순백의 날개가 자리 잡고 있었다.

그것이 그녀를 더욱 혼란 속으로 몰아가게 만들었다.

마족의 날개는 까만색의 박쥐 날개처럼 생겼으며 몸은 우락부락하고 얼굴은 악귀처럼 생겼고 머리에는 산양의 뿔 같은 크고 무시무시한 뿔이 돋아 있다는 것이 그녀가 알고 있는 악마의 모습이었다.

비둘기처럼 하얀 깃털 날개와 아름다운 외모는 천사의 모습인 것이다.

그녀의 상식 안에 하얀 깃털 날개를 가진 채 아름다운 미소를 짓는 악마의 모습 따위는 없었다.

"계약하겠느냐고!"

"아니, 그것 말고……. 마족… 이라고 들었던 것 같은데……. 하하! 내가 잘못 들은 거지?"

카이린의 입가가 부들부들 떨렸다.

경악 어린 표정으로 자신을 바라보는 카이린이 무슨 생각을 하고 있는지 짐작한 라케시드의 이마에 살짝 골이 패였다.

"제대로 들은 것 맞다. 정확히는 마왕자. 마왕의 아들이지."

"…처, 천사가 아니라 악마라고? 그… 모습이?"

단 한 번도 상상해 보지 못했던 눈앞의 존재에 카이린은 머리가 어질거리는 느낌마저 들었다.

그녀는 라케시드가 악마라는 것보다 그 모습이 더욱 충격인 것 같았다.

라케시드의 이마에 핏대가 삐죽이 솟아났다.

"내가 마족이라는 데 불만있냐? 계약할 거야, 말 거야? 안 하면 나 그냥 간다?"

금방이라도 돌아설 듯한 그 모습에 카이린이 소리쳤다.

"잠깐!!"

라케시드는 그럴 줄 알았다는 듯 피식 웃었지만 곧 얼굴을 굳혀 시큰둥한 표정을 만들며 카이린을 향해 돌아섰다.

역시 인간이란 복수를 할 수 있는 가장 쉬운 방법이 눈앞에 있다면 그것이 악마의 손을 잡는 것이라도 서슴지 않는다는 아이켄의 말이 맞는 것 같았다.

"왜?"

귀찮다는 듯이 띠꺼운 표정을 짓는 라케시드의 표정이 카이린이 입술을 꾹 깨물었다.

그녀의 눈동자에서는 푸른 불길이 활활 타오르고 있었다.

"왜… 마을 사람들을 살리지 않았던 거야?"

"…뭐?"

"악마잖아! 그것도 왕자라며! 그럼 성기사 따위… 다 무찌를 수 있을 거 아냐! 그런데 왜 마을 사람들을 다 죽이도록 내버려 둔 거야? 왜?!"

"하~?"

라케시드의 얼굴에 어처구니없다는 표정이 떠올랐다.

이건 뭐, 물에 빠진 사람이 보따리도 건져 달라고 한다더니……. 생명까지 걸고 계약을 해주겠다는데 오히려 큰 소리를 치며 몰아세우자 라케시드 역시 화가 치밀어 올랐다.

하지만 라케시드는 그녀를 향해 그 화를 풀어내진 않았다.

화를 눌러 참느라 낮게 가라앉은 그의 목소리가 카이린의 귓가에 울렸다.

"그랬으면?"

"뭐?"

"내가 사냥을 가느라 마을에 일이 생긴 걸 모르기는 했다만, 설혹 그게 아니었더라도 마족에 의해 성기사들이 전멸했으면 신전은 가만있는대?"

"……!!"

카이린의 눈동자가 흔들렸다.

라케시드의 말이 옳았다.

그가 얼마나 강한지는 알 수 없었지만 만약 그가 성기사들을 몰살시켰더라도 신전에서 추가로 파병한 병력으로 인해 그는 몰라도 마을 사람들은 모두 죽음을 피할 수 없었을 것이다.

그것도 악마와 결탁했다는 오명을 뒤집어쓴 채로 말이다.

하지만 그것을 머리로는 알고 있으면서도 가슴으로는 인정할 수 없었다.

그의 힘이 있었으면 죽지 않아도 되었을지도 모른다는 생각에 카이린의 눈동자에 눈물이 차올랐다.

그녀에게 처해진 현실이 숨이 막혀 죽을 것 같을 정도로 무거워서 누구에게든 책임을 전가하고만 싶었다.

"그럼, 그럼 성기사들이 널 찾아온 거 아냐? 악마라며!"

처절하다 못해 애처롭기까지 한 그 외침에 라케시드의 입에서 한숨이 흘러나왔다. 라케시드는 한 손으로 머리를 쓸어 올리며 짜증 섞인 목소리로 말했다.

"악마가 아니라 마족이다. 그리고 날 찾아왔으면 나한테 오지 엉뚱한 너희 마을 사람들을 학살하겠냐? 누군가에게 책임을 전가하고 싶은 그 기분은 알겠다만 나한테는 하지 마라. 그들을 죽인 것은 신전의 인간들이지, 내가 아니야."

"……!"

엉뚱한 책임 전가는 사양이다. 단호한 라케시드의 말에 카이린의 눈에서 기어코 눈물이 떨어져 내렸다.

우는 것을 보이기 싫어서인지 눈을 부릅뜬 채 입술을 깨물고 몸을 부들부들 떠는 그녀의 모습에 라케시드는 어쩐지 가슴 한 편이 욱신거리는 기분을 느꼈다.

결국 그녀의 눈물을 견디지 못한 라케시드가 한숨을 내쉬며 말했다.

"네가 복수를 원한다면… 도와줄 수는 있다."

'내 영혼을 받는 대가로?'

카이린은 왠지 서러워진 마음에 입을 다물었다.

"……."

좀 전까지만 해도 복수를 위해서라면 악마와도 손을 잡겠다 말했건만 눈앞에 마족이 있음에도 선뜻 손을 내밀지 못하는 자신의 모습을 저주하고 싶었다.

스스로의 모습이 마을 사람들을 학살한 그자들만큼이나 증오스러웠으며 수치스러웠다.

갈등하듯 떨리는 눈동자 속에 담긴 혼란과 자기 분노에 라케시드는 그녀가 생각하는 것이 무엇인지 어렴풋이 짐작할 수 있었다.

이상하게도 그녀의 감정이 손에 잡힐 듯 선명하게 느껴졌다.

"괜찮아. 대가는 그리 어려운 게 아니니까. 내가 해줄 수 있는 것도 큰 것은 아니고."

"뭐… 지, 그게?"

머뭇거리면서 겨우 입을 여는 카이린의 모습에 라케시드의 입가에 희미한 미소가 맺혔다.

"한 존재를 찾는 것. 왠지… 이곳에 있을 것 같다는 생각이 들거든."

웃고 있음에도 그의 눈동자 깊은 곳에서 느껴지는 아릿한 고통과 슬픔의 빛에 카이린의 눈동자가 흔들렸다.

라케시드가 그녀의 감정을 느끼는 것처럼 카이린 역시 그의 마음을 어렴풋이 짐작할 수 있었다.

처음 봤을 때부터 어쩐지 낯이 설면서도 반가운 느낌이 들었던 그다.

그리고 그가 마족이라는 것을 알게 된 지금 역시 그를 향한 혐오감은 들지 않았다.

마치 오래전 그리워했던 누군가를 이제야 겨우 만나게 된 듯한 느낌이랄까.

카이린의 입이 열리며 스스로도 의식하지 못한 사이 나직한 음성이 흘러나왔다.

"그렇다면… 내게 줄 수 있는 것은?"

라케시드의 눈빛이 가라앉으며 그것만큼이나 무거운 무게

를 담은 음성이 흘러나왔다.

"복수. 너의 복수를 함께해 주마. 세상 모두가 네 적이 된다 하더라도 너의 등 뒤는 내가 지켜주겠다."

그로 인해 제2차 천마대전(天魔大戰)이 벌어진다 하더라도.

아무리 천족들이 중간계에 대해 시시콜콜 신경 쓰지 않는다고 하여도 자신의 신전에까지 그러한 것은 아니었다.

마족들이 자신의 계약자에 대해 챙기는 것처럼—의미는 조금 다르겠지만—천족들 역시 자신의 힘을 빌리는 신관들을 챙겼다.

그러한 상황에서 마족이, 그것도 일반 마족이 아닌 차기 마왕이 될 라케시드가 중간계에서 신관들을 죽여 천족의 영향력을 약하게 만든다면, 자칫 그 사실이 발각되었을 경우 두 종족 간에 전쟁이 벌어질 수도 있었다.

라케시드는 카이린과 계약함으로써 생길 그러한 위험부담까지도 모두 감수할 생각이었다.

애당초 그는 천족이라는 존재를 좋아하지 않았다.

그의 모습이 천족을 닮았음은 뒤로하고라도, 아니, 오히려 그래서 더욱 천족이 싫었다.

그들과 닮았음으로 인해 그가 겪은 고통은 이루 말할 수 없었기 때문에 천족과 직접 만난 적이 없었음에도 그들에 대한 적개심을 가졌던 것이다.

그러니 후에 천족과 마족 간에 종족 전쟁이 벌어진다고 하더라도 안타까울 것은 없다고 생각했다.

라케시드의 말에서 느껴지는 진지함에 카이린의 눈동자가 흔들렸다.

카이린은 라케시드가 하는 말의 무게까지는 알지 못했지만 그의 마음이 진심이라는 것은 느낄 수 있었다.

카이린이 입술을 꾹 깨물었다. 그녀의 눈동자가 갈등하듯 흔들렸지만 그것은 결코 오래 걸리지 않았다.

결심을 끝낸 듯 그녀의 눈빛이 단호하게 변했다.

그녀의 입술이 벌어지며 굳은 목소리가 흘러나왔다.

"좋아, 계약을 하겠어!"

카이린의 대답에 라케시드가 다시 물었다.

"다시 한 번 확인한다. 카이린 티그리스, 그대는 나 라케시드 데블 라 블러드 피엔 아이에드와 계약을 하겠는가?"

"해!"

"지금부터 그대 카이린 티그리스는 나의 계약자로서 나는 그대의 복수를 도우며 그대는 내가 한 존재를 찾는 것을 돕기로 상호 약속하였다. 이는 마신의 이름 아래 행해진 신성한 계약이니 어느 누구라도 깰 수 없음이라. 동의하는가?"

"동의한다!"

카이린의 말이 끝남과 동시에 그녀를 중심으로 바닥에 검은 색의 마법진이 생기며 마기가 뭉클뭉클 솟구쳐 나왔다.

그것은 카이린이 미처 반응을 보이기 전에 그녀의 몸속으로 빨려 들어가더니 그녀의 손바닥에 검은색 육망성의 문양을 그려 넣고는 사라졌다.

그러한 과정을 끝까지 지켜보던 라케시드가 마지막으로 선언했다.

"이로써 나 라케시드 데블 라 블러드 피엔 아이에드과 카이린 티그리스의 계약은 성립되었다."

Chapter 16
부서진 마을들

MUTATION
DEMON

　카이린이 라케시드와 계약을 맺었지만 크게 달라진 점은 없었다.

　마족과 계약을 하면 해당 마족의 힘을 빌릴 수 있다지만 카이린은 흑마법사가 아니었고, 라케시드 또한 마법을 사용할 수 없음은 물론 미성년자였기 때문에 그들의 계약은 엄밀히 따지자면 정상적인 절차를 밟았다고는 할 수 없었다.

　그럼에도 불구하고 마신의 앞에서 맹세한 계약의 언어는 유효했기 때문에 둘의 계약은 이루어졌던 것이다.

　카이린은 아무리 기다려도 자신의 몸에서 힘이 솟구치는(?) 느낌이 없자 라케시드를 향해 수상하다는 눈빛을 보냈다.

　"제대로 계약한 거 맞아?"

미심쩍어하는 그녀의 목소리에 라케시드가 움찔했다. 처음 해 본 계약인지라 그 역시도 얼떨떨한 기분이었지만 계약조차 제대로 못했다고 의심받게 되자 무언가 속에서 뜨거운 것이 울컥 솟아오르는 기분이 들었다.

"분명 제대로 된 계약의 언어야! 날 못 믿겠다는 거냐?"

"응. 못 믿어. 마족을 어떻게 믿어?"

펄펄 뛰는 라케시드의 말에 카이린이 시큰둥하게 말했다. 그 새치름한 표정에 라케시드는 열이 오르는 것을 느꼈다.

"…그럼 믿지도 못하는 마족하고 계약은 뭐 하러 했냐?"

계약이라는 것은 기본적으로 서로에게 신뢰 관계가 있을 때 행하는 것이다.

이루어질 수 없을 것이라고 생각했다면 대체 왜 했단 말인가, 그것도 마족과의 계약을.

"힘을 줄 거라고 생각했으니까."

카이린이 또렷한 목소리로 말했다.

그녀의 눈동자는 아무것도 비치지 않을 정도로 새파란 빛을 띠고 있었다. 그 무감각한 눈빛에 라케시드가 자신도 모르게 흠칫 몸을 떨었다.

"그들에게 복수할 수 있는 힘을 얻을 수만 있다면 어떻게 되든 상관없다고 생각했으니까. 속는다고 해도."

그리고 복수를 하다가 죽게 된다 할지라도.

카이린의 눈동자는 죽은 자의 그것처럼 빛을 잃고 있었다. 그 안에 담긴 생기라고는 오로지 새파랗게 타오르는 증오의 불길뿐.

라케시드는 어쩐지 그것이 무척이나 안타깝게 생각되었다.

복수의 불꽃이란 결국 그것을 쥐고 있는 스스로의 몸까지 불태워 버리는 마물이다.

하지만 라케시드는 그러한 이유 때문에 카이린을 안타깝게 생각하는 것은 아니었다.

그 눈동자.

까만 어둠속에 가라앉은 그 심연의 눈동자가 어째서인지 무척이나 안타깝고 서글프게 느껴진 것이다.

라케시드는 그것이 계약의 후유증이라 생각했다.

처음 맺은 계약의 대상자에게 자신도 모르게 연민을 느낀 것이라고.

그렇지 않고서야 이토록 애달픈 느낌이 들 리 없지 않겠는가?

"마족이 빌려주는 것은 마력뿐이야. 마법은 너 스스로 공부해야 해."

라케시드는 자신도 모르게 그녀에게 조언을 건넸다. 그리고는 스스로도 놀라 흠칫거렸다. 물론 그 역시 계약의 인(印)을 통해 그녀에게 마력을 건네는 것쯤은 할 수 있었다. 하지만 그 말을 굳이 그녀에게 할 필요는 없었다.

더구나 겨우 마력이 신성력과 균형을 이루고 있는 지금, 그녀에게 마력을 건네는 것은 무척이나 위험한 모험이었다.

그러거나 말거나 라케시드의 말을 들은 카이린의 눈동자는 반짝거리며 빛을 내고 있었다.

"나, 마법은 조금 쓸 줄 알아!"

"…뭐?"

라케시드의 얼굴이 당황으로 일그러졌다.

말실수를 했다고 생각하면서도 이런 시골에 살고 있는 여자아이가 마법에 대해 알겠느냐며 위안을 하고 있었는데 갑자기 뒤통수를 치는 말이 들려온 것이다.

믿을 수 없다는 듯 눈을 크게 뜬 채 온몸으로 경악을 표현하고 있는 라케시드의 앞에 카이린이 자랑스럽게 한 손을 내밀었다.

"자, 이거 봐."

그를 향해 내보인 손바닥 위로 검푸른 기류가 작게 회오리치는 것이 보였다.

"……."

긴장하고 있던 라케시드의 얼굴 위로 땀방울이 흘러내렸다.

그는 잠시 회오리와 카이린의 얼굴을 바라보았다.

카이린의 표정은 여전히 진지해서 그를 놀리기 위해 그러는 것은 아닌 것처럼 보였다.

라케시드는 갑자기 맥이 탁 풀리는 기분에 난감한 표정으로 볼을 긁적였다.

"에… 그러니까… 너무… 작다고 생각하지 않냐?"

아무것도 없는 허공중에서 회오리를 만들어낸 것은 분명히 마법이라고 말할 수 있었다.

하지만 그렇다고 해도 손가락 두 마디만 한 크기의 회오리는 마법이라고 부르기에는 많은 어폐가 있었다.

모양이나 마나의 흐름을 보아서는 공격 마법인 것 같았는데 이만한 크기로는 살상력조차 없을 것 같았다.

라케시드의 얼굴에서 그러한 것을 읽었는지 카이린의 표정에 살짝 불안감이 감돌았다.

"이걸로는… 안 되나?"

라케시드가 한숨을 푹 내쉬었다.

'혹시나 중간계에는 마법이 흔한가' 라는 생각은 그저 생각으로만 끝난 것이다.

"당연하지."

어지간한 크기라면 강제로 마력을 불어넣어서라도 크기를 키울 수 있었을 것이다. 하지만 카이린이 손 위에 띄운 회오리는 너무나 작았다.

그녀가 마법을 익히고 있다는 것은 의외였지만 이토록 작은 크기라면 있으나 마나였다.

카이린은 라케시드의 표정에서 그것을 읽었다. 그녀의 표정이 살짝 어두워졌다.

"그러면 어떻게 해야 해? 난 마법사가 어디에 사는지도 모르는데."

마법사가 어디에 사는지 모르는 것은 라케시드 역시 마찬가지였다.

그렇다고 그가 가르칠 수도 없는 것이, 거듭 말하는 거지만 그는 마법을 사용할 수 없는 몸이었다.

당연히 다루지 못하는 힘에 대해서는 소홀할 수밖에 없었고 그가 마법에 대해 아는 것이라고는 이름과 특성, 그리고 파훼 방법뿐이었다.

그것이 그의 잘못은 아니었지만 카이린의 시무룩한 표정을 보니 라케시드는 왠지 자신이 큰 잘못을 저지른 것 같은 기분을 느꼈다.

라케시드의 얼굴에 식은땀이 주르륵 흘러내렸다.

"그, 근데 그 마법은 어디서 배운 거야?"

화제를 바꾸기 위해 필사적으로 노력하는 라케시드의 모습이 애처로워 보였는지 카이린은 더 이상 그에 대한 이야기를 꺼내지 않았다.

대신 라케시드가 물은 대로 마법을 배우게 된 사연을 이야기하려 했는데 이상하게도 머릿속에 그에 대한 일이 떠오르지를 않았다.

카이린의 이마에 깊은 골이 새겨졌다.

"이상하네?"

"뭐가?"

"아니, 분명히 어떤 마법사님한테 배운 것 같은데… 누군지가 기억이 안 나."

카이린은 떠오를 듯 떠오르지 않는 기억을 붙잡아내기 위해 끙끙대며 머리를 쥐어짜 봤지만 어렴풋이 어떤 남자의 윤곽만이 떠오를 뿐, 얼굴도 목소리도 체형도 아무것도 떠오르지 않았다. 단지 기억나는 것은 누군가가 그녀에게 이 마법을 알려 줬다는 것과 그에게서 어쩐지 친근함을 느꼈던 것 같다는 것 하나뿐이었다.

"자신을 알리기 싫어하는 인간이었나 보지."

라케시드는 그것을 대수롭지 않게 생각했다.

무언가 대단한 마법을 가르쳐 준 것도 아니었고 그저 마나를 이용한 간단한 기교를 배웠을 뿐이다. 카이린이 마나에 대한 친화력을 가지고 있었다는 것은 조금 의외이긴 하지만 그 외에 마법사의 정체 같은 것에 대해서는 화제를 돌리기 위한 방편일 뿐, 애초에 알아도 그만, 몰라도 그만인 사안이었던 것이다.

"어쨌든 여기부터 치우고 가도록 하지. 어쩌면 방금 전의 계약 때문에 성기사들이 너와 나의 존재를 눈치 챘을 수도 있으니까."

라케시드의 말에 카이린이 주위를 둘러보았다.

그녀의 부모님은 불타는 집에서 꺼내와 무덤을 만들었지만 불에 타고 있는 마을은 어떻게 손을 댈 수가 없었다.

하지만 그들을 방해했던 불길은 이미 모두 꺼진 후였다.

카이린의 눈동자가 흔들렸다.

아침까지만 해도 서로 웃으며 인사하던 이웃들이었다.

작긴 해도 언제나 이웃들이 친근하게 지내던 마을이었다.

그랬던 것이 한순간에 모두 사라져 버렸다.

친하게 지내던 이웃들은 모두 살해당했고 마을은 불타 버렸다.

"라케시드……."

카이린의 목소리가 물에 잠긴 듯 떨려 나왔다.

"말해."

간절하게 들리는 카이린의 목소리에 라케시드가 대꾸했다.

공기를 타고 어렴풋이 그녀의 기분이 전해지는 것 같았다, 슬프고 절망스러운 그 마음이.

"성기사들이 오면 이길 수 있어?"

"……."

라케시드는 잠시 생각에 잠겼다.

그녀가 무슨 생각을 하는지는 모르겠지만 그녀가 원하는 대답이 무엇인지는 짐작할 수 있을 것 같았다.

하지만 안타깝게도 라케시드는 그녀가 원하는 대답을 해줄 수 없었다.

"열 명 정도라면 내가 이긴다. 스무 명이면 양패구상(兩敗俱傷), 서른 명이면 필사(必死)다."

마계에서의 힘 그대로를 낼 수 있다면 백 명이 몰려온다 해도 눈 하나 꿈쩍하지 않을 것이다.

하지만 이곳은 중간계였고, 그는 마력과 신성력의 충돌을 방지하기 위해 일정 힘 이상을 끌어올릴 수는 없었다.

만약 성기사들 모두가 소드 마스터와 같은 급이라 가정한다면 큰 이변이 없는 한 그가 말한 것과 같은 결과가 나올 것이 틀림없었다.

라케시드의 대답에 카이린은 실망스러운 표정을 지었다.

마왕의 아들이라기에 혹시나 했는데 역시나인 것이었다.

하지만 그것은 그녀가 잘못 생각한 것이었다.

성기사의 힘은 서른 명이 모였을 경우 순수 무력으로만 따져 봤을 때 갓 성룡이 된 드래곤과 비견될 만한 힘을 가진 존재들이었고, 만약 그들이 그만한 힘을 가진 존재들이 아니었다면 중간계는 이미 벌써 예전에 마족의 손에 넘어갔을 것이다.

그런데 라케시드의 힘은 상급 마족의 힘을 넘어 최상급 마족에 비견될 정도이다.

그리고 마계에서 최상급 마족의 수는 백 명.

순수 계산으로 따져 봐도 드래곤 백 마리 내지는 성기사만 삼천 명이 모여야 막을 수 있다는 계산이 나온다.

물론 이것이 진리는 아니었다. 세상을 살다 보면 여러 가지 변수가 있는 것이고, 중간계에서는 소모된 힘을 보충할 수 없는 마족들에게 있어 중간계에서의 싸움이란 무척이나 불리한 것이니 말이다.

게다가 중간계에 존재하는 드래곤의 수는 전부 합쳐서 약 삼십여 마리 정도였고, 성기사의 수는 그가 알기로 천 명이라고 들었던 기억이 있다.

중간계와 마계 사이에 전쟁이 벌어지게 된다면 천족이 끼어들지 않는 이상 마계가 훨씬 강하다는 뜻이다.

결코 라케시드가 약해서 성기사들을 이길 수 없다고 말하는 것이 아닌 것이다.

"…그렇다면 이들을 위해 무덤을 만들어줄 수 있어? 이 마을 전체를 덮을 수 있는 거대한 무덤을."

카이린이 불타 버린 마을을 바라보며 괴로운 표정을 지었다.

사실 그다지 기대하고 한 말은 아니었다.

작은 마을이라고는 하지만 팔십여 명이 살았던 곳이다.

산의 일부라도 무너뜨리지 않는 이상 마을 전체를 흙으로 덮어 무덤을 만든다는 것은 불가능한 일인 것이다.

그렇게 생각함에도 불구하고 말을 꺼낸 것은 그녀의 바람과 혹시나 하는 기대감을 담은 것이었다.

하지만 라케시드에게 있어서 그 일은 그다지 어려운 일은 아니었다.

적어도 성기사들과 싸우는 것보다는 훨씬 쉬운 일인 것이다.

라케시드의 손이 세크리티히의 손잡이를 붙잡았다.

스르릉.

맑은 검명과 함께 귓속을 뚫고 지나 직접 머릿속에 울리는 듯한 '지잉—' 하는 공명이 그의 뇌를 흔들었다.

"크흑!"

라케시드는 낮게 새어 나오는 신음을 억지로 삼켰다.

삽시간에 몇 배로 불어나 버린 마력들은 순식간에 그의 핏줄을 타고 돌며 몸속을 유린하더니 곧 다시 검으로 돌아갔다.

라케시드는 핏줄이 모두 끊어지는 듯한 고통을 참으며 검

위에 억지로 빙화(氷火)를 덧씌웠다.

보통 때보다 훨씬 적은 힘을 불어넣었음에도 불구하고 검에서 느껴지는 힘은 여느 때만큼이나 강력했다.

라케시드는 그것을 마을 뒤에 있는 산을 향해 휘둘렀다.

스아악—

그것은 마치 공간이 베어지는 것처럼 보였다.

라케시드의 빙화가 훑고 지나간 궤적 위로 하얀 서리가 맺혔다가 순식간에 타올랐다.

쿠콰콰쾅—!!

요란한 소리와 함께 뒷산이 무너져 내리기 시작했다.

그저 허공에 휘두른 것 같은 검에 의해 산이 무너지는 것을 목격한 카이린의 눈이 커졌다.

"뭘 멍청히 서 있는 거야?"

제자리에 멍하니 서서 그것을 바라보는 카이린의 모습에 라케시드가 거칠게 그녀를 끌어안고 멀리 떨어진 나무의 꼭대기로 피신했다.

쿠르르르.

굉음 소리와 함께 마을이 있던 자리에서 버섯 모양의 흙먼지가 피어올랐다.

그것은 마치 산이 노한 것처럼 보였다.

카이린은 그러한 산사태가 인위적으로 일어난 것이라는 사실에 할 말을 잃었다.

"이거… 정말로 네가……?"

"웅? 이렇게 해달라는 거 아니었어?"

믿을 수 없다는 듯 불신 어린 표정으로 바라보는 카이린의 말에 라케시드가 원한 것이 이것이 아니었냐는 듯 한쪽 눈썹을 슬쩍 치켜떴다.

대수롭지 않다는 듯한 그의 표정에 카이린이 새삼스럽다는 표정으로 그를 바라보았다.

"너… 무지 강하구나?"

감탄했다는 듯이 꺼내는 그녀의 말에 라케시드는 어이가 없었다.

"…넌 대체 마족을 뭐라고 생각한 거냐?"

그가 무슨 커다란 산을 반 토막 내기라도 했다는 것이라면 이러한 반응이 이해가 갈 수 있었다.

하지만 그는 그저(?) 마을 뒤에 있는 작은 산의 일부를 베어 내어 그 충격으로 산사태를 일으켰을 뿐이다.

그것은 중급 마족쯤만 되더라도 얼마든지 할 수 있는 일이었다.

지금은 그가 비록 검의 힘을 빌렸더라도 마계에서라면 그 스스로의 힘으로도 얼마든지 할 수 있는 일이었다. 단단한 흑암석으로 만들어진 마계의 성조차 매일 부숴먹었는데 암석산도 아닌 흙이 대부분을 차지한 뒷동산쯤 무너뜨리지 못할 이유가 있겠는가?

하지만 그렇게 말하면서도 라케시드는 왠지 대단하다는 듯한 그녀의 시선에 뿌듯한 기분이 들었다.

카이린은 라케시드의 말에 반사적으로 새삼스러운 시선으로 그를 위아래로 훑어보았다.

호리호리하고 연약하게 보이는 그의 몸에 저러한 힘이 숨겨져 있다는 것이 대단하게 생각되었다.

"나도 그렇게 강해질 수 있을까?"

카이린은 자신도 모르게 작은 목소리로 중얼거렸다.

바로 곁에서 귀를 기울이지 않으면 들리지 않을 정도로 작은 소리였지만 마족의 뛰어난 청각은 그러한 작은 소리도 놓치지 않았다.

"글쎄……."

라케시드는 '불가능하지 않을까?' 라는 뒷말을 조용히 삼켰다. 굳이 그녀의 희망을 깨뜨리고 싶지 않았던 것이다.

카이린 역시 어렴풋이 그것이 어렵다는 사실은 알고 있었다. 라케시드는 마족이고 그녀는 인간이다. 하지만 그러한 희망이라도 가지지 않는다면 당장을 살아갈 수 없을 것이다.

카이린은 차라리 복수에라도 몰두한다면 지금의 이 괴로움이 조금은 가시지 않을까라고 생각했다.

복수를 위해 이 삶을 연명하고 있는 것이라고 생각하지 않는다면 혼자만 살아남았다는 죄책감이 그녀의 마음을 속에서부터 좀먹어갈 테니까…….

두 사람의 사이에 잠시간 침묵이 흘렀다.

그러는 사이 어느덧 하늘 위로 피어올랐던 흙먼지가 서서히 가라앉으며 그곳의 윤곽이 조금씩 보이기 시작했다.

언제 그곳에 마을이 있었냐는 듯이 흙더미에 덮인 마을의 모습은 거대한 무덤 같기도 했고 자그마한 동산 같기도 했다.

그 뒤로는 일부가 깎여 흉물스럽게 보이는 조그마한 산이 붉은빛이 감도는 갈색 속살을 내밀고 있었다.

카이린의 눈동자가 더욱 깊게 가라앉았다.

잠시 그곳의 모습을 눈에 담으려는 듯 한 번 깜박이지도 않은 채 바라보던 카이린이 고개를 돌렸다.

"가자."

"어디로?"

"…마법을 배우려면 어디로 가야 하지?"

"그걸 나한테 물어보면 어쩌라고? 난 중간계에 내려온 건 이번이 처음이야."

"……."

"……."

둘 사이에 잠시 침묵이 흘렀다.

카이린은 자신이 계약한 마족이 완전히 초짜라는 것에 할 말을 잃었고, 라케시드는 평소 중간계에 대해서는 거의 관심을 갖고 있지 않았던 터라 난감하기 그지없었다.

"하긴, 그러고 보니 처음에 완전 딴 세계에서 온 사람처럼 굴었지."

카이린이 잠시 무언가를 생각하는 듯하더니 이내 수긍한 듯 고개를 끄덕였다.

라케시드를 처음 발견했을 때, 독버섯으로 유명한 붉은 점박이 버섯을 먹고 쓰러졌다는 것을 알고 얼마나 어처구니가 없었던가.

그것이 비록 희귀한 버섯이기는 했지만 모양이 화려한 버섯은 독이 있다는 상식조차 알지 못하는 듯한 그의 모습에 세상 물정 모르는 도련님이라는 것을 뼈저리게 느꼈던 것이다.

그때는 그저 살아 있는 것이 기적이라고 생각했는데 그가 마족이라는 것을 알고 나니 종족의 특성 같다는 생각이 들었다.

하지만 그렇다고는 해도 중간계에 처음 내려왔다는 그 말이 카이린에게 충격적이라는 사실은 변하지 않았다.

그 말이 사실이라면 자신이 첫 계약자라는 말이 아니겠는가?

"그런데 마족이 계약 없이도 대륙으로 올 수 있는 건가?"

카이린은 고개를 갸웃거렸다.

그녀에게 계약하겠느냐고 물었던 것을 보면 라케시드에게는 계약자가 없는 것 같았다. 하지만 평소에 마족이란 인간의 소망에 응한 악마라고 들었던 카이린으로서는 그것이 조금 이해가 가지 않았다.

"올 수야 있지. 무척 드물기는 하지만."

라케시드는 그녀의 의문을 이해할 수 있을 것 같았다.

마족들이 사사로이 중간계로 내려오는 경우는 매우 드물었다.

차원의 문을 스스로 열 수 있는 자격을 가진 존재 자체가 삼천 살 이상 먹은 최상급 마족뿐인데다가 그들은 마계 내에서도 무척이나 바쁘기 때문에 중간계에 소환되는 경우도 드물었지만 일부러 놀러(?) 가는 것은 더더욱 드문 일이었다.

한 천 년에 한 번 생길까 말까 한 경우라고 한다면 이해가 가겠는가?

단, 바쁘면서도 심심하면 다른 이들에게 말도 없이 훌쩍 중간계로 떠나 버리는 마족 한 명은 예외였다. 그는 마계에서도 알아주는 괴짜였으니까.

그가 누구냐 하면 바로 늘 라케시드에게 업무를 떠넘기는(?) 존재인 아하만브르드라는 마족이었다.

마계 서열 3위이자 마계의 동쪽 경계를 관리하는 장군이며, 마계 1군단의 군단장이기도 한 그는 지독한 여행 중독자인지라 도대체가 한군데에 십 년 이상 머무르는 꼴을 볼 수가 없었다.

그러한 성격을 가진 마족이 마계의 군대를 이끄는 장군 중 하나라는 중임을 맡았다는 사실에 의아하겠지만 그의 전쟁 수행 능력이 전 마족을 통틀어서 첫 손가락에 꼽힌다는 것을 안다면, 그리고 그것이 압도적인 차이가 날 정도의 능력이라고 한다면 조금은 이해가 갈 것이다.

그러한 처지이니 중간계의 인간들이 마족들이 계약에 의해서만 중간계에 나타날 수 있다고 오해한다고 하여도 할 말이 없는 것이다.

아하만브르드를 떠올리며 떨떠름한 표정을 짓는 라케시드의 모습에 카이린은 그가 중간계에 내려온 것에는 무언가 사정이 있는 것이 아닐까 하고 예상했다.

계약의 조건 역시 누군가를 찾는 것이라고 하지 않았던가?

라케시드를 바라보는 카이린의 시선에 측은함이 담겼다.

마왕자씬이나 되는 녀석이 부하들도 없이 혼자 타 차원에 와서 고생하고 있는 모습을 보니 그의 사정이 무엇인지는 몰라도 안쓰럽다는 생각이 들었다.

다행히도 라케시드는 예전에 한번 마법사들에 대해서 누군가에게 들었던 것 같은 기분에 머리를 싸맨 채 기억을 되새기고 있었던 탓에 그녀의 눈빛을 눈치 채지 못했다.

알았다면 아마 자존심 강한 라케시드의 성격상 한바탕 태풍이 몰아쳤을 것이다.

"음… 아무래도 일단은 마법사를 찾아야 할 것 같은데?"

한참을 고민하던 라케시드가 겨우 입을 열었다.

분명히 마법사가 있는 곳에 대해 누군가에게 들었던 것 같은데 그곳이 어디인지가 도저히 기억이 떠오르지를 않았다.

결국 라케시드는 더 이상 그것에 관해 떠올리는 것을 포기하고 현실적인 방안을 찾기로 했다.

비록 그것 역시 실현 가능성은 별로 없는 생각이었지만 그렇다고 가만히 앉아 멍하니 손가락만 빨며 기억이 떠오르기를 기다리는 것보다는 일단은 움직이는 것이 낫다는 생각이었다.

"너는 마법을 몰라? 마족은 마법도 잘한다고 들었는데?"

카이린이 이상하다는 듯 묻는 질문에 라케시드가 얼굴을 붉적였다.

"마족이라고 다 잘하는 건 아니고 그중에서도 마법에 뛰어난 종족이 따로 있기는 한데 난 해당 사항 없어. 전혀 못하거든."

그 말에서 느껴지는 짙은 자조의 기운에 카이린이 살짝 놀란 표정으로 라케시드의 표정을 바라보았다.

그러나 고개를 돌리고 있어서 그가 어떤 얼굴을 하고 있는지 전혀 알 수가 없었다.

단지 그의 분위기가 무척이나 쓸쓸해 보인다는 것만 느낄 수 있었을 뿐.

라케시드는 카이린의 질문에서 이블루시아를 떠올렸다.

마계에서 마법을 가장 자연스럽고 익숙하게 사용하는 이는 다른 누구도 아닌 바로 그녀였다.

라케시드 눈동자에 자신도 모르게 아련한 빛이 떠올랐다. 하지만 그것은 나타났던 것만큼이나 빠르게 사라졌다.

'후우, 어떻게 지내고 있으려나. 내가 실험 재료들을 전부 망가뜨려 버렸다는 것을 알면 날 잡아먹으려 들 텐데.'

환한 미소 뒤로 칼날을 감춘 그녀의 얼굴을 떠올리자 온몸에 소름이 돋으며 오한이 밀려왔다.

만약 그에게 마계로 돌아갈 수 있는 능력이 있다고 하더라도 이 일을 해결하지 못한 채로는 돌아갈 수 없다는 생각이 들었다.

무언가 이곳에서 그것들을 대체할 만한 것들을 찾아가든지,
아니면 그녀가 그러한 것들을 까맣게 잊어버릴 정도로—혹은
감정이 어느 정도 누그러질 정도로—많은 시간을 보낸 뒤에야 돌
아갈 자신이 생길 것 같았다.

카이린은 라케시드가 마법을 할 수 없다는 말에 시무룩한
표정을 지었다.

"그럼 마법사는 어디서 찾지?"

"…수도에 가면 있지 않을까?"

카이린의 말에 라케시드가 자신없는 목소리로 대답했다.

사람들이 많이 돌아다니는 곳이니만큼 운이 좋으면 마법사
를 만날 수도 있겠지만 마법사라는 존재가 워낙에 괴팍한 이
들이 많은 만큼 오히려 허탕을 치게 될 확률이 더욱 높았다.

그래도 현재로서 가장 가능성이 있는 방법은 수도로 가는
것이었기 때문에 결국 라케시드와 카이린은 일단 가장 가까운
도시로 이동하기로 했다.

"이… 이게 뭐야?"

카이린의 눈동자가 떨렸다.

라케시드는 아무 말 없이 주변을 둘러보고 있었지만 그의
심사도 좋지 않기는 마찬가지였다.

까악! 까악!

히구렌(온몸이 까만 깃털로 덮여 있으며 몸집이 작은 새. 주로
시체의 주변에 몰려든다)의 울음소리가 한밤중에 지르는 여자

의 비명처럼 스산하게 들려왔다.

"요즘 성기사들은 살육자로 직종을 바꾼 건가?"

낮게 가라앉은 라케시드의 목소리가 핏빛으로 가라앉은 공기를 타고 울렸다.

붉은 노을에 비춰진 마을의 풍경은 참혹했다.

카이린의 마을에서 약 1.5㎞ 정도 떨어진 곳에 위치한 이곳은 그래도 카이린의 마을보다는 조금 규모가 큰 곳이었던 것 같았다.

간간이 여행자가 지나다니는 곳인 듯 여관이라 쓰인 팻말이 타다 만 채 바닥을 뒹굴고 있었다.

"살아 있는 사람이 아무도 없어……."

카이린의 목소리가 떨렸다.

그녀의 마을처럼 이곳 역시 누군가 짓밟고 지나간 듯 불에 타다 만 집과 해골의 모습을 곳곳에서 목격할 수 있었다.

아마도 시간이 꽤 흘러간 듯 곳곳에 거미줄이 보였으며 히구렌들이 모두 파먹었는지 반쯤 바스러져 있는 해골들은 마치 마른 나뭇가지처럼 앙상한 뼈마디만 드러내고 있었다.

카이린은 이 마을을 이렇게 만든 누군가가 아마도 그녀의 마을을 불태운 이들과 같은 자들일 것이라 생각했다.

카이린은 그러한 마을의 모습을 보고 그나마 자신의 경우는 낫다는 생각이 들었다.

카이린의 마을은 적어도 한 사람은 살아 마을 사람들의 시신을 추스를 수 있었으며 복수를 해줄 생각도 할 수 있었으니 말이다.

산 자들에게는 고통이 될지라도 죽은 자들에게는 남아서 억울함을 덜어줄 수 있는 존재가 있는 것이다.

슬픔과 분노로 뒤섞인 채 바르르 떨리던 그녀의 눈동자로 너덧 살쯤 되어 보이는 작은 체구를 지닌 아이를 보호하듯 감싸 안은 채 죽은 여자의 시신이 보였다.

그 필사적인 자세로 보아 아마도 아이의 어머니인 것으로 보였다.

어떻게든 아이만은 구하려 했으나 결국 뜻을 이루지 못한 채 둘 다 죽임을 당한 것이다.

검게 썩어 살점이 반쯤 남은 시신에 히구렌 두 마리가 앉아 썩은 살점을 뜯어먹고 있다가 그것을 바라보는 카이린의 시선에 담긴 살기를 느낀 듯 두리번대다가 곧 퍼드덕거리며 날아올랐다.

카이린은 눈시울이 뜨거워지는 것을 느꼈다.

복수가 끝날 때까지는 평생 울지 않을 거라고, 강해질 거라고 중얼거려 보지만 속에서 치밀어 오르는 울음을 참을 수가 없었다.

이 마을의 일이 남의 일같이 느껴지지 않았다.

쓰러져 시신이 된 채 방치되어 짐승의 먹이가 되어 있는 그들의 모습 위로 마을 사람들의 면면이 실물을 보듯 생생하게 스쳐 지나갔던 것이다.

"절대로… 용서하지 않아."

평화롭게 살았던 마을이다.

그리고 이곳 역시 평화로운 마을이었을 것이다.

그러한 곳을 아무런 이유도 없이 이렇게 학살을 저지른 그들의 만행에 치가 떨렸다.

아니, 어쩌면 그들에게는 나름의 이유가 있었을지 모른다. 하지만 어떠한 이유를 대더라도 이렇듯 평화롭던 한 마을을 어린아이에 이르기까지 개미 새끼 한 마리 남기지 않고 몰살시켜 버린 것은 용서받지 못할 죄악이었다.

치밀어 오르는 분노에 카이린의 주먹에 힘이 들어갔다.

만약 그녀가 살육자의 갑옷에 새겨진 신성기사의 상징을 목격하지 않았더라면 몬스터나 마족의 소행이라고 오인했을 정도로 참혹하고 비참한 광경이었다.

아마 중앙신전회에서 이도교나 마녀로 몰려 화형을 당하더라도 이 정도는 아닐 것이다.

적어도 그것은 재판이라도 하니까.

하지만 이것은 무언가?

아무런 이유도 가르쳐 주지 않은 채, 아무것도 묻지 않은 채 그저 검을 휘둘러 사람들의 목숨을 빼앗았을 뿐이다.

마치 농부가 추수를 위해 벼를 베어내는 것처럼 그렇게 아무렇지도 않은 무감각한 표정으로.

카이린의 몸이 분노로 부들부들 떨렸다.

그렇게 분노의 감정에 휩싸여 있던 카이린의 주의를 환기시킨 것은 라케시드였다.

"그 성기사들이라는 녀석은 이곳을 통해 돌아가지 않은 모양이군."

불에 탄 마을의 광경에는 별다른 감흥이 없다는 듯 무심히 둘러보던 라케시드가 대수롭지 않게 내뱉는 말에 카이린이 관심을 보였다.

"왜 그렇게 생각해?"

"이곳의 땅은 그다지 단단하지 않아. 더군다나 불에 타서 재가 덮은 바람에 누군가 지나갔다면 금방 표시가 났겠지. 그런데 봐. 누구의 발자국도 찍혀 있지 않지?"

"어? 정말이네?"

라케시드의 설명에 카이린의 파란 눈동자에서 이채가 떠올랐다.

과연 그의 말대로 까만 재로 덮인 바닥에는 그녀와 라케시드의 발자국만 찍혀 있을 뿐, 누군가가 지나간 흔적은 보이지 않았다.

"하지만 우리 마을에서 나갈 수 있는 곳은 랄슈 산맥을 제외하고는 이 마을밖에는 없는데⋯⋯?"

성기사나 되는 이들이 남의 눈을 피해서 산맥을 타고 이동할 이유는 어디에도 없었다. 그들이 눈앞에서 돌아다닌다고 하더라도 설마 멀쩡히 잘살고 있는 마을을 몰살시킨 것이 그들이라는 것은 대륙의 어느 누구도 예상하지 못할 테니 말이다.

"대체 천족들은 무슨 음모를 꾸미고 있는 거지?"

라케시드의 이마에 깊은 골이 패었다.

심각한 표정으로 얼굴을 찌푸리고 있는 라케시드의 표정은 무척이나 곤란해 보였다.

보통 중간계에서 살육의 대명사라 하면 흑마법사 내지는 그에게 소환된 마족을 범인으로 꼽았다.

그런데 만약 마을의 몰살이 계속되고 그 근처에 성기사들이 돌아다닌다는 정보가 전해진다면 사람들은 어떻게 생각할까?

성기사가 범인이라고?

아니면 마족이 범인이고 그를 성기사가 쫓는 것이라고?

아마도 백이면 백 모두 후자를 지목할 것이다.

라케시드는 그것이 불안했다.

성기사들이 괜히 심심해서 인간들을, 그것도 작은 마을에서 농사나 사냥이나 하며 지내는 평범한 이들을 죽이는 것은 아닐 것이다.

분명 그 뒤에는 크든 작든 이들이 신이라 우러르는 천족의 입김이 끼어 있다는 뜻인데, 라케시드는 그러한 그들의 의도가 의심스러웠던 것이다.

"글쎄……."

그제야 사제들을 움직이는 존재가 신이라는 것을 상기해 낸 카이린의 표정이 굳었다.

라케시드의 말에 의하면, 그들 역시 마족과 같은 천족이라는 한 종족이라고 하지만 태어나면서부터 경외의 대상으로 존재했던 신에 대해 폄하한다는 것은 마족과 계약한 카이린으로서도 꺼림칙한 일이었다.

　라케시드는 그러한 카이린의 태도에서 그녀의 생각을 읽었다.

　"마족과 계약했다는 것은 천족을 적대하기로 했다는 것이야. 사제들과는 영원히 반대편에 섰다는 것이지. 인간들이 말하는 신은 더 이상 너의 신이 아니야. 너의 신은 나와 계약한 그 순간부터 마신이 된 것이다."

　카이린은 그러한 사실을 알면서도 그렇듯 딱 잘라서 말하는 라케시드가 조금은 야박하게 느껴졌다.

　그를 통해 마족에 대한 두려움은 많이 가셨지만 어둠의 신인 마신에 대한 본능적인 거부감은 어쩔 수 없었다. 시간이 지나면서야 서서히 익숙해지겠지만 아직은 아니었다.

　그런데 그렇듯 야단치는 말투로 얘기하니 울컥 반발감이 치밀어 오른 것이다.

　하지만 카이린은 라케시드를 향해 아무런 반박의 말도 꺼내지 않았다.

　어쨌거나 그의 말은 맞는 말이었고, 성기사들로 인해 신과 관련된 것이라면 결코 좋게 말하고 싶은 기분이 아니었다.

　그리고 그것은 어둠의 길을 택한 이상 계속해서 그녀가 나가게 될 방향이 될 것이다.

Chapter 17
용병이 되기는 어렵다?

MUTATION
DEMON

　카이린과 라케시드는 마을을 빠져나와 계속 걸음을 옮겨 결국 오 일 만에 사람들의 이동이 그나마 활발한 이웃 도시에 도착할 수 있었다.

　그곳은 카이린의 마을이나 그다음에 들렀던 폐허가 된 마을처럼 산으로 둘러싸인 마을이 아니라 사방이 들판으로 덮인 곳으로, 국내에서도 곡창 지대로써 어느 정도 이름이 있는 곳이었다.

　그래서인지 마을에 들어서자 와자지껄한 사람들의 소음과 함께 물건을 판매하는 상인들의 호객 소리가 여기저기에서 울려 퍼졌다.

　"가는 날이 장날이라더니… 하필 오늘이 7일이었나."

잠시 그것을 멍하니 바라보던 카이린이 겨우 정신을 차리고 입을 열었다.

곤란한 듯 한숨을 푹 내쉬는 카이린의 모습에 라케시드가 의아한 표정으로 물었다.

"장날?"

마치 '그게 뭐야?' 라고 묻는 듯한 그의 표정에 카이린이 차분한 태도로 설명했다.

둘이 여행(?)을 다닌 시간이 길어지자 생긴 변화였는데, 라케시드가 중간계에 대한 상식이라던가 말의 의미를 파악하는 데 어려움을 겪어서 카이린이 매번 설명해 주었기에 그것이 익숙하게 변한 것이다.

"아아, 시장이 서는 날을 의미하는데… 이런 날은 상인들이 많이 와 있어서 여관을 잡기 힘들거든."

카이린은 주머니를 뒤적여 가지고 있는 돈의 액수를 따져 보았다.

짤랑.

홀쭉하고 가벼운 가죽 주머니 안에서 동전 몇 개가 부딪치는 소리가 울렸다.

"비상금으로 빼놔뒀던 3실버 50브론……. 이걸로는 저녁 식사도 빠듯하겠는데……."

주머니를 열어 액수를 확인한 카이린의 표정이 어두워졌다.

이럴 줄 알았다면 마을에서 돈 되는 것이라도 뒤져서 가져오는 것이었는데 불에 타버리는 바람에 챙길 수 있는 것이라고는 품속에 갖고 있던 비상금뿐이었다는 사실이 무척이나 아쉬웠다.

"음? 돈이 없는 거야?"

카이린의 손에 들린 은빛 동전에 라케시드가 호기심 어린 표정을 지었다.

언제나 봐왔던 마계의 화폐와는 모양 자체가 달랐던 것이다.

"진짜 은으로 만들어진 건가?"

"잘 모르겠는데."

"흐음……."

둘은 잠시 동안 손 위에 올려놓은 네 개의 동전을 보며 난감해했다.

결국 카이린은 라케시드에게 손을 내밀기로 했다.

겉모습으로 봐서는 그 역시 옷과 검 외에 아무것도 가지고 있지 않은 것처럼 보였지만 마계의 왕족이라고 하니 뭔가 돈이 될 만한 물건이라도 가지고 있지 않을까 했던 것이다.

"혹시… 돈 될 만한 것 있어?"

떠듬거리며 어렵게 말을 꺼내는 카이린의 말은 민망함으로 붉게 달아올라 있었다.

카이린의 질문에 라케시드는 품을 뒤지면서 난감한 표정을 지었다.

"이건데… 여기서는 안 될 것 같은데."

라케시드의 품에서 나온 것. 그것은 검은색에 가까운 짙은 회색의 금속으로 만들어진 원형의 동전이었는데 정교한 손길로 세 쌍의 날개를 가진 악마의 상이 그려져 있었다.

"…그거 내놨다가는 당장 신전에서 달려올 것 같은데?"

당장에라도 생생하게 날아오를 듯 역동적인 솜씨로 그려진 조각에 카이린의 얼굴에 더욱 어두운 그림자가 드리워졌다.

혹시나 싯누런 빛의 골드 같은 것이 나오지 않을까 기대했는데 마계의 화폐는 재질부터가 달랐던 것이다.

"에효~"

답답하다는 듯 한숨을 쉬는 모습에 라케시드가 난감한 표정으로 자신의 옷을 뒤적거렸다.

그러다가 그의 시선이 자신의 허리춤에 있는 세크리티히에 닿았다.

라케시드는 그저 우연히 별생각없이 본 것이었다. 그러나 세크리티히의 반응은 격렬했다.

[날 팔아먹을 생각은 죽어도 하지 마!!]

"…안 했는데."

라케시드는 세크리티히가 오랜만에 꺼낸 첫말이 팔아먹지 말라는 말인 것에 당황했다.

그가 굳이 그렇게 말하지 않더라도 그 검을 살 만한 존재는 이곳에 없었다.

이곳에 온 상인들 중 거의 모든 이들이 밀을 거래하기 위해 온 이들인데다가 마계의 금속인 이블리움으로 만들어진 검은 마검이라 하여 검을 잡은 당사자로 하여금 점점 어둠에 물들게 하는 힘이 있기 때문에 흑마법사들이라든지 복수에 미쳐 스스로가 파멸하더라도 상관없다고 생각하는 사람이라면 모를까 평범한 사람은 꺼리게 되는 것이다.

설사 팔 수 있는 물건이 그것밖에 없다고 하더라도 정체를 숨기기 위해서는 절대로 밖에 내보여서는 안 되는 물건인 것이다.

게다가 그 검을 준 것이 이블루시아라는 것도 문제였다.

잡아오라던 실험 재료는 모두 산산조각 내어놓고 빌려줬던 검마저 팔아먹어 버린다면 다음에 만났을 때 그녀가 보일 반응은 불을 보듯 뻔했다.

라케시드는 잠시 머릿속에 떠오른 상상에 몸을 부르르 떨었다.

하지만 현재 돈이 없다 보니 조금 아깝기는 했다.

"전당포라도 있으면 맡겨놓고 돈을 빌렸다가 나중에 찾으러 오면 되는데……."

라케시드는 아쉬운 듯 쩝, 하고 입맛을 다셨다.

미련이 잔뜩 묻어나는 라케시드의 중얼거림에 세크리티히가 검신을 부르르 떨었다.

[날 팔아먹은 것은 베리알 하나로 충분하다! 빌어먹을! 아이켄 녀석이 찾아오지 않았으면 얼마나 더 그곳에서 썩었을지…….]

"아버지가 팔아먹고 아이켄이 찾아왔다고?"

세크리티히의 말을 듣던 라케시드의 표정이 기묘하게 변

했다.

자신이야 아공간 하나 가지고 있는 것이 없으니 보석이든 현금이든 별로 가지고 다니지 못한다지만 그의 아버지는 달랐다.

베리알은 마법 능력만 따져도 드래곤, 그것도 고룡에 속하는 에인션트 급에 버금가는 능력을 가졌다.

당연히 아공간쯤은 손쉽게 열 수 있으며 그 안에는 거의 한 개의 성에 해당할 정도의 금은보화가 쌓여 있는 것으로 알고 있다.

그런데 세크리티히처럼 마력 증폭이 어마어마한 검을 팔아먹었다고?

뛰어난 무구라면 환장할 정도로 좋아하는 그 베리알이?

세크리티히가 역대 마왕 누구에게도 뽑히지 않은 악명 높은(?) 마왕의 검이라는 것을 알지 못하는 라케시드로서는 의아하지 않을 수가 없었다.

[그래, 그 자식! 그것도 고작 10골드에 팔아치웠다고, 10골드에!!]

세크리티히의 목소리가 흥분으로 커졌다. 10골드면 고급 여관에서 오 일 정도 머물 수 있는 돈이며, 평민들이 육 개월 동안 먹을 밀을 사놓을 수 있는 금액이다.

보통 전장에서 일반 병사들이 사용하는 철검의 가격이 100~120골드라는 것을 상기해 봤을 때 어이없을 정도로 싼 가격인 것이다.

세크리티히의 고함에 머릿속이 윙윙 울리는 느낌이 들자 라케시드는 소용없는 줄 알면서도 반사적으로 귀를 막았다.

"으윽, 알았어! 안 팔 테니까 그만 하라고. 어차피 팔 데도 없어!"

[그 말은 사는 사람이 있으면 팔겠다는 소리냐?!]

귀를 막고 얼굴을 찡그린 채 검과 대화를 하는 것처럼 혼잣말을 내더니 급기야 화를 내는 라케시드의 모습에 카이린이 어리둥절한 표정으로 그와 검을 번갈아 쳐다보았다.

시골에서만 살았고 마법이라고는 딱 한 번 누군가에게 조그마한 회오리 만드는 것만 배운 카이린으로서는 그의 그러한 행동이 정상적으로 보이지 않았다.

"라케시드… 어디 아파?"

슬금슬금 뒤로 물러나던 카이린이 그에게 조심스럽게 질문을 건넸다. 그녀의 자세는 여차하면 튀겠다는 듯이 엉덩이를 뒤로 쭉 뺀 엉거주춤한 모습이었다.

세크리티히와 대화를 나누던 라케시드는 카이린의 부름에 그녀를 향해 시선을 돌렸다가 그녀의 자세를 보고는 멈칫했다.

그를 바라보고 있는 카이린의 시선은 불안한 듯 데굴데굴 굴러가고 있었다.

"…뭐 하냐?"

한심하다는 듯, 혹은 어이없다는 듯한 의미를 담고 있는 라케시드의 시선에 카이린이 진지한 표정으로 한 손을 들더니 손가락 두 개를 펼쳤다.

"이거 몇 개?"

잠시 그 질문을 이해하지 못해 눈을 크게 뜨고 껌벅이던 라케시드의 이마에 빠직 핏줄이 돋았다.

"미치지 않았거든?!"

"에헤… 그러니까 이게 에고 소드라는 거라고?"

잠시의 소동이 벌어진 후, 카이린은 세크리티히에 대한 라케시드의 설명을 들을 수 있었다.

물론 그 자리에서 쪽팔림을 당한 라케시드가 강제로 그녀를 끌고 가다시피 자리를 옮겨 설명한 것이었다. 미치지 않았다고 소리침과 동시에 주변이 조용해지며 한순간에 집중된 시선들이란 나름대로 강심장을 가졌다고 자부하던 라케시드조차 한순간 움찔할 정도였다.

라케시드는 또다시 그러한 경험을 할 수는 없다는 생각에 카이린에게 세크리티히에게 자신이 알고 있는 모든 것을 최대한 자세하고 친절하게 가르쳐 주었다.

동물이나 식물 등의 생물이 아닌 무생물이 영혼을 가질 수도 있다는 말에 카이린은 신기하다는 듯이 세크리티히를 관찰했다.

"그래. 그것도 자칭 초대 마왕의 영혼이 들어 있는."

라케시드가 카이린에게 대답하며 못마땅한 표정으로 세크리티히를 바라보았다.

그 검 때문에 카이린에게 잠시나마 미친놈 취급을 받았다는 것이 생각나자 다시 한 번 속에서 열불이 치밀어 올라 부글부글 끓었다.

도끼눈을 뜨고 있는 라케시드의 눈에서 살기를 느꼈는지 세크리티히의 검신이 살짝 떨렸다.

우웅.

[일부러 말을 꺼낸 것은 네 녀석이었다. 나는 네가 마음으로 말해도 충분히 알아들을 수 있다고.]

"우왓?"

카이린은 자신의 머릿속에 울려 퍼지는 낯선 목소리에 화들짝 놀라 검을 놓쳤다.

심장이 쿵쾅거리는 소리가 요란하게 느껴졌다.

당황스러운 감정 사이로 방금 전 들었던 그 목소리가 그 검의 목소리인 건가란 생각이 들었다.

"진짜로… 말해."

"그러니까 내가 말했잖아, 대화가 가능한 검이라고."

카이린은 라케시드의 말은 들은 체 만 체하며 바닥에 떨어뜨린 세크리티히의 모습을 가만히 살펴보았다. 하지만 마음 한쪽을 차지하고 있는 호기심과는 달리 좀 전에 느낀 놀람이 컸는지 선뜻 손을 내밀어 잡고 싶은 마음이 들지는 않았다.

"이거 비싸겠지?"

카이린이 무심코 던진 소리에 세크리티히의 검신이 우웅 떨렸다. 마치 팔 생각은 꿈도 꾸지 말라고 반발하는 것 같았다.

"원래대로라면 값을 따지지 못할걸."

라케시드가 팔짱을 끼고 세크리티히를 내려다보며 시큰둥한 표정으로 말했다.

온몸으로 불쾌감을 표현하고 있는 그의 표정에는 세크리티히를 들고 다니고 싶지 않다는 기분이 적나라하게 드러나 있었다.

"물론 사용하는 자를 어둠에 먹히도록 만드는 마검이 아니었을 때의 얘기지만."

말을 잇는 라케시드의 시선은 무척이나 복잡해 보였다.

라케시드에게 있어서 세크리티히는 마치 계륵(鷄肋)과 같았다.

가지고 다니자니 왠지 일거수일투족을 감시당하는 느낌인데다가 '나 마검이요' 라고 광고하는 듯한 디자인이 껄끄러웠고, 그렇다고 버리자니 그 검을 돌려줘야 할 대상이 이블루시아라는 것과 중간계에 내려오면서 약해진 힘의 공백을 채울 수 있는 힘을 가지고 있다는 점이 툴툴대면서도 선뜻 버린다는 소리를 못하도록 만들었다. 무엇보다 그냥 버리기에는 아까운 검인 것이 사실이었으니 말이다.

"아공간이라도 있었으면 거기다 처박아놓고 다녔을 텐데……."

라케시드가 안타깝다는 듯이 중얼거렸다.

이럴 때마다 생각하는 것이지만 마법을 쓰지 못한다는 것은 무척이나 불편하고 아쉬운 일이었다.

아공간이 있었다면 적어도 보석 한두 개쯤은 있지 않겠는가 말이다.

텅 빈 주머니를 바라보며 라케시드와 카이린은 난감해하지 않을 수 없었다.

"…우선은 돈을 버는 게 먼저일 것 같은데."

카이린이 그늘진 얼굴로 말을 꺼냈다.

라케시드는 돈 때문에 아무것도 할 수 없다는 사실에 자존심이 상했지만 그렇다고 매번 사냥에 노숙을 하는 것도 지겨웠기 때문에 그녀의 말에 수긍할 수밖에 없었다.

돈이 없다고 마왕자 체면에 인간에게 강도짓을 할 수도 없지 않은가?

물론 거기에는 성기사들에게 걸리기 쉽다는 이유도 있었지만.

카이린과 라케시드는 경비를 마련하기 위한 대책 회의에 들어갔다.

"짧은 시간에 돈을 버는 방법에는 뭐가 있을까?"

카이린의 질문에 라케시드는 할 말이 없었다.

그가 중간계에 대해 뭔가를 알아야 대답을 하던가 말던가 할 것이 아닌가?

마계에서도 마왕성에서 지원하는 돈으로 성의 재정을 꾸려나갔기에 돈을 버는 것에 대한 개념이 없었다. 더군다나 그 돈을 관리하는 것도 그가 아닌 보좌관인 아이켄이었다.

입을 꾹 다문 채 먼 산을 향해 시선을 돌리고 딴청을 부리는 라케시드의 모습이 한심해 보였는지 카이린의 입에서 깊은 한숨이 새어 나왔다.

"후우……."

그 분위기가 마치 직접적으로 말은 하지 않으면서도 그보다 더한 질책을 의미하는 것 같아 라케시드는 필사적으로 방법을 찾기 위해 머리를 굴렸다.

"음… 사냥?"

자신없다는 듯이 말끝을 흐리며 눈치를 보는 라케시드의 모습에 카이린이 고개를 저었다.

"사냥이라는 게 언제나 동물이 잡히는 것도 아니고, 이 근처에는 산도 없잖아."

그랬다. 직업으로써 일상적인 생활을 영위하기 위한 것이 아니고 여행을 위한 경비를 마련하기에 사냥이라는 방법은 그다지 적합하다고 할 수 없었다.

특히나 이 마을처럼 주변에 들판만 넓게 펼쳐져 있는 곳이라면 괜찮은 사냥감을 잡기가 어려웠다.

끽해야 너구리나 들개나 잡을까?

"그렇다고 농사를 지을 수는 없잖아."

농사는 너무 시간이 많이 걸리는데다가 자신의 땅이 없다면 할 수 없는 일이었다.

라케시드의 말에 카이린의 얼굴이 더욱 어두워졌다.

"여관 같은 데서 종업원으로라도 일해야 하나?"

하지만 그것 역시 한 달 이상 일을 해야 급여를 받을 수 있었고 그나마 타 지역에서 온 사람은 누군가의 소개장이 없는 한 잘 쓰지도 않았다.

생각을 더해갈수록 둘의 얼굴에는 짙은 먹구름이 더해갔다.

좀체 결론을 내지 못하는 둘의 모습이 답답해 보였는지 세크리티히가 끼어들었다.

[단시간에 목돈을 마련하려는 거라면 마법사의 실험체가 되는 것이 아니라면 용병밖에 없지.]

"마법사의 실험체?"

"용병?"

둘의 시선이 세크리티히를 향해 모아졌다.

특히 카이린은 마법사라는 단어에 민감하게 반응했는데 그와는 달리 라케시드는 처음으로 들어보는 용병이라는 말에 관심을 보였다.

[옛날 내가 살던 때는 마법사들이 실험을 도와줄 자원자들을 구했거든. 조금 위험하기는 했지만 보수도 높았고 죽을 정도는 아니었기 때문에 그런 식으로 돈을 버는 이들도 많았지. 그리고 운이 좋다면 몸이 단단해진다거나 신비한 힘을 얻는다거나 했으니까. 가끔 목숨이 위험할 정도로 큰 실험을 할 때에는 국가적인 지원을 통해 그 가족이 평생을 먹고살 수 있을 만한 돈을 지불했지.]

"옛날이라면……?"

[한 칠팔만 년쯤 전?]

"……"

카이린은 입을 다물었다. 십 년도 길게 느끼는 인간으로서 그 시간이 어느 정도일지 감히 짐작이 가지 않았다.

어이없기는 라케시드 역시 마찬가지였다.

세크리티히가 살았던 때라면 마족들에게 있어서도 마왕이 여섯 번이나 세대교체를 한—베리알이 6대째다—까마득한 옛날의 일이다.

마족보다 훨씬 짧은 삶을 사는 인간으로서는 그 세대가 몇 번이나 바뀌었을지 짐작조차 가지 않았다. 대략 마도 시대가 시작되었을 즈음의 까마득한 시기였다.

이미 마도 시대조차 멸망해 그때의 자료는 거의 남아 있지 않는 현재에 와서는 적용조차 할 수 없는 방법인 것이다.

"설마 용병이라는 것도 그때 있었던 것 아니야?"

라케시드의 얼굴에 미심쩍은 표정이 떠올랐다.

검인 세크리티히를 믿은 라케시드의 잘못도 있었지만 활용하지도 못할 의견을 정보랍시고 내놓은 세크리티히가 얄밉게 보인 것이다.

불신 가득한 라케시드의 목소리에 세크리티히가 발끈해서 소리쳤다.

[무슨 소리야? 용병은 전에 베리알이 유희를 나왔을 때 한창 유행하던 거였는데!]

"아버지가? 그게 언젠데?"

[한 천 년 전… 쯤?]

스스로도 말하면서 중간계의 시간으로 따지자면 너무나 오랜 세월이 흘렀다고 느꼈는지 세크리티히의 목소리가 점점 작아졌다.

"후우······."

라케시드와 카이린의 입에서 동시에 한숨이 쏟아져 내렸다.

그 말은 곧 현재에는 있는지 없는지조차 모르는 직업이라는 말이 아닌가.

당장 돈을 벌 방법을 찾으려 하는 카이린의 입장에서는 답답하리 만치 현실감없는 정보였던 것이다.

[그, 그래도 혹시나 모르니까 물어보는 것 정도는 괜찮잖아? 용병은 꽤나 오래된 직업이라고. 봐봐, 농사꾼이나 사냥꾼, 그리고 마법사도 천 년 전이나 지금이나 여전히 존재하잖아?]

마치 '그러면 그렇지'라는 듯한 둘의 반응에 세크리티히가 필사적으로 설득했다. 나름대로 그럴듯한 의견에 라케시드와 카이린이 솔깃한 표정을 지었다.

둘이 머리를 맞대고 아이디어를 짜내어봐도 좋은 의견이 나오지 않는 이상 혹시라도 모르니 세크리티히의 의견을 들어보고자 한 것이다.

"그럼 용병이 되려면 어떻게 했는데?"

라케시드가 확인 차 세크리티히에게 물었다.

사실 그는 용병이라는 직업이라는 것이 무엇을 하는 건지조차 정확히 알고 있지 못했다.

그것을 알았는지 세크리티히가 용병의 직업에 대한 설명부터 꺼내기 시작했다.

[용병이라는 것은 의뢰인의 의뢰를 해결해 주는 대가로 돈을 받는 일종의 사용인이라고도 할 수 있는데, 어떻게 생각하면 마족의 계약과 비슷한 것이라고 생각하면 돼. 단지 이 용병 계약은 선수금으로 계약금의 반을 지불받고 나머지 잔금은 일이 끝난 때에 받게 되는데 일의 경중에 따라 그 일을 맡게 되는 용병의 계급이나 금액도 달라지지. 즉, 어려운 일을 할수록 많은 돈을 받게 되고 계급이 높을수록 높은 계약금의 의뢰를 체결할 수 있다는 말이지.]

"즉, 용병 계급이 높고 어려운 일을 해낸다면 돈을 많이 준다는 거지? 그 계급이라는 것이 어떤 식인데?"

[천 년 전에는 S, A, B, C의 네 등급의 계급이 있었다. 마법사는 3서클 이상이면 전부 A급 이상으로 쳐줬고. 지금은 어떨지 모르지만 아직까지 존재하고 있다면 크게 다르지는 않을 거다. 그리고 그들을 의뢰자와 중재하는 곳이 바로 용병 길드라는 곳이다.]

"용병 길드? 아니, 그보다 용병 중에 마법사도 있었던 거야?"

라케시드의 눈에 이채가 떠올랐다. 옆에 있던 카이린도 마법사라는 말에 눈을 치켜떴다. 잘하면 굳이 마법사를 찾으러 다니지 않아도 되겠다는 생각을 한 것이다.

하지만 곧 들려온 말에 그들의 기대는 무산이 되어버렸으니……

[안됐지만 용병 중에 마법사는 무척이나 드물거나 재능이 없어서 후원자를 찾지 못한 어설픈 녀석들이 대부분이야. 가끔 있는 고위 마법사들은 거의가 범죄자거나 어디 소속되기를

싫어하는 괴팍한 녀석들이고. 그러니까 마법사의 등급을 높게 쳐주는 것이지.]

그 정도로 드문 존재들이라면 이런 작은 마을에서 만나게 될 확률은 거의 없는 것이나 마찬가지였다.

하기는, 혹시나 우연히라도 만나게 되더라도 그들이 마법사와의 접점을 찾을 방법도 없었다.

다짜고짜 붙들고 '절 제자로 삼아주세요!' 라고 외칠 수는 없지 않겠는가?

어쨌거나 아무것도 알지 못해 계획조차 세우지 못한 상황에서 세크리티히가 전해준 말은 사막에서 만난 오아시스와 같았다.

"좋아~! 그럼 아직 용병들이 있는지, 그리고 용병이 되려면 어떻게 해야 하는지부터 알아보자고!"

카이린이 벌떡 일어나 소매를 걷으며 의욕을 불태웠다.

마법사를 만나 빠르게 힘을 얻겠다는 기대감으로 인해 그녀의 눈은 반짝반짝 빛을 발하고 있었다.

세크리티히가 그런 그녀의 희망에 다시 한 번 찬물을 끼얹었다.

[용병 계급은 전투 능력에 좌우되는데, 너, 검이나 마법 할 줄 아냐?]

"……!"

기세 좋게 일어섰던 카이린의 몸이 딱 굳어버렸다.

딱딱하게 굳은 카이린의 모습에 라케시드의 입에서 한숨이 흘러나왔다.

"일단 용병 길드라는 곳을 찾아보고 나서 이야기해 보도록 하자. 움직이다 보면 어떻게든 답이 나오겠지."

＊　　　＊　　　＊

해가 지고 난 후의 저녁 시간은 낮 동안 고생한 마을의 남자들이 고된 하루를 마감하며 한잔의 술로 자유를 만끽하는 시간이다.

그러한데다가 주말이 끼어버린다면 술집 안은 더더욱 손님들로 바글바글해진다.

그러한 손님들과 장날을 맞아 찾아온 장사치들로 인해 마을 내에 유일하게 존재하는 펍(Pub)은 발 디딜 틈도 없을 정도로 사람들이 바글바글 모여 있었다.

그들이 떠드는 목소리로 시끌벅적한 펍 안에 다른 이들의 목소리를 잠재워 버릴 정도로 커다란 고함 소리가 울려 퍼졌다.

탕!

"뭐야?! 레인, 이 자식이 또 도박으로 돈을 날려 버렸다고?!"

펍의 한쪽 구석에서 술을 마시고 있던 네 명의 남자 중 짧은 스포츠 스타일의 갈색 머리카락을 가진 레더 갑옷을 입은 남자가 머리를 쥐어뜯으며 절규했다.

"으와아아~!! 그게 어떻게 벌은 돈인데! 내가 그러니까 이 자식한테 우리 돈을 관리하게 하면 안 된다고 했잖아!!"

맞은편의 회색 로브를 걸친 푸른 머리카락의 남자를 향해 검지를 내뻗은 채 외치는 남자의 붉은 눈동자에는 눈물마저 그렁거리고 있었다.

그 원망스러운 눈초리에 레인이라 불린 남자가 볼을 긁적이며 난처한 웃음을 흘렸다.

"하하, 미안. 아니, 오늘은 초반에 운이 좋다 보니 왠지 딸 것 같기에……."

가느다란 곡선으로 접힌 그의 눈 옆으로 관자놀이를 타고 식은땀 한 방울이 주르륵 흘러내렸다.

굳이 눈앞에서 그를 향해 손가락질을 하고 있는 남자가 아니더라도 일행이 자신을 바라보는 눈초리가 곱지 않다는 것은 그 역시 느끼고 있었다.

"웃기지 마! 그러고서 돈 잃은 게 한두 번이냐? 그나마 저 금전 감각 없는 단장보다는 네 녀석이 낫다고 생각해서 맡겼는데!! 도박에서 손 뗀다고 한 게 언젠데 다시 도박을 하냐! 그것도 우리 전부의 의뢰비를 가지고!!"

갈색 머리카락을 한 남자의 눈에는 원망이 가득 담겨 있었다. 게다가 부들부들 떨리는 그의 주먹은 금방이라도 그를 향해 주먹을 날릴 기세였다.

레인은 금방이라도 몸을 피할 수 있도록 전신을 긴장시키며 일단 두 손을 어깨 높이로 올려 그를 진정시켰다.

"미안. 정말 미안! 설마 그 주먹으로 날 칠 건 아니지, 레이지? 난 육체파가 아니라고. 섬세한 마법사란 말이야. 네가 치는 주먹에 정통으로 맞게 되면 난 그대로 죽게 될 거야~"

"이이익~!"

갈색 머리의 남자 레이지는 차마 엄살을 부리며 미안한 표정으로 그를 향해 눈치를 살피는 레인을 향해 주먹을 휘두를 수 없었다.

마음이 약해져서냐고? 천만의 말씀!

이것은 순전히 그를 때려서 일어날 뒤탈이 염려되어서였다.

그가 쓰러지면 남은 이들만으로는 의뢰를 수행하기가 힘들고 그렇게 되면 가뜩이나 없는 돈으로 네 사람 모두 쫄쫄 굶어야 할 테니까!

"젠장!! 이 자식이 5서클 마법사만 아니라면 속 시원하게 한 대 패주는 건데! 도박 빚 때문에 마탑에서 쫓겨날 정도라는 것을 들었을 때 진작 이런 놈이라는 것을 짐작했어야 했는데! 크흐흑, 단장! 단장이 뭐라고 말 좀 해봐! 친구랍시고 데려와서 이놈을 입단시킨 것은 단장이잖아!!"

"…어쩌겠냐……. 그래도 이 녀석이 있어서 우리가 의뢰도 많이 받을 수 있는 것인데."

자신을 향해 화살을 돌리는 레이지의 말에 단장이라 불린 남색 머리카락의 남자가 어색한 동작으로 고개를 돌리며 시선을 회피했다.

그의 얼굴에 드리운 그늘은 그 역시 이번 사태로 인해 마음 고생이 심하다는 것을 나타내고 있었다.

"…그럼 이 술값은 어떻게 해야 하는 거지?"

조용히 앉아 있던 짙은 녹색 머리카락의 남자가 탁자 위를 응시하며 낮은 음성으로 말했다.

그의 시선이 닿은 곳에는 2,000cc 크기의 맥주 여섯 잔이 텅 비어진 채 수줍게 모여 중앙을 차지하고 있었다. 그 주위로는 훈제 고기로 예상되는 안주 몇 점이 비어진 세 개의 접시 위에 조금씩 남겨져 그들의 앞에 있는 빈 접시가 원래부터 비어져 있던 것이 아님을 웅변하고 있었다.

"……."

"……."

네 사람의 사이에 기나긴 침묵이 흘러갔다.

*　　　　*　　　　*

카이린과 라케시드는 용병 길드의 현판이 보이는 길 한가운데에 서 있었다.

"여기가 용병 길드란 말이지……. 제길. 눈앞에 두고 찾는데 이렇게 고생했단 말이야?"

라케시드가 얼굴을 찡그리며 중얼거렸다.

그가 서 있는 곳은 사람들에게 용병이 될 수 있는 곳을 물으며 몇 번이나 지나다녔던 길이다.

그런데 막상 찾게 된 곳이 바로 코앞에 있는 건물이었다는 것을 알게 되자 허탈한 기분이 가슴을 채웠다.

"그런데 생각보다 크네? 용병 길드라는 게 유명한 거였나?"

살면서 용병이라는 말을 단 한 번도 들어본 적 없는 카이린은 생전 처음 보는 길드의 건물을 바라보며 압도되는 느낌을 받았다.

작은 마을에 살면서 고만고만한 집들을 바라보다가 생전 처음 도시로 나와 2층 건물들을 보며 촌뜨기처럼 감탄사를 터뜨렸는데 이 건물은 다른 건물보다도 조금 더 크고 웅장해 보이는 것 같았다.

특히나 눈에 띄는 것은 문 위에 커다랗게 붙어 있는 현판이었는데, 글을 모르는 카이린은 그것을 읽을 수 없었다.

"용병 길드라……. 누가 썼는지 더럽게 악필이군. 저러니까 지나다니면서 계속 못 알아봤던 것 아냐?"

멍하니 그 글자들을 바라보고 있던 카이린이 옆에서 들려오는 소리에 고개를 돌렸다. 그곳에는 라케시드가 팔짱을 낀 채 인상을 찡그리고 계속해서 투덜거림을 내뱉고 있었다.

"저거… 읽어?"

카이린은 어쩐지 얼떨떨한 기분이었다.

지금껏 마계에서 살다 온 마족이라 인간들의 문화를 제대로 알지 못해 글조차 모를 것이라고 생각했는데 어렵지 않게 그것을 알아보고 있는 것이다.

"……?"

라케시드는 카이린의 말이 무슨 의미인지 몰라 어리둥절한 표정을 짓다가 카이린이 가리키는 손끝을 바라보고는 '아아~' 하는 짤막한 감탄사를 흘렸다.

"마족이나 천족은 반정신체이기 때문에 타 종족의 언어나

글씨에 대해서는 보거나 듣는 것만으로 그 글씨나 말의 의미를 파악할 수 있어. 말을 하는 것도 상대의 머릿속에 의미를 직접 전달하도록 해서 알아듣는 것처럼 느끼게 하는 것이고. 단지 글씨는 직접 배워야 하지만. 마법을 써서 상대의 기억을 읽을 수 있다면 간단한데 난 마법을 못하니까."

"에… 지난번부터 계속 궁금했는데… 왜 마법을 못하는 거야?"

카이린의 질문에 라케시드가 고개를 돌려 그녀를 응시했다.

무감정해 보이는 그의 금빛 눈동자에 카이린은 왠지 자신이 잘못 질문한 것 같은 생각에 아차 했다. 다른 이들이 모두 할 수 있는 것을 본인만 하지 못한다면 그것에서 느끼는 스트레스는 어마어마할 것이다.

자신이 괜히 그의 약점 같은 것을 건드린 것 같은 기분에 카이린은 무척이나 미안해졌다.

무슨 의도로 그런 질문을 하는가 싶어 카이린을 바라보았던 라케시드는 그녀의 얼굴에 떠오른 후회와 미안함의 감정을 보고 짤막하게 한숨을 내쉬었다.

라케시드가 중간계에 내려와서 가장 익숙해지지 않는 것이 바로 그러한 표정이었다.

마계에 사는 종족들은 절대로 타인에게 '미안함'이라는 감정을 갖지 않는다.

그들에게 있어서 약자는 경멸해야 할 대상이고, 상대에게 있는 약점이나 특이한 점은 공략해야 할 대상일 뿐이다.

마계에서 악의적인 빈정거림으로만 들었던 질문을 이런 식으로 듣게 되니 기분이 무척이나 묘했다. 궁금해서 한 질문이라면 차라리 그런 표정 따위 짓지 않는 것이 좋지 않은가?

'그러한 표정을 보면 왠지 내가 초라하고 비참한 존재가 된 것 같은 기분이 든단 말이다.'

라케시드는 목구멍 너머로 올라오려는 말을 삼켰다. 그 대신 그는 최대한 아무렇지도 않은 얼굴로 말했다.

"내가 돌연변이라서."

라케시드는 카이린이 호기심을 풀게 되면 다시는 그것에 대해 질문하지 않을 줄 알았다. 카이린 역시 그와의 계약 당시 천족의 그것과 같은 새하얀 순백의 날개를 보았을 테니 그저 그러려니 수긍하고는 넘어갈 줄 알았던 것이다.

하지만 그의 예상은 틀렸다.

뚝, 뚝.

라케시드는 카이린의 눈에서 방울방울 떨어지는 눈물에 흠칫 놀라 눈을 크게 떴다.

"어… 미안."

카이린 역시 스스로의 반응에 당황했는지 황급히 눈물을 닦으며 사과를 내뱉었다.

라케시드의 눈동자가 혼란으로 흔들렸다.

뭐가 미안하다는 뜻이지?

그런 질문을 해서?

눈물을 흘려서?

'인간의 감정은 이해하기 힘들어.'

라케시드는 진심으로 그렇게 생각했다.

마족의 입장에서 봤을 때는 당연한 일을 카이린은 이해하지 못했고, 마족이 절대로 이해할 수 없는 행동을 그녀는 당연하다고 말했다.

이번 역시 마찬가지였다.

마족이라면 절대로 하지 않을 행동을 그녀가 보이고 있는 것이다.

그리고 그런 인간의 감정에 반응하는 자신의 감정 역시 이해할 수 없기는 마찬가지였다.

왜 이 순간 자신의 심장이 두근거리는 것인지, 그는 정말로 알지 못했다.

잠시의 시간을 지체한 그들은 곧바로 눈앞의 용병 길드로 들어갔다.

밖에서 봤을 때 넓어 보였던 건물은 각자 방어구와 무기를 착용한 우락부락한 남자들로 인해 발 디딜 틈도 없을 정도로 북적거렸다.

"엘키스 상단 호위 수도까지 20골드! B급 용병 다섯 명에 C급 용병 스무 명! 갈 사람 모여!!"

"의뢰 명단 어딨냐?"

"몬스터 토벌하는 거는 없어?"

"야! 그거 내가 찜한 거니까 건들지 마!"

라케시드와 카이린은 문 너머로 드러난 별세계의 모습에 눈을 휘둥그렇게 떴다.

시끌시끌하게 떠드는 남자들이 바글바글한 길드 내의 모습은 마치 몬스터 사육장을 방불케 할 정도로 거칠고 혼란스러운 분위기를 풍기고 있었다.

"으음, 여기가……."

"용병 길드."

"그러면 저 사람들이?"

"용병들이겠지."

카이린과 라케시드의 표정이 복잡하게 변했다.

용병 길드라고 해서 뭔가 대단한 걸 기대했던 것은 아니지만 번듯한 건물과는 달리 안은 어지간한 술집 저리 가라 하는 부산스러운 곳이 아닌가?

"엇? 저 소년, 귀족인가?"

"뭐? 어! 정말? 곱상하게 생겼는데?"

"의뢰인인가?"

"귀족이면 의뢰금도 많겠지?"

몇몇 사람들이 그들을 발견하고 외치는 소리에 길드 내부가 삽시간에 조용해졌다.

라케시드와 카이린은 자신을 향한 수십 쌍의 눈동자에 엄청난 부담감을 느꼈다.

자신을 바라보는 그들의 눈동자에서 무엇인지 모를 광기를 발견했던 것이다.

삽시간에 조용해진 내부의 모습이 이상했던지 카운터에 앉아 의뢰의 접수를 담당하고 있던 여직원이 주위를 둘러보다가 그들을 발견했다.

"의뢰를 하러 오신 건가요?"

그녀 역시 다른 용병들과 마찬가지로 카이린과 라케시드가 의뢰 때문에 왔다고 생각했다.

그도 그럴 것이, 둘 모두 십팔 세 미만의 미성년자로 보였고 몸집 자체도 건강한 성인 남성이 힘을 줘서 쥐면 바스라질 것 같이 가느다랬기 때문이다.

라케시드는 자신을 철모르는 어린아이처럼 바라보는 그녀의 시선이 무척이나 불쾌하게 느껴졌다.

"아니, 용병 등록을 하러 왔다. 용병이 되려면 어떻게 해야 하지?"

낮게 가라앉은 라케시드의 목소리는 반말로 인해 무척이나 오만하게 들렸다.

여직원 역시 그렇게 생각했는지 이마에 살짝 핏대가 솟아올랐다.

가끔씩 이렇듯 실력은 쥐뿔도 없으면서 모험에 대한 환상에 부푼 채 용병이 되겠다며 찾아오는 철부지 귀족 도련님들이 있었다.

생각 같아서는 혼 좀 나보라고 용병으로 임명하고 위험한 임무를 맡겨 버리고 싶지만 그렇게 했다가는 귀족 도련님의 아버지에게 엄청난 욕을 먹는 것은 물론 다른 귀족들로부터도 외면받아 영업 자체가 어려워질 것이다.

귀족들이란 평소에는 서로 잡아먹을 듯 아웅다웅하면서도 평민이 귀족의 권위에 도전한다고 생각하면 언제 그랬냐는 듯이 똘똘 뭉쳐 대응했으니까.

"푸하하하!! 용병이 되겠대!"

"겉멋만 든 애송이 아니야?"

"아서라, 아가야. 집에 가서 엄마 젖이나 더 먹고 오너라."

등 뒤에서 용병들이 낄낄대며 귀족 도련님을 비웃는 소리가 들려왔다.

'저 멍청이들이……'

여직원은 그 말에 동의하면서도 그 말을 들은 귀족 도련님이 어떤 반응을 보일지 전전긍긍했다.

'후우! 나중에 저 귀족 가문에서 뭐라고 따지면 몰랐다고 하면 되겠지.'

자신의 아들이 용병이 되겠다고 찾아온 것은 가문의 명예에도 상처가 될 수 있으니 되도록 쉬쉬하려 들 것이다. 하지만 저 귀족 도령이 뭔가 트집거리를 잡으면 피곤해지는 것은 자신일 것이 분명했다.

여직원은 일단은 최대한 귀족 도련님의 기분에 맞춰주자는 생각에 얼굴에 활짝 미소를 띠었다.

이럴 때는 그저 불가능한 시험을 내서 스스로 부족함을 알게 해 내쫓아 버리는 것이 최선이었다.

"용병으로 등록하기 위해서는 용병 등록 비용으로 1골드가 필요합니다."

"…뭐?'

웃으며 내뱉는 여직원의 말에 라케시드의 얼굴이 굳었다.

그는 중간계의 자세한 화폐 단위는 몰랐지만 골드가 실버보다 가치가 크다는 것은 알고 있었다.

그리고 자신들의 수중에 있는 돈이 30실버 50브론드뿐이라는 것도.

처음부터 봉착하게 된 난감한 상황에 등 뒤로 식은땀이 흐르는 듯한 기분이 들었다.

카이린 역시 당황하기는 마찬가지였다.

그녀는 용병이라는 것이 그냥 실력을 증명하기만 하면 될 줄 알았는데 시험 비용까지 내야 한다는 말을 듣자 정신이 아찔해지는 것 같은 기분마저 느꼈다.

한편 여직원 역시 그들의 반응에서 무언가 이상한 점을 느끼고 있었다.

보통 귀족가의 도련님들이라면 '뭐야? 시험료 같은 것도 있어? 1골드면 별거 아니네~' 라고 말하며 시큰둥한 표정으로 1골드를 던져 준다. 그래서 원래는 10실버인 등록 비용을 열 배나 부풀려서 말한 것인데 도령의 얼굴에 당황이 역력한 표정이 스치고 지나갔던 것이다.

'설마 정말로 용병으로 등록하기 위해 왔던 것인가?'

정말 그렇다면 난처한 일이었다. 등록 비용을 열 배나 뻥튀

기한 자신의 행동이 우습게 될 테니 말이다.

여직원은 확인을 위해 상대가 눈치 채지 못하게 조심스러운 눈으로 다시 그들의 모습을 살펴보았다.

여자아이의 옷은 정말로 평민의 것처럼 거칠고 염색도 안 된 싸구려 재질이었지만 남자아이의 옷은 한눈에 봐도 범상치 않은 포스가 흐름을 느낄 수 있을 정도로 고급스러운 재질이었으며 디자인 역시 만든 이의 심혈이 느껴질 정도로 그의 몸에 착 밀착되어 고귀한 분위기를 연출하고 있었다.

게다가 허리에 찬 검.

그것은 장식용이 역력하다는 것을 알리듯 겉 부분에 날개가 달린 무언가의 형상이 새겨져 있었다.

'천사의 상징인가. 어린애가 벌써부터 겉멋만 들었… 응? 잠깐만, 뭔가 이상한데? 저 검에 달린 형상에 있는 건 분명 뿔… 아닌가? 그럼 악마 형상?'

여직원의 눈동자가 살짝 굳었다.

악마의 형상을 검에 새기는 가문은 단 하나밖에 없었다. 그곳은……

"잠깐만. 시험 전에 해결해야 할 게 있는 것 같은데."

"예?"

여직원의 생각은 길게 이어지지 않았다.

자신을 골똘히 바라보는 그녀의 표정에서 무언가 이상한 점을 느낀 라케시드가 그녀의 주위를 다른 곳으로 환기시키기 위해 말을 건넨 것이다.

예상대로 여직원은 무언가 다른 생각에 잠겨 있었던 듯 화들짝 놀란 표정을 지었다.

라케시드는 그녀는 무시한 채 주변을 둘러보았다.

용병들은 여전히 그들을 구경거리처럼 바라보며 킬킬대고 있었다.

라케시드의 손이 검의 손잡이에 닿았다.

그 모습에 용병들의 얼굴이 굳었다.

지금까지야 장난이라지만 애송이가 검을 꺼내 누군가 다치기라도 한다면 그 순간부터는 장난으로 끝나지 않을 것이 분명했다.

그리고 다치는 것은 분명히 애송이가 될 것이라고 생각했다.

"아가야, 다치고 싶지 않으면 그 검에서 손 떼는 게 좋을 거다."

한 대머리용병이 라케시드에게 말했다.

안 그래도 우락부락한 인상을 쓴 그가 상대를 겁주기 위해 얼굴을 일그러뜨리자 정말 흉신악살처럼 무시무시한 인상이 되었다.

라케시드의 눈동자가 깊게 가라앉았다. 반쯤 내려뜬 그의 눈빛 사이로 섬뜩한 빛이 스치고 지나갔다.

철컥.

"응?"

대머리용병의 얼굴에 어리둥절함이 떠올랐다.

표정으로 보아서는 자존심이 상한다며 검을 뽑아 덤빌 것 같아 보였는데 얌전히 검을 꽂아 넣자 순간적으로 상황을 판단하지 못한 것이다.

"푸하하하!"

"그럼 그렇지."

"꼬맹이, 쫄았구나."

잠시간 긴장했던 용병들이 박장대소를 터뜨렸다.

무슨 일이라도 터질 듯했던 분위기가 아무것도 아니게 끝나자 허탈하면서도 웃겼던 것이다.

"하하! 그래, 잘 생각했다."

대머리용병도 어색한 표정으로 웃었다.

하지만 그들의 웃음은 오래가지 못했다.

아무것도 아니라고 생각했던 것이 아무것도 아닌 것이 아니었던 것이다.

핏!

투두둑.

"……!!"

용병들의 표정이 굳었다.

그들은 모두 자신들의 발밑을 내려다보았다.

카이린과 라케시드를 향해 빈정거리는 말을 내뱉거나 비웃었던 이들 모두의 갑옷이 이음새가 정교하게 잘린 채 바닥에 떨어져 있었다.

장내에는 놀란 용병들로 인해 죽음 같은 침묵이 흘렀다.

그들의 표정에 사신을 본 것 같은 두려운 표정이 떠올라 있었다.

"보… 지도 못했는데……."

누군가가 떨리는 목소리로 중얼거렸다.

그 말에 모두의 시선이 라케시드에게 꽂혔다.

"이번에는 갑옷으로 끝냈지만 다음에는……."

라케시드의 눈빛이 스산하게 빛났다. 그는 일부러 뒷말을 잇지 않았다.

말을 하지 않아도 알 수 있는 것이 있다.

그들은 아마도 그 뒷말을 예상하며 공포에 떨고 있을 것이다.

라케시드의 예상처럼 용병들은 지독한 공포와 경외감을 맛보고 있었다.

"정확하게 갑옷의 이음새만 잘랐어. 그것도 한 명도 아닌 서른 명 이상을……."

자신의 갑옷을 살펴보는 대머리용병의 목소리가 떨렸다.

다른 이들 역시 퍼뜩 정신을 차리고 자신의 갑옷을 쳐다보았다.

역시 이음새 부분만 정확하고 정교하게 잘려져 있었다.

마치 자로 잰 것처럼 정확하게.

"소드 마스터……."

누군가의 떨리는 음성이 장내에 울려 퍼졌다.

귀족가의 애송이 도련님이라고 생각했던 아이가 사실은 엄청난 검의 고수였다니.

　그들은 자신의 눈으로 목격하고도 이 사실을 믿을 수가 없었다.

Chapter 18
수상한 A급 의뢰

MUTATION
DEMON

여직원은 눈앞에 벌어진 상황을 선뜻 이해할 수 없었다.

뭔가 희끗한 것이라도 보였다면 무지막지할 정도로 빠른 쾌검이라고 인정이라도 할 텐데 그녀는 라케시드가 검을 뽑는 것을 코앞에 있으면서도 전혀 눈치 채지 못했던 것이다.

주르륵.

그녀의 관자놀이를 타고 식은땀 한줄기가 흘러내렸다.

그가 검을 휘두르는 것을 이 안의 어떤 용병도 눈치 채지 못했다는 것은 그가 마음만 먹으면 언제든지 이들을 몰살시킬 수 있는 능력이 있다는 얘기였다.

그것도 순식간에.

'어, 어떻게 하지?'

그녀의 등이 식은땀으로 흥건하게 젖어들었다.

용병 시험을 볼 필요도 없었다.

이 정도의 실력이라면 분명히 A급 이상. 어쩌면 전 대륙에 다섯 명밖에 없는 S급의 실력일지도 몰랐다.

그런 사람에게 용병 시험 비용이 1골드라는 등 말했으니 사실을 알게 된다면 그 후환이 어떨지 짐작조차 가지 않았다.

딱딱하게 굳은 표정으로 서서 어쩔 줄을 모르고 있는 그녀를 구해준 것은 한 용병이었다.

"휘이~ 어린 친구가 대단한 실력인걸. 데이지, 그냥 용병패 발급해 주지그래?"

사람 좋은 표정으로 웃으며 능글능글한 목소리로 말하는 남자의 모습은 키와 체격 모두 보통 정도에 등 뒤에는 바스타드 소드를 비끄러맨 채 갑옷이라고는 달랑 가슴을 가릴 정도의 레더 갑옷을 입고 있었는데, 짧게 자른 갈색 머리카락이 잔디처럼 빽빽하게 자리 잡고 있어서 시원시원한 이목구비와 함께 활발하고 장난기 많은 성격처럼 보였다.

여직원은 난처한 때에 나선 이를 발견하고 반가운 표정을 지었다가 그의 말을 상기하고는 살짝 얼굴을 굳혔다.

"레이지, 네 말이 무슨 뜻인지는 알겠지만 용병패를 발급하려면 시험을……."

아무리 상황이 난처하다고 해서 이러한 예외를 인정할 수는 없었다. 거대한 조직이란 규율에 따라 움직이는 것이었고, 더군다나 용병 길드는 성격이 거친 남자들이 매우 많은 곳이었다.

이러한 예외로 인해 이것저것 편의를 봐주게 되면 결국 통제 자체가 불가능한 사태가 올 수도 있는 것이다.

난처한 표정으로 고개를 젓는 여직원의 모습에 레이지가 너스레를 떨었다.

"에이~ 그렇게 융통성없이 구니까 서른이 넘도록 남자가 없는 거야."

여직원의 이마에 빠직하며 핏대가 올라왔다. 결혼 적령기라고 할 수 있는 이십대의 황금기는 용병 일을 하는 사이에 흔적도 없이 지나가 버리고 말았다, 정신을 차리고 슬슬 이성에 대해 생각해 봤을 때는 이미 서른이 넘은 후였고. 그 나이에 원하는 상대를 찾기란 어려운 일이었다.

남들은 용병 일을 하면서 동료 남자들이랑 눈이 맞아 잘도 시집들을 가던데 그녀는 그런 로맨스(?)와는 무척이나 거리가 멀었던 것이다.

그리고 그것은 그녀에게 있어 가장 큰 콤플렉스였다.

"뭐야?! 네 녀석, 뚫린 입이라고 잘도……!"

눈에 불을 켜고 달려들려는 그녀를 한 손으로 막은 레이지가 고개를 갸웃거리며 물었다.

"아니면… 이런 녀석을 시험할 녀석이라도 있어?"

레이지의 시선이 자연스럽게 주위의 용병들을 바라보았다.

그의 눈이 마주친 용병들은 잘못한 것도 없으면서 화들짝 놀라며 시선을 피했다.

"그건……."

데이지 역시 그의 시선을 따라 시선을 옮겼다. 필사적으로 눈길을 피하려는 이들의 모습은 굳이 말을 통해 확인해 보지 않아도 불가능하다는 것을 나타내고 있었다.

잠시 그녀가 상황을 파악할 시간을 주기 위해 기다려 줬던 레이지가 그녀의 눈동자에 이는 파문을 발견하고는 씨익 만족스러운 미소를 지었다.

"참고로 나도 꽂는 것만 봤지, 뽑고 휘두르는 동작은 잘 못 봤다. 뭔가 희끗 지나간다는 것만 느꼈지. 아마 그 검이 나한테 왔더라도 속수무책이었을 거야."

"……!"

데이지의 눈동자가 굳었다.

그녀는 레이지의 성격이 살짝 폭급하고 단세포에 다혈질인 기질이 있는 것은 사실이지만 사물이나 현상을 보는 직관력이 높으며 그의 실력 역시 A급에 달할 정도로 높다는 것을 알고 있었다.

그럼에도 이토록 자신없게 말한다는 것은 라케시드의 실력이 그녀가 판단한 것보다 더한 강자라는 소리였다.

데이지는 그때까지도 피부로 와 닿지 않던 라케시드의 강함이 그 말을 듣는 순간 확하고 실감이 되는 것을 느꼈다.

자신도 모르게 꽉 쥔 손이 피부를 파고들고 있었지만 긴장한 탓인지 느끼지 못했다.

한편 갑작스레 나타난 용병이 그들 사이에 끼어들어 자신에

게 유리한 듯한 말을 하자 가만히 그 하는 양을 지켜보던 라케
시드는 레이지의 말에 눈에 이채를 띠었다.

애당초 실력을 보여주기 위해 작정하고 펼친 검이기는 했지
만 휘두르는 검이 마력을 어마어마하게 증폭시키는 게 특징인
세크리티히다 보니 마력은 단 하나도 사용하지 않은 검이었
다.

오로지 힘과 기교로만 보인 능력이었다는 것이다.

하지만 그럼에도 그의 검은 이중 누구도 알아보지 못할 정
도로 쾌속하고 정교했다.

그런데 그 검을 조금이나마 봤다는 이가 있는 것이다.

"봐봐. 이중에 누구도 이 친구의 시험을 봐주려고 하지 않잖
아. 이들 모두 그의 실력을 목격한 증인인 거라고. 이 정도면
시험에 준한다고 생각하지 않아? 그렇지, 친구들?"

레이지의 질문에 용병들은 얼른 고개를 끄덕였다.

"자, 다들 그렇다고 하잖아?"

생긋.

설득하듯 그녀를 바라보는 레이지의 말에 데이지의 눈동자
가 흔들렸다.

"광격(狂擊)의 레이지가 그렇게까지 말한다면……."

데이지는 못 이기는 척 수긍하는 표현을 흘렸다. 하지만 혹
시 모르니 보험을 들어두는 것 역시 잊지는 않았다.

"그럼 이분의 용병 등록은 레이지가 책임지기로 하지."

"뭐야?!"

"그게 아니면 나도 양보 못해. 그대로 시험 진행하지. 상대는 너로."

"그런 게 대체 어딨……."

"싫어?"

"끄응……."

싫다고 말할 수 있겠냐는 듯 자신만만한 표정을 짓고 있는 데이지의 모습에 레이지는 앓는 소리를 내뱉었다. 여자가 요물이라는 소리를 들어도 그러려니 했는데 평생 그런 것과는 인연이 없는 듯 보였던 데이지 역시 여우과라는 것을 확인하게 되자 신기함보다 허탈감이 먼저 밀려들었다.

"1골드."

"응?"

"나한테 빚졌다는 거 잊지 마라."

"……!!"

결국 레이지는 한숨을 내쉬며 항복의 제스처를 취했지만 반격의 여지를 남겨두는 것 역시 잊지 않았다.

데이지는 레이지가 하는 말이 무슨 말인지 이해할 수 있었다.

라케시드에게 요구한 시험비 1골드.

그가 끼어든 바람에 유야무야 넘어가게 되었으니 자신에게 빚진 것이나 마찬가지라는 소리다.

데이지는 도끼눈을 떴지만 아무런 말도 할 수 없었다.

그것이 무언이 긍정이라고 생각했는지 레이지가 씨익 미소를 지었다.

"얘기는 다 끝난 건가?"

슬슬 둘 사이에 결론이 났다고 생각했는지 라케시드가 지루하다는 표정으로 입을 열었다.

카이린이 하도 '돈! 돈이 없어~!' 하며 성화를 부려서 가만히 기다리고 있었지만 사실 그로서는 밖에서 노숙을 하더라도 딱히 상관은 없었다.

마계의 밤에 비하면 중간계의 밤은 집 안이나 마찬가지로 느낄 정도로 따뜻(?)했다.

게다가 식량에 대한 걱정이라면 전혀 할 필요가 없는 것이, 그는 카이린이 느끼는 희로애락의 감정에서 뻗어 나오는 잔존 에너지를 양분으로 삼았기 때문에 카이린이 있는 한 굶어 죽을 염려는 하지 않아도 되었다.

특이한 것은 그 감정의 오라를 받아먹는 것이 카이린에게서만 가능하다는 것이었는데 라케시드는 그것이 그녀와 자신이 파장이 맞기 때문이라고 생각하여 대수롭지 않게 넘겼다.

어쨌든 그럼에도 불구하고 돈 한 푼을 아끼기 위해 이러고 있는 것은 자신은 몰라도 카이린은 인간인 이상 돈이 없으면 살기 어려운데다가, 정보를 얻기 위해서라도 도시에서 행동하려면 돈은 있는 것이 편하기 때문이었다.

라케시드의 목소리에 서로 으르렁대고 있던 데이지와 레이지가 움찔하며 그를 보았다.

처음에는 그저 애송이라고만 생각했는데 그의 실력이 대단하다는 것을 알게 되자 왠지 그에게서 느껴지는 귀찮다는 듯한 분위기도 강자만의 어떤 여유로운 포스로 느껴졌던 것이다.

데이지는 그의 말에 아차 했다.

레이지가 끼어듦으로 인해서 어려운 상황을 벗어날 수 있다고 생각했는데 본의 아니게 당사자들은 무시한 채 상관없는 이들끼리만 대화를 나누게 되어버린 것이다.

"아, 기다리게 해드려 죄송합니다. 예상 밖의 실력이신지라 너무 놀라서…….. 용병패는 바로 발급해 드리겠습니다."

라케시드는 방금 전 그들이 나눈 대화를 들었기 때문에 시험을 왜 보지 않느냐는 질문은 하지 않았다. 하지만 그래도 꼭 짚고 넘어가야 할 사항은 있었다.

"시험료는?"

라케시드의 질문에 지은 죄가 있었던 데이지가 몸을 움찔하며 떨었다.

그녀의 이마 위로 식은땀이 폭포수처럼 줄줄 흘러내렸다.

"에… 시험을 보지 않으시는 것이니 내지 않으셔도 됩니다. 다만 용병이 되시면 용병 길드를 통해 하시는 계약의 경우 계약금의 10%의 금액을 수수료로 제출하셔야 합니다. 보통 선급금을 용병 길드를 통해서 내기 때문에 그런 경우에는 길드에서 자체적으로 걷은 후에 드리게 됩니다."

설명을 하는 데이지의 목소리는 긴장으로 인한 떨림으로 살짝 잠겨 있었다.

그가 난폭하게 구는 것은 아니었지만 그에게서 퍼져 나오는 분위기 자체가 위험스럽게 느껴졌던 것이다.

"그리고 여기 이 여자도 용병이 되려고 하는데."

라케시드는 그녀의 설명에 알았다는 듯 고개를 끄덕이고는 카이린을 가리켰다.

정작 이곳에서 용병패가 가장 필요한 존재는 그녀라고 할 수 있었다. 아무 전투적 능력이 없는 그녀로서는 가장 낮은 단계의 패가 고작이겠지만 그런 것이라도 없는 것보다는 나을 것이기에 라케시드가 공짜로 용병패를 받는 김에 그녀의 패 역시 함께 발급받으려 한 것이다.

"저 아가씨… 말입니까?"

카이린을 바라보는 데이지의 시선이 떨떠름하게 변했다.

크면 여러 남자를 울리겠다는 생각이 들 정도로 예쁘장하게 생긴 아이이기는 하지만 허름한 옷이며 가사 노동으로 부르튼 손은 그녀가 절대 전투와 관련된 존재가 아니라는 것을 어필하고 있었다.

'그러기에 이래서 예외를 두면 안 된다니까!'

데이지는 속으로 한숨 섞인 욕설을 내뱉으면서도 얼굴에는 최대한 친절하게 보이도록 미소를 띠었다.

"죄송하지만 두 분 사이의 관계가……. 혹시 아가씨께서도 뭔가 보여주실 만한 게 있으신가요?"

아니라고는 생각하지만 같이 다니는 남자를 보아서는 여자 역시 무언가 한가락 할 수 있는 능력이 있을지도 몰랐다.

데이지는 라케시드와의 일을 교훈 삼아 카이린에 대해 함부로 평가하지 말자고 생각했다.

하지만 그 질문을 받는 카이린으로서는 그녀의 그러한 눈빛이 매우 부담스럽지 않을 수 없었다.

앞서 라케시드가 보인 실력이 워낙 충격적이었던지라 그녀에게 향하는 시선들에는 그녀 역시 무언가를 보여주지 않을까 하는 기대감에 젖어 있었다.

하지만 그녀가 할 줄 아는 것이라고는 공격용으로 쓰기조차 민망할 정도로 작은 회오리를 만들어내는 것이 전부였다.

카이린이 슬쩍 라케시드를 눈치를 살피자 그가 대수롭지 않다는 듯이 고개를 끄덕였다.

"해봐, 그거. 회오리."

"뭐? 그, 그걸 하라고?"

카이린의 얼굴이 당혹으로 일그러졌다.

설마 무슨 방법 정도는 제시하지 않을까 생각했는데 고작 손바닥만 한 회오리를 만들어보라고 하니 영 당황스럽지 않을 수가 없었다. 카이린의 떨리는 눈동자가 사방을 훑었다.

회오리라는 말에 그들의 눈은 더욱더 미묘한 기대감으로 반짝거리고 있었다.

"으윽! 여기서?"

카이린의 목소리가 울먹이듯 떨렸다.

이곳에서 하면 저 험악하게 생긴 아저씨들에게 삽시간에 놀림감이 되어버릴 것 같았다. 처음 라케시드의 모습을 보고서 그들이 그러했듯이.

그런데 이런 상황에서 그 별 볼일 없는 것을 실력이랍시고 시전해 보라고 하니 라케시드가 자신을 놀리려는 것인가 싶어서 원망하는 마음이 생긴 것이다.

하지만 라케시드 역시 나름의 생각이 있어서 그러한 제안을 했던 것이다.

그가 지닌 마력과 카이린이 지닌 마나는 무척이나 비슷하면서도 또 다른 성질을 지니고 있었다.

그러나 하나 특이한 점이라면 그가 카이린에게서 나오는 감정의 오라에 반응하듯이 그의 마력에 카이린의 마나가 공명한다는 것이었다.

라케시드는 그것을 최근에서야 깨달을 수 있었다.

크기는 어떻게 될지 모르겠지만 그의 마력에 공명시킨다면 적어도 의자 하나쯤은 흔적도 없이 박살 낼 정도의 위력은 충분히 나올 것이다.

라케시드는 누굴 죽이려는 것도 아니고 단지 시험을 하려는 것이니 그 정도면 충분할 것이라 생각했다. 어차피 그가 중간계에서 카이린에게 보호받아야 할 정도로 위험한 상황에 처할 일은 없을 테니 그렇게 하더라도 들통 날 염려가 없을 것이라고 생각한 것이다.

카이린은 여전히 불안해하면서도 자신만만한 표정을 짓고 있는 라케시드의 모습에 혹시나 좋은 방법이라도 있나 싶어서 일단 손 위에 예의 회오리바람을 불러일으켰다.

그녀의 손 위에 떠오른 회오리는 여전히 아이들의 장난감처럼 작았다.

왠지 초라해 보이는 그 모습에 카이린의 눈동자 위로 언뜻 실망의 그림자가 스쳐 지나갔다.

라케시드가 뭔가 대책을 마련하지 않았을까 기대했는데 회오리에는 아무런 변화도 없었던 것이다.

'하긴, 라케시드는 마법사가 아니니까. 그런데 이건 왜……. 설마 이거 가지고 '나 마법사다!' 라고 사기라도 치라는 걸까?'

카이린의 이마가 살포시 좁혀졌다.

세크리티히의 말에 의하면, 마법사는 그 자체만으로 대접을 받았던 모양이니 그럴지도 모른다고 생각했다.

카이린은 슬쩍 고개를 들어 주위를 둘러봤다. 사람들의 반응이 어떠한지 살펴보기 위해서였다. 그런데 어쩐지 그들의 반응이 매우 이상했다.

그들의 눈빛에 그녀를 측은히 여기는, 혹은 처지를 이해할 수 있을 것 같다는 동정의 감정이 묻어났던 것이다.

카이린의 눈빛에 당혹감이 떠올랐다.

라케시드 역시 당황스럽기는 마찬가지였다.

카이린이 손에 띄운 회오리를 던져서 실력(?)을 보이기만 하면 되는데 용병들이 실력을 보려는 것이 아닌 괴이한 표정들을 지었던 것이다.

"어쩐지……."

"저런 어린 소녀가 용병이 될 리 없다고 생각했더니……."

"마법사였구나. 그러니까 용병을 택하지."

"하긴, 대륙에서 그나마 마법사질 하려면 이스틴블이나 마탑으로 가야 하는데 둘 다 여기서 가기에는 멀어서 경비가 만만치 않게 드니까."

가만히 그 말들을 듣던 라케시드와 카이린의 표정이 기묘하게 변했다.

"마… 법사가 용병이 되는 경우가 많나요?"

그 말을 묻는 카이린의 눈가가 파르르 떨렸다.

마법을 배울 길이 무척이나 어려울 것이라고 판단했는데 일이 쉽게 풀릴지도 모른다는 생각에 기쁜 한편, 왠지 용병들이 마법사를 무척이나 기피하는 듯한 느낌을 받았기에 떨떠름했다.

그녀의 질문에 레이지가 뒷머리를 긁적였다.

카이린의 모습을 보니 아마도 지나가던 마법사가 평범한 시골 소녀에게 마법을 보여주며 잔뜩 바람을 불어넣어 자신의 제자가 되도록 하게 만든 것이 아닌가 싶었다.

일단 한 번 마나의 길에 든 사람은 결코 마법사의 운명에서 벗어나지 못한다.

마치 마약의 중독처럼, 아니, 그보다 더한 탐구에의 갈증을 느끼게 되는 것이다.

그들은 마나와 떨어져서는 살 수가 없었다. 마나를 잃은 마법사들은 백이면 백 모두 허탈감에 스스로 목숨을 끊었다.

마법사의 운명.

그것을 사람들은 '마나의 낙인(烙印)'이라 불렀다.

레이지는 친구 중에 그러한 마나의 낙인으로 인해 마탑에서 쫓겨나고도 아직도 마법사의 길을 포기하지 못해 절절매는 녀석이 있었기에 카이린의 모습이 남의 일 같지 않았다.

"마법사가 용병이 되는 경우가 많다기보다는 마법사 지망생들이 이스틴블 제국으로 가기 위한 경비를 마련하기 위해서 용병으로 일하는 경우가 많지. 대부분 1~2서클의 초급 마법사이지만 그래도 가끔씩은 생각지도 못했던 곳에서 도움이 되는 경우가 많기 때문에 의뢰인들도 마법사들은 한두 명은 꼭 챙기지. 그래서 용병 길드에서도 마법사들은 편의를 봐줘서 시험없이 C급 용병패를 발급해 주고 있어."

"C급이라…… 역시 최하위 등급인가."

"응? 무슨 소리야? 용병 등급은 분명 S부터 A, B, C, D 순으로 다섯 개라고. 아! 설마 등급이 너무 낮다고 실망하는 거야? 그런 거라면 너무 걱정 마. 서클이 높으면 승급 시험도 볼 수 있고, 용병 중에서 처음 시험도 안 보고 C급을 주는 것은 마법사가 유일하니까. 물론 방금 전에 예외가 한 명 있었지만……. 만약 승급 시험을 보고 싶다면 수도에 있는 길드로 가. 워낙 인력이 딸리다 보니 지방에서 하기에는 불가능하거든."

카이린의 얼굴에 허탈감이 떠올랐다.

라케시드는 자신을 향해 싱긋 미소 짓는 레이지에게 심드렁한 표정으로 답했다. 그는 모처럼 실험해 보려던 마력과 반응한 카이린의 마법이 어느 정도인지에 대한 강도 측정이 무마 되었다는 사실에 기분이 좋지 않은 상태였다.

확하고 고개를 돌려 버리는 라케시드와는 달리 카이린은 그에게 듣고 싶은 것이 많았다.

"마법사는 예전에는 귀한 대접을 받았다고 들었는데, 어째서 그런 처지가 된 것이죠?"

그녀는 납득할 수가 없었다.

아무리 화무십일홍(花無十日紅)이라지만 이토록 처지가 달라질 수 있나 하는 생각이 들었다.

하지만 그녀가 생각하지 못한 것이 하나 있었으니…….

바로 그 정보가 천 년 전의 것이라는 점이었다.

"하하! 대체 언젯적 얘기를 하는 거야? 한창 꿈과 환상에 부풀어 있을 아가씨에게는 미안하지만 사람들이 마법사를 기피하게 된 것은 몇백 년 전부터였어. 마왕과 계약한 흑마법사 한 명이 나라 하나를 통째로 날려 먹어버렸거든. 그래서 각국에서는 위험 인자라 생각해 마법사에 대해 폐쇄 정책을 썼지. 혹시라도 또다시 마왕을 소환한다는 미친놈이 나오면 골치 아파지니까 말이야. 하하하!"

"……!!"

카이린의 표정이 벙쪘다.

라케시드의 표정 역시 썩 좋지는 않았다.

'빌어먹을 아버지. 역시 도움이 안 돼!'

하필이면 마법사들이 이토록 소외받고 있다니. 어째서 그동안 마계에서 중간계로 외출을 하는 마족이 줄어들었나 했더니 이러한 이유가 숨어 있었던 것이다.

마법사가 줄었다면 흑마법사 역시 줄어들었을 것이다. 그리고 그토록 눈치를 받으며 살아왔다면 후인을 남기기도 어려웠을 것이고, 비록 후계자를 찾았더라도 주위의 눈치 때문에 함부로 비전을 전해주지 못했을 것이다.

결국 결론은 중간계의 마법이 엄청나게 약해졌다는 것.

물론 드래곤들이야 천 년쯤은 별것 아닌 시간으로 여기는 존재들이니 상관없겠지만 인간에게 천 년이란 나라가 몇 번은 일어서고 망할 시간인 것이다.

실망한 표정이 역력히 보이는 그들의 모습에 레이지가 은근히 본론을 꺼냈다.

사실 그가 라케시드의 일에 끼어든 것이 이 볼일 때문이라고 할 수 있었다.

동료 마법사 레인이 도박으로 일행의 의뢰비를 전부 날려먹은 후 여비가 없어진 레이지의 팀은 결국 의뢰를 하나 맡기로 했는데, 하필 그 의뢰인이 여섯 명이 채워지지 않으면 안 된다고 극구 우기는 것이다.

그래서 다른 두 명을 구하기 위해 사방으로 수소문을 해보았지만 모든 이들이 고개를 저으며 거절했다.

알고 보니 그 의뢰는 A급과 B급의 용병들이 섞여 있던 수많은 팀들이 모두 도전했다가 소식이 끊어진 위험하고 수상쩍은 의뢰라는 것이었다.

더 특이한 것은 의뢰인이 여섯 명 이하도 이상도 아닌 여섯 명을 꼭 채워야 한다고 말한 것이다.

굳이 여섯 명만이 필요한 이유.

깊이 생각해 보지 않아도 무척이나 수상쩍다는 것을 알 수 있을 것이다.

레이지와 다른 팀원들은 이 의뢰를 거절하고자 했지만 선금으로 받은 계약금의 일부를 이미 식사와 여관비 등 부대 비용으로 써버린 데다가 의뢰를 파기했을 경우 물어야 하는 금액이 계약금의 두 배인데, 그들의 수중에는 단 한 푼의 돈도 남아 있지 않았기 때문이다.

어쩔 수 없이 울며 겨자 먹기로 남은 두 사람을 구하기 위해 용병 길드에 와 있던 중 뜻밖의 보석을 발견한 것이다.

"돈이 필요한 것 같은데…… 나랑 함께 의뢰 하나를 맡아보지 않겠어? 의뢰비는 꽤 센데 사람이 모자라서. 좀 위험한 일이거든."

레이지는 자신의 작업(?)이 분명히 먹힐 것이라 생각했다.

상대는 이제 막 용병이 된 애송이였고, 그러므로 이 의뢰에 얽힌 수상쩍고 위험스러운 소문 같은 것은 듣지 못했을 것이었다.

게다가 실력도 있는 것 같으니 위험한 일이라고 하면 오히려 발끈해서 나설지도 몰랐다.

레이지는 왠지 상대를 속이는 것 같은 기분에 스스로 조금 양심의 가책이 느껴지기는 했지만 그의 실력과 자신의 팀원들의 실력이라면 의뢰가 조금 어렵더라도 충분히 해치울 수 있다고 생각했기 때문에 내민 손을 굳이 거두지 않았다.

"……."

라케시드는 잠시 시선을 들어 레이지를 바라보았다.

갈색 머리카락에 붉은 눈동자를 가진 그의 얼굴을 시원스러우면서도 서글서글한 인상을 가지고 있어서 척 보기에 열혈청년으로 보이는 스타일이었다.

한번 자신이 정한 일은 멧돼지처럼 저돌적으로 밀고 나가는 추진력이 있을 것 같은 얼굴이랄까?

라케시드는 자신을 응시하는 그의 눈동자가 매우 강렬한 염원으로 빛나고 있음을 알아챘다.

한참 그를 응시하던 라케시드가 나직한 한숨과 함께 입을 열었다.

"…나는 이 녀석과 같이가 아니면 할 수 없어."

라케시드의 손이 가리키는 곳에는 카이린이 움찔거리고 있었다.

하지만 레이지는 그것은 어떻게 되든 인원수가 채워졌다는 사실에 기뻐하고 있었다.

라케시드의 대답은 반쯤 승낙이나 마찬가지인 의미를 가지고 있으니 말이다.

원래부터 그들 일행만으로 가려 했던 일이니만큼 카이린의 힘이 약하든 강하든 그것은 중요하지 않았다. 물론 강하다면야 더 좋기는 하겠지만 말이다.

"괜찮아! 딱 두 자리가 비어 있으니까!!"

기다렸다는 듯이 자신만만하게 외치며 계약서를 꺼내는 그의 모습에 라케시드는 왠지 계약을 잘못한 것은 아닌지 불안한 기분이 들었다.

누군가에게 속는다는 것은 그 결과가 어떻게 나오든 그 과정 자체가 기분이 더러울 수가 있었다.

라케시드는 대답 대신 카이린을 바라보았다.

카이린은 그의 시선이 자신에게 닿자 잠시 움찔하더니 그가 내민 계약서의 내용을 찬찬히 살펴보았다.

"모집 인원 여섯 명… 계약금 10골드, 완수 시 100골드… 뭐어?!"

금액 부분을 살피던 카이린의 눈이 휘둥그레졌다.

다른 부분까지는 그녀의 머릿속에 들어오지 않았다.

그래서 그녀는 그 일이 얼마나 어려운지도 알아보지 않은 채 냉큼 자신의 이름을 계약서 밑에 적어 넣었다.

어차피 마족인 라케시드가 곤란한 일은 다 해결해 줄 거라고 생각한 것이었다.

더군다나 그의 아버지는 한 나라를 통째로 무너뜨렸다고 하지 않는가? 카이린은 라케시드 역시 그 정도는 되지 않더라도 이런 의뢰 정도는 충분히 해결할 수 있을 것이라 생각했다.

라케시드 역시 카이린의 뒤를 이어 자신의 이름을 서명했다.

"좋아! 이것으로 계약 성립! 일단은 나가서 남은 우리 일행을 소개하기로 하지."

기분이 좋았는지 레이지가 입이 째질 것같이 웃으며 두 사람을 이끌었다.

라케시드와 카이린은 어차피 여비도 없는 상태였기 때문에 그의 초대를 흔쾌히 받아들였다.

화기애애한 분위기로 나가는 세 사람—카린과 레이지가 떠들고 라케시드는 관심도 없다—의 뒤로 데이지가 흔들리는 눈동자로 중얼거렸다.

"아론시아 공작가……. 그에게 천재 검사인 아들이 있다고는 들었지만 저 정도일 줄이야……."

악마상을 문장으로 새긴 검.

그녀가 알고 있기로 그것은 분명 파이올라 제국의 재상으로 있는 아론시아 공작가의 상징이었다.

레이지가 머물고 있는 여관은 「바람이 머무는 곳」이라는 이름의 고풍스러운 분위기를 가진 곳이었다.

레이지의 일행은 그가 라케시드와 카이린을 데려오자 반가운 표정을 지었다가 그들의 외모가 무척이나 어려 보인다는 사실에 당황했다.

"음화화홧! 어떠냐? 내가 분명히 두 명 채워서 데려온다고 했지?"

레이지가 당황한 일행의 시선을 받으며 당당하게 외쳤다.

다른 일행 모두가 며칠이 걸려도 찾지 못한 것을 자신이 해냈다고 생각하니 뿌듯한 자부심 같은 것이 솟아올랐다.

그런 레이지의 모습에 일행은 어이가 없었다.

"후우, 레이지. 우리가 일행이 필요하긴 했지만 이건 좀…
아니다 싶지 않냐?"

"이번 의뢰는 애들 소꿉놀이가 아니야. 그야말로 난이도 A
의 최상급 의뢰라고. 저런 어린애들을 데려와서 어쩌겠다는
거야?"

남색 머리카락을 가진 중후해 보이는 남자와 푸른 머리카락
에 회색 로브를 입은 학자풍의 남자가 하는 말에 레이지가 푸
른 머리카락을 가진 남자를 가리키며 버럭 소리를 질렀다.

"시끄럿! 레인, 네 녀석은 할 말이 없어! 이게 다 네 녀석이
도박으로 우리 돈을 날렸기 때문이잖아!!"

레인이라 불린 남자는 레이지의 말에 표정을 일그러뜨리면
서도 아무런 말도 꺼내지 못했다.

그의 말이 사실이었기 때문이다.

제 버릇 남에게 못 준다고, 도박으로 실험비를 탕진해서 마
탑에서 쫓겨나 놓고서 다시 한 번 도박에 손을 댔던 것이다.

비록 일행으로부터 쫓겨나지는 않았지만 용병단에 들어오
면서 스스로 다시는 도박에 손을 대지 않겠다고 했던 맹세를
깬 만큼 그는 입이 찢어져도 할 말이 없었다.

음침한 얼굴로 침몰해 가는 그를 바라보며 의기양양한 표정
으로 웃던 레이지가 남색 머리카락의 남자에게 시선을 옮겼
다.

마치 사냥감을 바라보는 사냥꾼의 눈처럼 번들거리는 레이지의 눈빛에 그의 몸이 움찔 떨렸다.

"단장, 그러는 단장은 삼 일 동안 나가 돌아다니면서 한 사람이라도 구해왔소? 이래 봬도 이 둘은 엄연한 용병이란 말이오!!"

"으음……."

단장이라 불린 남자의 입에서 침음성이 흘렀다.

확실히 지금 레이지가 이들을 데려오지 않았다면 앞으로 얼마나 더 사람을 구하기 위해 죽치고 있었을지 몰랐다. 게다가 시간이 지난다고 해도 이들보다 나은 사람을 구한다는 보장은 어디에도 없었다. 설사 이들이 D급짜리 신출내기 용병일지라도 감지덕지하며 받아들여야 하는 것이다.

레인과 단장이 어쩔 수 없다는 눈빛을 하면서도 선뜻 그들을 받아들이지 못하는 가운데 구석의 침대에 가만히 앉아 있던 짙은 녹색 머리카락의 남자가 입을 열었다.

"저 남자, 강자다."

"……?"

뜬금없는 그의 말에 일행은 잠시 이해를 하지 못해 어리둥절한 표정을 지었다. 그러다가 그가 가리키는 손가락이 레이지가 데려온 소년에게 닿아 있다는 것을 깨닫고는 눈을 부릅떴다.

"세오스, 정말이야? 아직 한참 어려 보이는데?"

레인이 믿기 힘들다는 듯 라케시드의 몸을 위아래로 훑어보다가 녹색 머리카락의 남자에게 고개를 돌려 의문 어린 표정을 지었다.

"난 거짓말은 하지 않아. 겉모습만으로 판단하지 않는 것이 좋을 거야. 내가 파악한 바로는 분명 엄청난 강자니까."

'어쩌면 나보다 강할지도 모르는.'

세오스는 뒷말을 입 안으로 삼켰다.

괜히 그 말을 이어 소란을 일으킬 필요는 없었다.

주머니 속의 송곳은 언젠가는 주머니를 뚫고 나오는 법. 그의 실력이 그 정도로 강하다면 굳이 그가 일행에게 말하지 않더라도 일행 스스로가 깨달을 수 있게 될 것이라고 생각했다.

어차피 이번 일이 끝나면 헤어질 사람이니 그 이상은 알 필요가 없었다.

말로 표현하지 않아도 그 분위기만으로 알 수 있었다.

그는 누군가가 억지로 한곳에 묶어둘 수 있는 존재가 아니라는 것을……

세오스가 라케시드를 느낀 것처럼 라케시드 역시 세오스에 대해서 파악할 수 있었다.

'소드 마스터……. 나이도 어린 것 같은데 제법이군.'

이 안에 있는 사람들 중 그의 경지가 가장 높았다.

스스로 존재감을 지웠다고 하지만 그보다 높은 경지에 있는 라케시드는 그의 경지를 정확하게 파악할 수 있었다.

"오오! 대단해! 역시 세오스! 우리 크레이지 윈드 용병단의 유일한 S급 용병이라니까! 놀라지 말라고. 이 녀석의 실력은 무려 소드 마스터 급에 해당한다는 사실!!"

"뭐어엇?!"

레이지의 말에 세오스를 제외한 단원 모두가 놀라 눈이 휘둥그레진 채 라케시드를 바라보았다.

그러고 보니 옷도 그렇고 분위기도 그렇고, 어쩐지 범상치 않은 분위기가 나는 듯도 싶었다.

"소드 마스터라니……. 그러면 S급 용병? 이런 인물에 대해서는 들은 적이 없는 것 같은데. 전 세계에 다섯 명밖에 없어서 다 외우고 있다고. 하지만 누구도 이 소년과 결부시키기에는 거리가 먼데?"

단장이 차분한 목소리로 일행을 대표해서 물었다. 하지만 그의 눈동자 역시 태풍을 만난 배처럼 하염없이 떨리고 있어 그의 마음이 보이는 것처럼 담담하지 않음을 증명하고 있었다.

레이지는 일행의 떨리는 시선을 받으며 우쭐한 표정을 지었다.

"당연하지! 이번에 처음 용병이 된 거니까! 이름은……!"

그러나 당당하게 말하던 그는 정작 라케시드의 이름을 알지 못한다는 것을 깨달았다.

용병패를 만들 때 옆에서 봤으면 되었을 텐데 경황이 없어서 여태까지 이름을 알 생각을 하지 못했던 것이다.

너무 마음만 앞섰다는 생각에 그의 표정이 어색하게 굳었다.

라케시드는 자신을 처량한 눈으로 바라보는 레이지의 눈빛에 그가 무엇 때문에 그러는지를 생각하다가 그가 자신의 이름을 알지 못한다는 것을 기억해 냈다.

"라케시드 데… 크흠. 그냥 라케시드라고 불러."

습관적으로 자신의 풀 네임을 알려줄 뻔한 라케시드가 실수를 무마하기 위해 헛기침을 내뱉었다.

'데블 라'는 마왕의 호칭이다.

가뜩이나 마왕과 계약한 마법사로 인해 마법사 전체가 탄압 정도는 아니어도 꽤 불편을 겪고 있는 것 같은데 이런 때 마왕의 성과 같은 이름을 내뱉었다가는 그 즉시 교단의 적으로 몰려 전(全) 인간들과 싸워야 할지도 몰랐다.

한데 그러한 라케시드의 행동에 다른 일행은 오해를 해버리고 말았다.

성을 말하려다 말고 이름만 말한 그의 행동이 마치 유명한 귀족가에 속한 자제 같다는 인상을 풍긴 것이다.

'과연……. 겉모습에서 풍기는 기품에 그렇지 않을까 생각했는데 역시 귀족이었나 보군. 아마 유명한 기사의 가문이겠지?'

'데? 데로 시작하는 가문이 어디지?'

'귀족이라……. 돈은 많겠지? 그런데 이거 나중에 골치 아픈 일 생기는 거 아냐?'

'……'

네 사람의 머릿속에 각자 수많은 생각들이 떠돌아다녔다.

당장을 생각하니 의뢰를 해결하는 데 있어 도움이 될 그들을 받아들여야 하는데, 나중에 문제가 생길지도 모른다는 생각에 그것을 주저하게 된 것이다.

라케시드는 그들이 그런 생각을 하는 줄도 모른 채 자신의 말에 대꾸를 하지 않는 그들에게 의아함을 느꼈다.

"왜 그러지? 내가 이름을 밝혔으면 그쪽도 이름을 밝혀야 한다고 생각하는데……?"

라케시드의 말에 그제야 세 사람이 퍼뜩 정신을 차렸다.

그러나 세오스의 얼굴은 여전히 의미를 알 수 없는 무표정이었다.

그것은 마치 세상에 염증을 느껴 삶의 의미를 잃은 노인의 표정과도 같았으며, 무료함에 빠진 백수 청년의 표정과도 같았다.

굳이 비슷한 것을 찾아 표현하자면 '귀찮다'와 '흥미없어'의 복합적인 표정이랄까.

어쨌든 일행은 라케시드의 말에 당황했다.

하지만 그를 동료로 삼기 위해 데려온 것이 사실이며, 반쯤은 계약이 성사된 상태에서 확실하지도 않은 미래에 대한 불안감 때문에 계약을 파기한다는 것도 우스운 일이라는 생각에 일행은 곧 체념의 한숨을 내뱉고는 라케시드를 향해 자신들을 소개했다.

"내 이름은 바우트. 이 용병단의 단장이다. 아, 참고로 용병단의 이름은 크레이지 윈드. 광풍(狂風)이란 뜻이지. 용병원은 모두 네 명이고 한 명을 제외한 나머지는 모두 A급이다. 짐작하다시피 예외인 한 명은 저기 있는 S급 용병인 세오스이고."

남색 머리카락에 남색 눈동자를 지닌 삼십대 초반쯤의 중후해 보이는 단장이 앞으로 나서며 일행에 대해 소개했다. 세오스는 자신을 가리키는 그의 손짓에 고개를 까닥였다.

"세오스다."

표정만큼이나 멋대가리없는 짤막한 인사였다. 그는 진녹색 머리카락에 짙푸른 눈동자를 가진 미청년이었는데 표정이 굳어 있어서 그런지 무척이나 냉막한 인상으로 보였다.

"난 레인. 마법사지."

회색 로브를 입은 푸른색 머리카락을 가진 남자가 웃으며 손을 흔들었다. 가늘게 떠진 눈 사이로 호박색 눈동자가 반짝였다. 라케시드는 잠시 자신과 비슷한 그 눈 색에 흠칫했다가 자세히 보자 자신보다 약간 진한 귤색에 가까운 색이라는 것을 깨닫고는 신경을 접었다.

하기는 그토록 순수한 금색의 빛이 흔하다면 천왕의 상징으로 여겨지지도 않았을 것이다.

다른 일행이 소개를 하고 자신만 남자 레이지가 자신의 짧은 스포츠머리를 긁적였다.

갈색 머리카락에 붉은 눈동자를 가진 열혈 청년으로 보이는 그는, 그러나 외모에 비해 나이는 레인이나 단장과 같은 삼십대였다.

"핫핫! 어쩌다 보니 내 소개가 가장 늦었네? 난 레이지. 검사다."

레이지는 머쓱하게 웃으며 뒷머리를 긁적거렸다.

만나서 처음 나눈 이야기가 통성명이 아닌 의뢰에 대한 것이 스스로도 어이가 없는 기분이었다. 의뢰에 대한 이야기가 이름조차 묻지 못할 정도로 급한 상황도 아니었는데 말이다.

레이지까지 소개가 끝나자 일행의 시선이 유일하게 아직 소개를 하지 않은 카이린에게 와서 꽂혔다.

"카, 카이린 티그리스예요."

카이린은 왠지 부담스럽게 느껴지는 그 시선에 움찔하며 대답했다.

"티그리스? 귀족?"

의외의 말에 레이지의 눈이 동그랗게 떠졌다.

이름 뒤에 성이 붙는 것은 오로지 귀족의 특권이다. 그런데 영락없는 시골 소녀인 줄 알았던 카이린이 성을 가지고 있다고 하자 깜짝 놀란 것이다.

중간의 미들네임이 빠진 것으로 보아서는 영지가 없는 몰락 귀족인 듯싶었지만 옆에 있는 라케시드의 존재를 생각한다면 의외로 대단한 가문의 여식일지도 몰랐다.

급 긴장한 표정을 짓는 일행의 태도에 카이린이 당혹한 표정을 지었다.

"할아버지가 남작이었다고는 하는데 지금은 몰락 귀족일 뿐이에요. 제가 어렸을 때부터 할아버지는 이미 돌아가셨었으니까요. 영지가 있는 것도 아니었고요."

카이린이 극구 설명했지만 일행의 표정에서 찜찜함은 가시
지 않았다.

그들의 머릿속에 라케시드와 카이린은 둘 모두 잠정적으로
귀족일 것이라고 결론짓고 있었다. 단 한 사람, 세오스만 빼
고.

'어둠의 기운이 느껴진다……. 그런데 마족은 아니야. 대체
뭐지?'

세오스의 표정이 미묘하게 변했다.

카이린에게서 희미하지만 진한 어둠의 기운이 느껴졌던 것
이다.

그것은 분명 마계에서 흘러나오는 마기(魔氣)와 비슷한 기
운이었지만 그보다 더 어두우면서 순수한 느낌이었다.

그는 마족과 만난 적이 있기 때문에 카이린이 가진 기운이
마계의 것이 아니라는 것을 알 수 있었다.

게다가 마족, 또는 흑마법사라고 생각하기에는 그녀가 가진
어둠은 너무나 작고 미약했다.

어지간한 신관들조차 발견하지 못할 것이라 생각될 정도로.

그러나 그는 정작 라케시드가 가지고 있는 어둠은 꿰뚫지
못했다.

라케시드가 가지고 있는 마왕의 검, 세크리티히.

그것은 같은 동족이라 할지라도 완벽하게 마기(魔氣)를 감
춰주는 역할을 하는 기물이었다.

마계에서 역시 그 물건 때문에 그의 행방에 대해서는 전혀

감조차 잡지 못하고 있는 형편이니 그 효과가 어떠한지는 미루어 짐작할 수 있으리라.

물론 라케시드는 그러한 것을 몰랐기 때문에 자신들을 유심히 바라보는 세오스의 시선이 못내 거슬릴 수밖에 없었다.

'설마, 들킨 건가?'

소드 마스터의 감각은 예민하니 그에게서 느껴지는 어둠의 기운을 캐치(Catch)할 수 있을지도 모른다고 생각한 것이다.

라케시드의 손이 살며시 검의 근처로 이동했다.

Chapter 19
수상한 던전

MUTATION
DEMON

　일촉즉발의 순간, 그 미묘한 분위기를 깬 것은 용병단의 단장인 바우트였다.

　그는 세오스와 라케시드 사이에 흐르는 긴장감을 읽었다.

　그 이유까지는 알지 못했지만 결과는 대략 예측이 가능했다.

　만약 두 소드 마스터가 붙게 된다면 그 파장이 어느 정도일지는 보지 않아도 뻔했다. 다른 것은 둘째로 하더라도 우선 여관이 산산조각이 나버릴 텐데, 가뜩이나 돈이 없어 이런 의뢰를 받을 수밖에 없던 그로서는 절대로 사양하고 싶은 상황인 것이다.

　물론 검사로서의 심정이라면 자신보다 높은 경지의 실력자들이 겨루는 모습을 보고 싶기는 했지만.

"자자, 소개는 그쯤 하고 오늘은 내가 이 만남을 기념하는 의미에서 축하주 한잔 쏘지. 그리고 인원도 다 채워졌으니까 내일은 의뢰인에게 가고. 세오스, 위치는 파악하고 있지?"

"…응."

단장의 말에 그에게 시선을 옮기며 대답하는 세오스의 눈빛은 예의 멍한 눈으로 변해 있었다.

카이린을 집요한(?) 시선으로 본 것이 거짓이었나 싶을 정도로 귀찮음이 덕지덕지 붙어 있는 표정이었다.

한순간 바뀐 그의 표정에 칼에 손을 가져가며 여차하면 뽑으려 했던 라케시드만 어이가 없어져 황당한 표정을 지을 뿐이었다.

"미안. 세오스가 좀 엉뚱해서. 아가씨가 예뻐서 쳐다봤을 거야. 그러니까 너무 기분 나빠하지 말라고."

레인이 어색한 미소를 지으며 애써 세오스를 변호하는 말을 꺼냈다.

그러나 그 말에도 세오스는 아무런 반응을 보이지 않았다.

일행은 세오스의 그러한 반응에 익숙했지만 처음에는 조금 불쾌할 수도 있었기에 라케시드와 카이린이 보일 반응을 긴장하며 기다렸다.

만약 그들이 단장과라면 땀을 삐질거리며 무안해할 것이고 다혈질인 레이지과라면 무시하는 것이냐고 버럭 화를 낼 것이다. 그리고 마법사인 레인과 같은 과라면 몇 번 말을 걸어본 후 신경을 끌 것이다.

긴장하면서도 약간의 기대감조차 느껴지는 그들의 시선과는 달리 라케시드는 아무런 반응을 보이지 않았다.

단지 깊게 가라앉은 눈동자로 가만히 세오스를 응시하다가 고개를 돌렸을 뿐이다.

마치 자신에게 피해가 가게만 하지 않는다면 관심없다는 듯이.

'제2의 세오스다……'

세 사람의 이마에 땀방울이 흘러내렸다.

무뚝뚝한 인물은 일행 중 하나로 충분하건만 이번에 들어온 소년 역시 그 이상으로 성격이 상당히 까칠할 것 같은 느낌이 든 것이다.

세 사람의 시선이 일제히 카이린에게 꽂혔다.

뭔가 열렬한 바람이 느껴지는 일행의 시선에 카이린이 살짝 눈썹을 꿈틀거렸다.

"…왜들 그러시는지?"

떨떠름한 표정으로 묻는 카이린의 목소리에 그들의 얼굴에 실망의 빛이 스쳤다.

'낯빛 하나 변하지 않고 있어……'

'이런 시선을 받으면 얼굴이라도 붉혀야지. 역시 귀족 레이디는 귀염성이 없다니까.'

'귀여운 소녀가 보고 싶다……'

세오스는 다른 일행의 반응에서 그들이 무슨 생각을 하고 있는지 얼추 짐작할 수 있었다.

그의 눈빛에 한심하다는 감정이 살짝 스쳐 지나갔다.

'바보들.'

라케시드와 카이린, 크레이지 윈드 용병단은 다음날 해가 중천에 떴을 무렵 의뢰인의 집으로 향했다.

알고 보니 의뢰인은 부유한 상인 출신으로, 귀족 작위를 돈으로 샀다고 했는데 아침에 느지막이 열시쯤에서야 일어나기 때문에 일찍 가더라도 그가 식사를 마친 열두시 경까지는 기다려야 한다며 그 시간을 택한 것이었다.

물론 지난날은 서로 친목을 다진다는 이유로 펍에 가려 하였으나 일행 중 두 사람(?)이 미성년자였기 때문에 그것은 무산되어 버리고 말았다.

맨 처음 라케시드가 본인이 성인이 아니라고 밝혔을 때 일행들은 다들 깜짝 놀라서 기겁하는 표정을 지었다. 보기보다 나이가 많을 거라 생각했기 때문이다. 그래서 무심한 표정을 가지고 있는 세오스조차도 이 말에는 눈빛이 흔들렸다. 용병단에 있는 이들은 모두 나이가 이십대 후반에서 삼십대 초, 중반으로, 나름대로 노련하면서도 젊은 축에 속하는 나이였지만 라케시드와 카이린의 나이는 그들에 비하면 새파랗게 어린 아이들이나 마찬가지였다. 물론 라케시드의 본 나이로 따지자면 그들이 어린아이겠지만 이곳이 중간계라는 생각에 자신의 나이를 인간의 나이대로 환산해서 말한 것이다.

"그만한 실력으로 이제 열일곱 살이라니……."

지난 저녁때 나누었던 이야기가 생각나자 레이지가 라케시드를 바라보며 중얼거렸다.

다른 일행이야 소드 마스터라는 얘기를 들었어도 그저 천재라며 넘어갔지만 직접 그 실력의 일부를 봤던 그로서는 그의 재능에 소름이 끼칠 정도였다.

그 나이가 사실이라면 그건 천재 정도가 아니라 괴물이었다.

인간을 넘어선 그 무엇.

레이지의 눈빛에 경외와 질투의 감정이 짧게 스쳐 지나갔다.

'아마 신의 축복을 받은 자들이 있다면 저런 녀석이겠지? 귀족에 타고난 재능에…….'

물론 그 말을 라케시드가 들었다면 아무 말 없이 검부터 뽑아 들었을 것이다.

그의 삶은 그야말로 '신에게 버림받았다'라는 말이 꼭 어울릴 정도로 파란만장했으니까. 더군다나 얼마 전에는 삶이 얼마 남지 않았다는 시한부 선고까지 받은 그에게 꺼낸다는 것은 죽여달라는 것이나 마찬가지의 소리였다.

레이지에게는 다행스럽게도 라케시드는 그의 시선에 담긴 의미를 읽어내지 못했다.

그리고 어느덧 일행은 예의 의뢰인이 살고 있다는 시외의 저택에 도착할 수 있었다.

저택은 무척이나 화려했다.

온갖 희귀한 식물들이 심어져 있는 정원은 걸어서 한 시간은 걸릴 정도로 드넓었으며 바닥에는 흰색 대리석이 길을 안내하듯 저택까지 깔려 있었다.

게다가 저택 역시 대리석으로 만들어져 있어서 층수가 조금만 더 높고 지붕이 저택의 형상을 취하고 있지 않았더라면 영락없이 성으로 보였을 정도로 그 넓이와 화려함에서 압도적인 분위기를 풍기고 있었다.

다만 흠이라면 너무 화려해서 오히려 가치가 가벼워 보인다는 느낌을 줬다는 것이랄까.

일행이 도착하자 하인은 정중하게 그들을 맞이하며 응접실로 안내했다.

라케시드는 몰랐지만 그것은 보통의 귀족들이 보통 거드름을 피우며 몇 시간 동안 기다리게 하여 진을 빼놓는 것과는 전혀 다른 태도였다. 그리고 그것은 의뢰인이 이 사건을 얼마나 중요시 여기고 있는지를 역설(力說)하고 있었다.

애써 태연한 척하고 있었지만 크레이지 윈드 용병단의 단원들의 눈빛에는 은은한 긴장감이 감돌고 있었다.

의뢰비가 비싼 만큼 일이 어려울 것이라는 것은 각오하고 있었지만 막상 인원을 채워 그 의뢰를 실행해야 한다고 생각하니 입 안이 바싹바싹 마르는 듯한 기분이 들었다.

더군다나 이 의뢰는 여러 용병들이 실패했다는, 용병계에 있어 무척이나 악명 높은 일거리가 아니던가?

꿀꺽.

누군지 알 수는 없었지만 단원들의 입에서 마른침을 삼키는 소리가 울려 퍼졌다.

평소에는 무심히 지나쳤을 그 소리가 일곱 사람의 발자국 소리만이 천둥처럼 여겨질 정도로 조용한 복도에서 들려오니 자신이 내뱉은 소리인 것처럼 크게 귓가에 울려 퍼졌다.

물론 라케시드와 세오스는 자신과는 상관없는 일이라는 식으로 심드렁한 표정을 짓고 있었기에 다른 일행의 감탄 어린 시선을 받을 수 있었다.

그들의 눈에 두 사람은 마치 인간 같아 보이지도 않았다.

집사는 그들이 긴장하든 말든 상관하지 않은 채 묵묵히 앞장서서 그들을 안내했다.

몇 개의 방을 지나치고 몇 번의 길을 꺾었는지 세다 못해 슬슬 지루해질 때 즈음 집사의 걸음이 멈춰 섰다.

"이곳입니다."

정중하게 손짓하는 집사의 손이 가리키는 곳에는 하얀 상아를 깎아 만든 거대한 문이 화려한 장식품처럼 세공된 채 다소곳이 닫혀 있었다.

과시용이 분명한 그 문짝에 라케시드와 세오스를 제외한 일행의 얼굴에 기죽은 표정이 역력했다.

"…아버지가 장식용으로 좋아할 만한 문이군."

라케시드의 입에서도 침음성이 흘러나왔다.

화려하게 꾸며진 저택 내에서도 압도적일 정도로 섬세하고 화려하게 세공된 문이었다.

골동품으로나 팔릴 쓸모없는 것들에 열중하는 악취미적인 취향을 가진 마왕이 보면 환장할 정도로 좋아할 것 같은 디자인의.

한심하다는 듯한 그의 말에 다른 사람들의 시선이 모두 그에게 박혔다.

그의 목소리는 왠지 빈정대는 것 같아서 그 말이 진위인지를 파악하기가 어려웠다.

'비싸서 좋아할 것 같다는 뜻인가? 혹시 아버지가 뇌물을 좋아하는 귀족?'

'아버지가 감사 담당인가? 뇌물수수 혐의로 압수하기 좋을 만한 증거물?'

'…아버지가 저런 취미라고? 분위기가 상인 집안 자제는 아닌 것 같은데?'

의미는 상반되었지만 크레이지 윈드 용병단의 단원들이 생각하는 의미는 모두 돈에 관련된 것이었다. 하지만 라케시드의 정체를 정확히 알고 있는 카이린은 그 말에 기묘한 표정을 지을 수밖에 없었다.

'저게 마왕의 취향이라고?'

문은 무척이나 화려하고 아름다웠다.

문제는 지나치게 여성적인 취향이랄까.

마치 어느 왕궁 공주님의 침실 앞에나 어울릴 정도로 그로테스크한 느낌을 주고 있었던 것이다.

"엄청난 악취미……."

카이린이 창백해진 얼굴로 중얼거렸다.

소녀틱한 취향의 마왕이라니, 가히 상상이 가지 않았다.

그러나 마왕은 이미 라케시드의 탄생의 방도 황금으로 만들어진 세련되고 우아한 디자인의 침대에 온통 붉은색 벨벳과 실크 커튼으로 도배를 해놓은 전적이 있었다.

그의 그러한 취향도 라케시드가 집을 나와 따로 성에 살기 시작한 원인에 보탬이 되었을 정도이니 그저 우스갯소리로만 넘길 일은 아닐 것이다.

게다가 라케시드는 그가 만들었던 장식용 갑옷—일명 이블루시아가 마왕의 갑옷이라며 주었던 것—으로 인해 된통 곤혹을 치렀던 적도 있었다. 마왕이 그딴 걸 만들지 않았다면 이블루시아가 그를 무리하게 금지로 보냈을 이유가 없었다.

라케시드는 새록새록 떠오르는 아버지에 대한 기억에 자신도 모르게 이를 갈았다.

'아버지랑 사이가 좋지 않은 건가?'

그에게서 느껴지는 살벌한 분위기에 일행의 등 뒤로 지금까지와는 다른 의미의 식은땀이 흘러내렸다.

그를 처음 보는 집사 역시 왠지 건드리면 안 될 듯한 그의 분위기에 움찔했을 정도이다.

하지만 용병들을 데리고 오라는 주인의 명령이 있었기에 그는 애써 떨어지지 않는 입을 열어 그들에게 말했다.

"저… 이곳이 응접실인데 바로 들어가심이……."

그 말에 문을 뚫어져라 노려보던 라케시드가 퍼뜩 정신을 차렸다.

'그래, 이곳은 마왕성이 아니지.'

그리고 마계도 아니다.

집사의 안내에 따라 응접실의 소파에 앉은 라케시드는 왠지 기묘한 기분에 젖어들었다.

자신의 의지로 나온 중간계는 아니었지만 마계에선 좋은 일 하나 없었는데 어째서 그곳이 새삼 그리워지는지 알 수 없었다.

마왕을 떠올리며 든 감정은 분노와 그리움.

'…그리고 보니 누님은 잘 있나?'

라케시드가 잠시 생각에 잠겨 있는 사이 차가 나왔다.

알싸한 꽃향기가 풍기는 화차(花茶)였다.

"…누님도 차를 좋아했는데."

의식하지 못한 사이 그의 입에서 그리움이 잔뜩 묻어나는 목소리가 흘러나왔다.

막 차를 받아 입에 대려던 일행의 시선이 일제히 그를 바라보았다.

"응? 왜?"

라케시드가 의아한 시선으로 묻자 일행이 동그랗게 눈을 뜬 채 물었다.

"누님이 있었어?"

그들의 목소리에는 은근한 기대가 묻어 있었다.

라케시드의 외모는 남자아이임에도 아름답다고 여겨질 정
도로 무척이나 잘생긴 얼굴이었다. 그와 같은 핏줄을 타고난
여인이라면 그 미모가 가히 상상이 갔다.

사내들의 눈동자에 떠오른 무한한 상상과 동경의 빛에 라케
시드의 얼굴이 일그러졌다.

"목숨이 소중하다면 그 마녀한테는 관심 끄는 게 좋을 거
다."

그의 음성에서 묻어나는 절절한 진심에 일행의 이마에 식은
땀이 흘러내렸다.

그가 하는 말은 왠지 전부다 장난 같지가 않았다.

잠시 어색한 분위기가 흐르는 사이 드디어 이 저택의 주인
이자 의뢰인이 나타났다.

"흐흥, 이들이 용병들이라공? 어디 보장. 하나, 둘, 셋… 여
섯이 모두 맞궁. 근데 저 여자애는 뭔공?"

무심코 그를 바라본 라케시드와 카이린의 눈이 커지며 저도
모르게 입을 쩍 벌렸다.

두 번째로 보는 다른 일행 또한 익숙지 않은 모습에 등 뒤로
식은땀이 흥건히 젖어드는 기분을 느꼈다.

"신종 몬스터냐……?"

라케시드의 입에서 얼빠진 질문이 흘러나왔다. 작은 소리였
지만 주변의 모든 이들이 들을 수 있는 소리였다.

응접실 내부에 횅한 찬바람이 훑고 지나가는 듯 썰렁한 분
위기가 흘렀다.

집주인의 모습은 무척이나 괴상했다.

돼지라는 말조차 돼지에게 가혹할 정도로 온몸이 마치 지방으로만 이루어진 듯 살로 울룩불룩 튀어나와서 걷는 것인지 구르는 것인지가 느껴지지 않을 정도였으며, 입을 누르는 볼살로 인해 발음이 새서 희한한 말투를 흘리고 있었다.

그야말로 라케시드의 몬스터라는 말이 어울릴 정도로 괴괴망측한 모습.

그러나 일행은 그것을 귀족의 앞에서 당당하게 말했다는 것에, 그것도 의뢰를 한 당사자의 앞에서 내뱉었다는 것에 기겁할 수밖에 없었다.

"무… 무엄한……."

의뢰인의 볼살이 푸들푸들 떨렸다.

볼살에 파묻힌 단춧구멍 같은 작은 눈에 미약한 살기가 감돌았다.

그는 새파랗게 어려 보이는 라케시드가 내뱉은 모욕적인 말에 무척이나 분노하고 있었다.

'천한 용병 따위가 이 내게……!'

그는 상인 출신에서 돈으로 작위를 사 귀족이 된 케이스였기에 그러한 신분제에서 일종의 열등의식 같은 것을 가지고 있었다.

그런데다가 일개 용병에게서 모욕적인 말을 듣자 속에서 무언가 폭발하는 듯한 기분이 들었다.

몬스터라는 말을 내뱉는 라케시드의 눈빛 위로 그를 경멸과

조롱 어린 눈빛으로 바라보던 귀족의 눈빛이 겹쳐 보인 것이다.

그의 몸 위로 불쾌하고 끈적거리는 기운이 퍼져 나오기 시작했다.

"으으으… 널 가만두지 않겠……."

의뢰인이 입이 열리며 눈동자에 광기가 서렸다.

다른 일행은 그의 태도가 단지 라케시드의 말에 화가 난 귀족이 분노하고 있는 것이라고 생각했다. 하지만 라케시드와 세오스는 그의 분위기가 심상치 않음을 느꼈다.

'정말 몬스터 아냐?'

라케시드의 눈동자가 흔들렸다.

그에게서 느껴지는 기운은 혼탁한 어둠의 기운이었다, 마치 마계에서 날뛰는 마물들에게서나 느낄 수 있을까 싶을 정도로 짙고도 탁한. 그가 긴장하는 사이 의뢰인의 몸에서 스멀스멀 피어오르던 기운이 순식간에 사라졌다.

"주인님, 이제는 더 이상 이 의뢰를 수행할 용병들을 구하기 힘듭니다. 루페라님께서도 더 이상은 기다려 주지 않겠다고 하셨습니다. 이번에도 물건을 받지 못하시면 무슨 반응을 보이실지……."

"……!"

라케시드와 일행의 시선이 흠칫 뒤를 돌아보았다.

그곳에는 예의 단정한 포즈를 하고 서 있는 반백의 집사가 온화한 표정으로 그의 주인을 바라보고 있었다.

'이렇게 가까이 올 때까지 기척을 느끼지 못했다니!'

라케시드의 눈동자가 흔들렸다.

그와 집사 간의 거리는 대략 이삼십 미터 남짓. 평소라면 적어도 그 다섯 배의 거리에 있어도 느낄 수 있어야 정상인데 마치 감각에 안개가 낀 것처럼 희미해서 그의 존재를 알아차리는 것이 늦었던 것이다.

혹시 몸의 감각에 이상이 생긴 것인가 싶어 세오스를 바라보자 그의 눈동자에도 미미한 경악의 빛이 떠올라 있음을 발견할 수 있었다.

'그럼 저 집사가 강자라는 것인가?'

라케시드는 흥미로움을 느꼈다. 그가 알기로 집사는 마계의 보좌관과 비슷한 존재였다.

물론 무력 면에서는 그 의미가 천차만별이라 할 정도로 달라졌지만 라케시드는 거기까지는 알지 못했기에 집사가 자신도 눈치 채는 것이 늦었을 정도의 강자라는 것에 대해 감탄할 뿐이었다.

그러나 다른 일행은 달랐다.

그들은 일개 집사가 전쟁터에서 잔뼈가 굵은 용병들의 감각을 피해 접근했다는 사실에 긴장했다.

이번 의뢰는 그 내용만 수상한 게 아니라 어쩐지 그 의뢰를 한 이들 역시 수상한 분위기를 물씬 풍기고 있었다.

'의뢰를 잘못 받았던 것일까…….'

크레이지 윈드 용병단 단장의 눈동자에 일말의 후회의 감정이 떠올랐다가 사라졌다. 지금은 지난 일을 후회할 때가 아니었다. 앞으로의 일을 헤쳐 갈 생각을 걱정해야 할 뿐.

한편 의뢰인은 집사의 말에 눈에 띄게 당황하고 있었다.

"으음……."

의뢰인의 눈이 갈등하듯 떨렸다.

하지만 그의 고민이 그리 길지는 않았다.

"알았당. 무례에 대해서는 이번만 너그러이 용서해 주징. 너희들은 이 저택의 지하에 있능 던전에 들어가성 물건을 하나 찾아와랑. 이것이 나의 의뢰당."

의뢰인은 못마땅한 듯 인상을 찡그리면서도 순순히 품 안에서 계약서를 내밀었다.

"선수금으로 1인당 10골드. 완수 시는 각각 100골드씩이당. 지난번에 받았던 용병단원들에게도 멤버를 맞춰오느라 수고했으닝 특별 수당으로 10골드씩을 얹어주도록 하징."

그의 손짓에 집사가 가죽으로 된 갈색 주머니 하나를 탁자에 올려놓았다.

짤그랑.

동전끼리 부딪치는 소리가 조용한 응접실 안에 울려 퍼졌다.

일행의 시선이 반사적으로 누렇고 둥근 그 금속 물질에 닿았다.

총 60골드의 거금이 든 돈주머니.

꿀꺽.

기대하지 않았던 큰돈에 레인의 목에서 침 삼키는 소리가 크게 들려왔다.

의뢰인은 일행의 눈에 비친 탐욕과 흥분에 거만한 표정을 지으며 거드름을 피우다가 라케시드를 발견하고는 얼굴을 팍 구겼다.

"네가 알아서 챙겨."

라케시드는 카이린에게 그렇게만 말하고는 흥미없다는 듯 눈을 내리감았다.

그 오만한 모습에 의뢰인의 얼굴이 다시 험상궂게 일그러졌지만 곧 그러한 그의 태도가 이상하다는 것을 깨닫고는 고개를 갸웃거렸다.

용병이란 무엇인가.

돈을 벌기 위해 실력을 받는 가장 막노동적인 직업이다.

비록 농노나 노예처럼 물건 취급을 받는 것은 아니지만 돈에 환장해서 양심까지 팔아버리는 그들은 꽤나 천대받는 직업임에 틀림없다.

그런데 라케시드는 마치 귀족처럼 고고하게 앉아 그 정도 돈 따위는 안중에도 없다는 듯 구니 의뢰인으로서는 혼란스럽지 않을 수가 없었다.

'그러고 보니 외모도 그렇고, 풍기는 분위기도…… 헛! 설마 귀족?!'

의뢰인은 당황했다.

상대가 진짜 귀족이라면 같은 급에 있더라도 돈으로 작위를 산 자신과는 비교도 할 수 없는 신분이다.

혼란스러워하는 그의 귓가에 개미 목소리만 한 한줄기의 음성이 흘러들었다.

—무엇을 망설이시는 겁니까. 당신께 귀족의 작위를 내려준 이가 누구라고 생각하십니까? 그분이 원하시는 일입니다. 아니면… 무언가 다른 불손한 감정을 품고 있는 것은 아니겠지요?

의뢰인의 몸이 부들부들 떨렸다. 그는 공포에 찬 시선으로 자신의 집사를 바라보았다.

"하, 하지만 저자는 귀족일지도……."

—그것은 당신이 결정할 일이 아니지 않습니까? 그저 당신은 시키는 대로 하면 되는 것입니다.

의뢰인의 눈가에 있는 볼살이 푸들푸들 떨렸다.

비록 존댓말을 쓰고는 있었지만 집사의 말에 담긴 의미는 분명한 명령이었다.

하지만 그는 집사의 무례를 탓할 수 없었다. 대외적으로는 분명 그보다 아랫사람이었지만 실제로는 까마득한 위치에 있는 존재를 옆에서 모시는 측근 중 한 명이었으니까.

"크흐흠! 너희들은 집사를 따라가랑. 그가 던전의 위치를 알려줄 것이당."

의뢰인은 그렇게 말하고는 뒤뚱거리며 자리를 떠났다.

그는 집사가 있는 자리를 한시라도 빨리 피하고 싶었다. 그의 등 뒤를 집사의 서늘한 시선이 쫓고 있었다.

"그런데… 집사님, 던전이 지하에 있다는 것이 무슨 말입니까? 보통 던전은 산이나 뭐… 아무튼 사람들의 눈에 잘 띄지 않는 곳에 있지 않습니까?"

의뢰인이 사라지자 단장인 바우트가 집사를 향해 어려워하는 태도로 질문했다.

집사라는 신분이 귀족의 계급은 아니었지만 집주인의 자질구레한 일들을 처리하는 최측근이나 마찬가지의 신분이라는 점에서 어떻게 보면 귀족보다도 까다로울 수 있는 상대였기에 그를 대하는 단장의 태도는 무척이나 조심스러웠다.

"뭐, 보통은 그렇죠. 그리고 이 저택의 지하에 있는 저택 역시 원래부터 저택에 있었던 것이 아니라 정확히는 지하에 숨겨져 있다가 이 집을 공사하면서 발견하게 된 것입니다. 즉, 던전이 이 저택의 지하에 있다고 표현하기보다는 이 저택이 던전 위에 지어진 것이라는 얘기지요."

"…엄청난 운이군. 그런 경우도 있나?"

평생을 산과 들을 떠돌아다닌 모험가들도 던전을 발견하기란 그야말로 하늘의 별 따기나 마찬가지였다. 그러한 것을 단지 자신의 집을 짓기 위해 공사하다가 발견했다니, 그야말로 소 뒷걸음질치다 쥐 잡은 격, 내지는 호박이 넝쿨째 굴러들어온 경우가 아닌가?

황당하다는 듯한 일행의 시선에 집사는 그저 예의 사람 좋아 보이는 미소를 지으며 '사실이니까요'라고 말했다.

이들이 의뢰한 던전이라는 곳은 먼 곳에 있는 것이 아니었다.

우연히 발견한 던전 위에 집을 지었다는 말이 아주 거짓은 아니었는지 지하에는 저택을 지은 재질과는 확연하게 차이가 나는 차가운 은회색의 금속이 바닥에 깔려 있었고, 그 위로 드러난 금색으로 그려진 마법진 위에는 누군가가 계속해서 만지작거린 듯 손자국이 가득 묻어 있었다.

마법진의 크기는 무척이나 컸다.

대략 지름만 백여 미터에 가까운 크기의 원진이었는데, 그 안에는 삼각형 두 개를 교차시킨 육망성이 그려져 있었다. 그리고 그 안에 여섯 개의 룬 문자가 큼직하게 쓰여 있고, 그 주위로 여러 수식과 문자들이 빼곡하게 쓰여 있었다.

"이 마법진……."

마법진의 모양을 유심히 살펴보던 레인이 심각한 표정으로 입을 열었다.

일행 내 유일한 마법사가 말을 하려 하자 일행의 시선이 일제히 그를 향해 꽂혔다. 단 한 명 라케시드는 마법진을 바라보며 기묘한 표정을 짓고 있었는데, 그는 아무리 봐도 이 마법진이 익숙하다는 느낌을 지울 수가 없었다.

'어디서 봤지? 내가 마법진을 본 거라고는 어렸을 때 아이켄이 성 안에 설치해 두었던 워프 마법진이랑 이블루시아 누님이 선보인 갖가지 공격 마법진뿐인데……?'

라케시드가 고민에 빠져 있는 사이 레인은 나름대로 심각하게 마법진에 대해 설명하고 있었다.

"이 던전은 분명 마도 시대 때 만들어진 것이 틀림없어. 이 걸 봐. 여기에 쓰인 룬 문자는 이미 사백 년도 전에 그 사용법 이 실전되었다는 글자야. 게다가 이쪽의 문자는 바람을 뜻하 는 건데 이쪽의 땅을 뜻하는 문자와 연결이 돼. 그런데 이런 식으로 주 속성을 연결하는 방식은……."

"알았으니까 결론만 간단하게 말해. 그러니까 마도 시대 던 전이라는 거잖아, 이게."

레이지가 길게 설명하는 레인의 말이 지루하다는 듯이 하품 을 하며 말을 끊었다.

같은 마법사라면 몰라도 마법의 'ㅁ' 자도 모르는 레이지로 서는 들어봤자 머리만 아프고 하등 알아들을 수 없는 외계의 언어일 뿐이었다.

그것은 다른 일행 역시 마찬가지였기 때문에 레인이 입을 다물자 일행의 표정은 한결 밝아졌다.

"그런데 이거 해석 못하면 던전에 들어가지 못하는 걸까?"

"그랬다가는 우리 모두 살아 돌아가지 못할걸."

"응? 왜?"

"너 같으면 자신의 집 밑에 이러한 보물이 잠들어 있다는 것 을 세상에 알리고 싶겠냐? 나참, 이제야 이 의뢰를 받은 용병 들이 다들 돌아오지 못했는지 알겠다니까. 이래서 뒤 구린 놈 의 의뢰는 받지 않는 것이 좋은데."

"……!"

레인의 대답에 레이지의 표정이 창백해졌다.

물론 귀족들의 그러한 행패에 대해서는 익히 들어 알고는 있었다. 하지만 막상 이러한 일을 겪게 되니 배신감보다도 먼저 드는 것은 허탈감이었다.

"그 뚱땡이 괴물 자식, 어쩐지 모욕을 당하고도 참더라니!"

레이지가 이를 갈며 중얼거렸다.

아무리 그가 상인 출신이라 할지라도 귀족인 이상 면전에서 당한 모욕을 그냥 넘어갈 리가 없었다.

그것을 용서해 주겠다고 할 때부터 알아봤어야 하는데 교묘하게 큰돈을 이용해 일행의 판단력을 흐려놓고 사지에 몰아넣어 버렸다.

이러한 비밀을 알게 되어버린 이상 던전을 열든 열지 않든 그들은 모두 죽은 목숨일 것이 뻔했다.

"아마 지금쯤 우릴 언제 죽일지 고민하고 있을걸. 독 안에 든 쥐라고 생각하고 말이야."

시무룩하게 중얼거리는 레인의 말에 단장이 미안한 표정을 지었다.

"미안하다. 내가 이런 의뢰를 받아와서……."

"단장이 미안하긴 뭐가 미안해? 이게 다 우리의 전 재산을 날려먹은 잘나신 마법사님 탓이지."

"끄응……. 그래서 미안하다고 했잖아."

레인은 자꾸만 자신의 잘못을 언급하는 레이지에게 원망의 눈길을 보냈다.

안 그래도 가뜩이나 자신이 왜 그런 짓을 벌였는지 후회하고 있는데 옆에서 계속 자극을 주는 말을 하니 미안한 마음 한편으로 이제는 그만 해도 되지 않겠나 하는 반발심이 고개를 쳐든 것이다.

둘의 사이가 험악해지는 분위기가 되어가자 단장이 급히 중재에 나섰다.

"됐어, 됐어. 이미 지난 일이니까 잊자. 잊고… 응? 여기 계시던 집사님은 어디 갔다냐?"

단장은 어리둥절한 표정으로 주위를 둘러보았다.

어느새인가 그들을 안내하며 함께 왔던 집사의 모습이 보이지 않았다. 물론 이곳에 있어서 그들이 하는 얘기를 고스란히 들었다면 그것도 곤란했겠지만 막상 그가 사라졌다는 것을 깨닫자 불안감이 가슴속을 스멀스멀 치고 올라왔다.

이곳에 왔던 이들을 모두 죽여서 입을 막을 정도로 철저한 비밀을 지켜왔다면 그는 이곳에서 이들을 감시하는 것이 옳았다.

그런데 그렇게 하지 않았다는 것은 일행이 이곳에서 빠져나갈 다른 길이 없을 것이라는 자신감 내지는 다른 어떤 이유가 있어서일 확률이 높았다.

그의 질문에 일행이 어리둥절해하는 사이 뒤쪽에서 존재감 없이 서 있던 세오스가 여전히 멍한 눈으로 말했다.

"…아까 나갔어."

"아, 그래… 가 아니라 근데 왜 아무 말도 안 했어?"

"집사가 필요한가?"

"…그건 아니지만."

대수롭지 않다는 듯한 그 말투는 상대마저 별일 아닌 것으로 판단하게 만드는 기묘한 힘을 가지고 있었다.

단장은 결국 세오스의 페이스에 휘말려 버벅대다가 한숨을 내쉬며 어깨를 늘어뜨리는 것으로 항복을 표시했다.

"그러나저러나 나갈 수 없다면 천상 던전을 뚫어야 한다는 것인데… 혹시 이거 힘으로 부숴도 되는 건가?"

"안 될걸."

"응?"

일행의 시선이 라케시드를 향해 돌려졌다.

전혀 예상치 못했던 사람이 대답한 까닭에 일행의 표정에는 얼떨떨한 감정이 고스란히 묻어나 있었다.

"이 마법진, 텔레포트와 봉인진이 섞인 거야. 아~ 제길. 만날 보던 건데 변형되는 바람에 알아채는 게 늦어졌네."

라케시드는 자신을 바라보는 일행의 시선은 전혀 개의치 않은 채 마법진의 한가운데로 가서 섰다.

"자, 잠깐만! 함부로 마법진에 들어가게 되면……!"

마법사인 레인이 라케시드의 무모함에 화들짝 놀라 소리쳤다.

미완의 마법진이야 올라간다고 하더라도 아무런 상관이 없지만 이미 완성된 마법진이라면 그것만으로 키워드가 되어 마법이 발동될 수도 있었다.

그리고 어쩌면 그 대상자를 침입자로 여기고 발동하는 함정이 있을지도 몰랐다.

확인되지 않은 마법진을 함부로 건드는 것만큼 위험한 것은 없었다.

아마도 바닥에 남아 있는 손자국은 마법에 대해 무지한 자들이 남긴 흔적일 확률이 높았다.

"…어?"

레인의 입에서 허탈한 음성이 흘러나왔다.

염려했던 것과는 달리 상상했던 것처럼 불덩어리가 날아온다거나 전기가 솟구쳐 오르는 등의 끔찍한 일이 벌어지지는 않았다.

오히려 그러한 염려를 했던 레인 스스로가 무안할 정도로 마법진은 아무런 변화가 없었다.

한동안 마법진을 둘러보던 라케시드가 무언가를 깨달은 듯 일행을 향해 손짓했다.

"이 육망성의 꼭짓점 끝에 각 한 명씩 서 있어봐. 이렇게… 몸을 똑바로. 발은 꼭짓점 끝에 맞춰서… 응. 그대로 움직이지 말고 있어봐. 잘못하면 넘어질 수도 있으니까."

일행은 라케시드의 말에 따라 행동하면서도 불안한 감정을 지우지 못했다.

"이거 혹시 잘못되는 건 아니야?"

"아아, 내가 파악한 배열대로라면 맞아. 누님한테 시달려 가며 몸으로 익힌 것이니까 틀림없어."

라케시드는 레인의 말에 대꾸하며 진저리를 쳤다. 이블루시아는 흑마법은 물론 마녀의 저주, 그리고 이러한 원진 마법이나 결계 등 모든 종류의 마법에 정통해 있었는데, 그 때문에 라케시드는 실험용 모르모트로서 그녀의 마법에 실험의 대상이 되어 온갖 마법들을 겪었다. 그래서 그 마법을 쓰는 방식이나 원리는 몰라도 그 마법이 발동되면 무슨 결과가 일어나는지, 혹은 그 마법을 발동시키는 방법이 무엇인지를 어렴풋이 알고 있다.

그의 감각에 의하면, 이 마법진은 절대로 공격용이 아니었다.

오히려……:

'이건 소환용에 가까운 마법진. 대체 이 녀석들, 무슨 꿍꿍이인 것이지?'

라케시드는 이곳의 의뢰인이 용병들을 규합할 때 꼭 여섯 명의 조건을 내걸었다고 들었다. 그것은 이 마법을 발동시키는데 필요한 최소 조건을 맞추는 필수적인 인원수였다.

그 말인즉, 의뢰인 또는 의뢰인에게 '물건'을 가지고 오라고 했다는 '루페라'라 불렸던 누군가가 이 마법진에 대해 알고 있다는 의미가 되었다.

그들은 분명 이 던전을 들어가는 방법을 알고 있었다.

비밀을 보장하려면 기사[Knight]가 나을 것이 틀림없음에도 불구하고 굳이 용병을 써야 했던 이유가 있을 것이다.

라케시드는 신중한 태도로 마법진의 구석구석을 살펴보았다. 특별히 이상할 만한 것은 보이지 않았다.

"괜찮은 것 같군. 그러면 나도……."

라케시드가 남은 한 자리에 서자 마법진에서 하얀 빛이 솟아져 나오며 일행의 몸을 휘감았다.

그 낯선 감각에 일행이 움찔하는 사이에 눈앞의 풍경이 변화했다.

그곳은 마치 지하의 광장과도 같았는데, 의뢰인의 저택 바닥에서 봤던 것과 같은 차가운 은회색의 벽이 죽 늘어서 있었다. 그들의 발밑에는 그들이 떠나올 때와 같은 육망성의 마법진이 그려져 있었는데 방금 전 그들을 옮겨놓고도 언제 반응을 보였냐는 듯 수줍은 새색시처럼 조용했다.

혹시나 싶어 일행이 좀 전처럼 육망성의 꼭짓점에 발을 맞추어봤지만 마법진은 요지부동 움직이지 않았다.

"일방통행용이군."

"일방통행?"

"아아… 텔레포트용 마법진인데, 텔레포트라는 것이 자칫 잘못하다가 양쪽 모두에서 상대방이 있는 반대편 쪽으로 이동하려 할 때에는 서로 사고가 발생할 수 있기 때문에 일방통행 마법진 두 개를 만들어서 양쪽에 설치해 놓은 것이지."

"…그렇군."

레인은 라케시드의 말에 새로운 것을 알았다는 것에 감탄을 터뜨리면서도 그의 정체에 대해 새록새록 궁금증이 솟아오르는 것을 느꼈다.

Chapter 20
던전의 비밀

MUTATION
DEMON

"그 얘기는 이 안 어딘가에 밖으로 나가는 텔레포트 역시 있다는 얘기가 되겠네?"

"아! 그러고 보니……."

레이지가 내뱉는 말에 다른 일행도 무언가를 깨달은 듯한 표정을 지었다.

이 던전을 만든 자가 이 안에서 그대로 죽을 생각이 아니었다면 이 안 어딘가에는 밖으로 나가는 출구가 있을 것은 당연한 일이었다.

잘하면 의뢰인에게 증거 인멸을 당하지 않고도 살아 돌아갈 수 있을지도 모른다는 생각에 용병들의 표정이 밝아졌다.

그들은 이곳을 나가면 먼저 용병 길드를 찾아 던전의 존재를 알리고 의뢰인의 부당함을 고발할 생각이었다. 처음부터 발설하지 않겠다는 침묵의 맹세를 한 것도 아니었고, 의뢰인이 살인멸구를 생각하고 있을 확률이 99.9%라고 판단했기에 그들의 마음에는 한 점 거리낌이 없었다.

하지만 그들은 밖에 나가서 할 일에 대해서만 생각하는 바람에 던전의 존재에 대해서는 잠시 잊고 말았다.

이토록 쉽게 던전에 들어올 수 있음에도 불구하고 어째서 돌아온 용병은 하나도 없었으며, 이 의뢰가 끝나지 않고 계속해서 다른 용병들에게 의뢰가 들어왔는지를…….

그들의 위기는 이제부터 시작이었을 뿐이다.

*   *   *

사방이 은회색의 금속으로 둘러싸여 있는 거대한 방.

아무런 장식도 없는 그 방 안에는 단지 하나의 탁자와 세 개의 의자, 그리고 삼면의 벽을 에워싸듯 만들어진 커다란 스크린이 있을 뿐이어서 마치 누군가를 가두기 위해, 혹은 감시하기 위해 만든 밀폐된 공간처럼 삭막하고 차가운 분위기가 흘렀다.

그 방 안에는 검은색에 가까울 정도로 짙은 로얄 블루—짙은 청보라색—의 머리카락에 그보다는 약간 밝은 라벤더 빛 눈동자를 가진 여인이 한 명 있었는데, 보라색이 사람을 타는 색이라는 것을 무시하기라도 하듯 하얗고 조그마한 얼굴과 어우러진 그 머리카락과 눈동자는 차가운 그녀의 분위기와 맞물려 그녀를 한 번 본 누구라도 그 마력적인 분위기에 빠져들 만큼 매혹적이게 보였다.

그녀는 한자리에 미동도 없이 서서 방 안의 분위기만큼이나 삭막하고 무표정한 얼굴로 자신의 앞에 있는 스크린의 영상을 뚫어지게 응시했다.

그렇게 얼마나 있었을까.

찰칵, 지이잉—

어디선가 자물쇠를 맞추는 것 같은 소리가 들리더니 테이프를 감는 듯한 작은 소음과 함께 그녀의 뒤편에 있던 벽의 일부분이 스르르 옆으로 옮겨가며 하나의 문을 드러냈다.

그 문 뒤로는 주황색의 짧은 커트 머리와 밝은 갈색 눈동자를 가진 발랄해 보이는 소녀가 서 있었는데, 짙은 밤색의 짧은 반바지에 헐렁한 아이보리색 티를 걸친 그녀는 자다가 일어났는지 무척이나 졸린 표정을 하고 있었다.

"하아암! 지루해~ 졸려~ 키아, 뭐 해? 뭐 재밌는 일이라도 있어?"

또각, 또각.

그녀의 움직임에 따라 높은 하이힐의 울림이 낮게 가라앉은 적막 사이로 경쾌하게 울려 퍼졌다.

그녀는 호기심 어린 표정으로 키아가 바라보는 화면을 응시했다.

키아는 순식간에 부산스러워진 분위기가 신경에 거슬려 살짝 이마를 찌푸렸지만 굳이 입을 열어 소녀를 탓하지는 않았다.

말을 해봤자 오히려 더 시끄러워진다는 것을 경험을 통해 알고 있는 탓이다.

키아의 머릿속에 처음 소녀를 만났을 때 그녀에게 시끄럽다고 말했다가 그녀에게 열두 시간 동안 '수다는 자신의 개성이며, 이러한 분위기는 자신의 특징이다' 라는 내용으로 이루어진 일장 연설을 질린 표정으로 들어야 했던 기억이 떠올랐다.

나중에는 결국 파김치가 되어 쓰러진 키아에게 소녀가 마지막 결정타를 날렸다.

소녀는 축 늘어진 그녀의 표정을 보며 '음, 졸린가 보네. 그럼 나머지는 나중에 하도록 할게. 그래도 조금은 내 개성이 어떤지 알겠지?' 라고 말했다.

키아는 그 말에 백기를 들고 소녀의 개성을 인정(?)해 주었다.

그녀가 수다를 떨거나 요란스럽게 폴짝거려도 절대로 신경 쓰지 않겠다고 마음먹은 것이다.

그 후로 키아는 옆에서 부산스럽게 움직이는 그녀가 아무리 거슬려도 아무런 핀잔도 던지지 않게 되었다.

"헤에, 손님이잖아?"

소녀는 키아에게서 느껴지는 불편한 시선은 아랑곳하지 않은 채 화면 안을 들여다보며 반가운 표정을 지었다.

무려 삼 개월 만에 보는 방문자였다.

지루함으로 반쯤 감겨 있던 눈에 반짝거리는 생기가 맴돌았다.

그동안 이 의뢰에 지원하는 용병들이 씨가 말랐다고 들었기에 슬슬 이곳을 철수하고 다른 곳으로 옮길까 생각 중이었는데 마지막일지도 모를 손님(?)들을 보자 무척이나 들뜬 기분이든 것이다.

"루페라가 무척이나 기뻐하겠는걸!"

키아의 입에서 나직한 한숨이 흘러나왔다. 소녀는 아직도 화면에 비친 존재가 누구인지 눈치 채지 못한 것 같았다.

"엘레노어, 이 중에 무척이나 낯익은 얼굴이 있다는 생각은 안 들어?"

"응?"

한심함이 묻어나는 키아의 목소리에 소녀 엘레노어가 다시 한 번 스크린 안에 보이는 일행의 면면을 자세하게 살펴보았다.

"아앗! 류혼?!"

엘레노어의 눈이 동그랗게 변했다.

화면 안에 보이는 얼굴은 절대로 저곳에 있을 이유가 없는 인물이었다.

화들짝 놀라며 이해할 수 없다는 듯 화면 안의 익숙한 얼굴을 바라보던 그녀의 표정이 점점 모호하게 변해갔다.

화면 안의 얼굴은 분명 류혼과 비슷했지만 분명하게 다른 점이 존재하고 있었다.

"머리카락이… 검은색?"

흑발은 인간에게 무척이나 드문 머리카락 색이었다.

게다가 류혼과 닮은 얼굴의 흑발을 가진 남자는 그녀가 아는 한 단 한 명뿐이었다.

"설마……."

얼떨떨한 표정을 짓고 있는 엘레노어의 목소리는 혼란을 나타내는 표정만큼이나 믿을 수 없다는 듯 떨리고 있었다.

그녀의 표정에서 화면 안의 남자에 대한 정체를 알아챘다고 생각한 키아가 단정적으로 말했다.

"그래, 라케시드 혼 아론시아. 바로 나 키세네피아의 단 하나뿐인 약혼자이지."

스크린 너머에는 라케시드 일행의 모습이 비치고 있었다.

*　　　*　　　*

시간을 다시 거슬러 가서 일행이 사라진 후의 마법진 입구로 돌아가 보자.

라케시드 일행은 집사가 다른 곳으로 갔다고 생각했지만 엄밀히 따지자면 그는 그곳을 나간 것이 아니었다.

그들이 마법진 안으로 사라진 후 입구에 드리워져 있던 그림자의 일부가 일렁이며 스르륵 일어서더니 하나의 형체를 만들어냈다.

반백의 머리를 가진 온화한 인상을 가진 집사의 모습이었다.

"흐음, 이번 팀은 안 가르쳐 줘도 스스로 알아서들 가는군."

그의 입에서 심드렁한 목소리가 흘러나왔다.

그런데 이상한 것은 일행에게 말을 걸었던 늙수그레한 음성과는 판이하게 다른 무척이나 젊은 목소리라는 점이었다.

그의 모습이 서서히 변해가더니 곧 은회색 머리카락을 가진 이십대 초반의 미청년의 모습으로 변했다. 그의 하늘색 눈동자가 일행이 사라진 마법진 위를 응시했다.

"그나저나 왕자님이 중간계에 내려올 거라더니 정말로 와 버렸네."

그는 난감한 표정으로 볼을 긁적였다.

차후에 그의 주인이 될 존재인만큼 언젠가는 만나야 한다고 생각했지만 이런 곳에서, 이런 방식으로 만나게 되니 조금 머쓱한 기분이 들었던 것이다.

그의 주인이 예견한 바에 의하면, 그를 만나게 되는 것은 훨씬 더 후의 일이었다.

적어도 어느 정도의 준비는 끝난 다음이었던 것이다.

"뭐, 세상일이라는 것이 생각대로만 되는 것은 아니니까."

이미 벌어진 일을 가지고 끙끙대는 것은 그의 취향이 아니었다. 만약 생각대로 되지 않아 문제가 생겼다면 그 문제를 해결하기 위해 최대한 노력하는 것밖에 방도가 없는 것이다.

고민한다고 해서 그 문제가 스스로 해결이 되는 것은 아니니까.

단지 안에 있는 다른 이들이 걱정되기는 하지만 이곳에서 할 일도 얼추 끝나가고 있으니 쓸데없이 부딪치는 일은 없을 것이라고 생각했다.

"루페라가 좀 걱정되기는 하지만… 뭐, 왕자님이 마계에서 자랐으니 쓸데없는 정의감을 발휘하지는 않겠지."

그는 태평한 표정으로 어깨를 으쓱이며 한 손을 들어 엄지와 검지를 부딪쳤다.

손가락이 마주치는 딱, 하는 소리와 함께 바닥에 새겨져 있던 마법진이 흔적도 없이 사라졌다. 그리고 그와 동시에 바닥의 재질도 은회색의 금속에서 점점 평범한 돌바닥으로 바뀌어져 갔다.

그는 변해 버린 지하실의 모습을 일별한 뒤 미련없이 자리를 떠났다.

앞으로 이곳에 그러한 마법진이 있었다는 사실은 영영 세상에 드러나지 않을 것이다.

그가 다시 나타난 곳은 라케시드들의 의뢰인이자 이곳 저택의 주인인 귀족의 방이었다.

잠깐 사이에 그의 살은 더욱 불어나서 마치 물에 불어터진 만두처럼 살들이 서로 끼어 쭈글쭈글한 주름을 만들고 있었으며, 비대한 몸집으로 인해 스스로 한 발짝도 움직이지를 못하는 상태가 되어 있었다.

그 역겨운 모습에 남자의 눈썹이 살짝 꿈틀거렸다.

"유… 스… 테… 인… 님… 살… 려……!!"

비대한 살 때문인지 귀족은 입조차 제대로 열지를 못했다.

억지로 우물거리는 입술 사이로 싯누런 침이 질질 흘러내렸다.

그의 부름에 유스테인이라 불린 남자의 얼굴에 슬쩍 불쾌함이 떠올랐다.

타인의 목숨은 지나가는 벌레만도 못하게 여겼던 그가 막상 자신의 최후를 느끼자 애절한 눈빛으로 목숨을 구걸하는 모습이 무척이나 추하게 보였다.

유스테인은 그런 그를 경멸 어린 시선으로 바라보았다.

"실패작인 실험체 따위는 필요없다. 밥버러지 같은 놈."

"커헉!"

차가운 비수 같은 그 말에 귀족의 눈에 절망감이 서렸다.

그는 스스로가 버려졌다는 것을 깨달았다.

이들은 그를 이용할 대로 이용해 먹고는 쓸모가 없어지자 폐기 처분하기로 마음먹은 것이다.

그러한 그들의 행동이 자신이 했던 행동과 똑같은 짓이라는 것은 깨닫지 못한 채 귀족의 눈빛에 원망과 분노의 빛이 감돌았다.

자신을 버린 그들에게서 지독한 배신감을 느꼈다.

그가 그들에게 쏟은 돈과 비밀리에 구해준 노예들과 용병들을 그대로 날름 집어삼킨 채 자신들의 목적이 어느 정도 달성되어 그가 필요없어지자 이대로 헌신짝처럼 내버린 것이다.

"내… 게 힘… 과… 권… 력을… 준다고… 약… 속……."

억울한 듯 쥐어짜는 목소리에 유스테인이 슬쩍 미소 지었다.

"아아, 그래. 약속했지. 단, 네가 그 힘을 네 것으로 만들 수 있다는 조건으로. 하지만 너는 그 힘을 조금도 소화해 내지 못했잖아?"

유스테인의 시선이 계속해서 부풀어 오르고 있는 귀족의 몸에 가서 닿았다.

그의 몸은 부풀어 오르면서 그 주름 사이사이로 시커먼 연기 같은 것을 뭉클뭉클 뿜어내고 있었다.

사악하고 검은, 어둠보다도 더러운 그 무엇.

그것은 마기였다.

마계에서 흘러들어 온 순수하게 정제된 마기가 아닌 세상의 온갖 추악한 것들을 모아놓은 듯이 혼탁한 어둠이었다.

"고작해야 하급 마물도 될 수 없는 그릇 주제에 그 정도의 마기를 몸에 담으려 했으니 그릇이 깨어질 수밖에."

유스테인의 입가에 비릿한 비소(誹笑)가 떠올랐다.

애당초 그의 몸 따위는 유스테인이 원한 재물의 조건을 충족시키지 못했었다.

그럼에도 그를 이용했던 것은 그의 주변에서 들려온 나쁜 평판들 때문이었다.

그 정도로 욕심에 젖어 있는 이라면 그들을 위해 무엇이든 하려 들 테니까.

그것이 제 무덤을 파는 것인 줄도 모르고 말이다.

"그나마 상인으로 성공해서 귀족까지 되었지 않나? 그걸로 만족하라고."

단순한 악덕 사채업자를 한 개 성을 좌지우지할 정도의 재력가로 만들고, 그것을 발판으로 귀족의 직위까지 사도록 만든 것은 모두가 그들의 힘이었다.

그는 단지 그들의 장단에 맞춰 춤을 춘 허수아비일 뿐인 것이다.

"그러게, 악마와의 계약은 함부로 하는 것이 아니라는 말, 못 들었어?"

유스테인이 환하게 미소 지었다.

그러나 그 미소는 왠지 등 뒤에 어둠을 감춘 것만 같은 불길하고 두려운 기분을 선사했다.

좀 전까지 죽이고 싶을 정도로 증오스러운 눈으로 그를 바라보던 귀족의 몸이 파르르 떨렸다.

악마.

그렇다.

눈앞의 남자는 악마였다.

그의 악명을 이용해 노예들을 사고 용병을 수배해 그들의 생명을 이용해 아무렇지도 않게 생체 실험을 일삼던.

유스테인에게 놀아나 귀족까지 되었던 남자의 생각은 그것에서 끝이 났다.

유스테인의 몸이 물에 녹는 잉크처럼 스르르 바닥으로 스며들더니 불과 일 초도 지나지 않아 귀족의 몸 안에서 어둠의 기운이 날뛰며 결국 폭발을 일으킨 것이다.

콰콰쾅―!!

요란한 굉음과 함께 무너지는 저택에서 멀리 떨어진 한 지붕 위에 나타난 유스테인이 그것을 보며 옅게 미소 지었다.

"한 건 끝!"

*　　　*　　　*

바깥에서 이러한 소동이 벌어진 줄은 꿈에도 모르는 라케시드 일행은 여전히 던전 안을 헤매고 있었다.

그곳은 '던전'이라는 말이 그야말로 썩 어울릴 정도로 지독한 미로와 함정들로 이루어져 있었다.

보보(步步)마다 펼쳐지는 죽음의 위협에 일행은 지쳐 버렸다.

"헉! 헉! 이건 뭐… 거의 드래곤 레어 급인 것도 아니고……."

체력이 가장 약한 레인이 바닥에 철퍼덕 주저앉은 채 아연한 표정으로 중얼거렸다.

다른 일행 역시 그만큼은 아니었지만 지친 것이 역력한 표정이었다.

하지만 그들 중에서도 눈에 띄게 멀쩡한 사람들은 분명 존재했다.

"후우! 세오스랑 라케시드는 이해한다 치고…… 카이린 양은 여성이고 마법사이신데도 체력이 대단하신가 보네요?"

"아… 뭐, 그러네요……."

단장의 말에 카이린이 화들짝 놀란 표정을 지었다가 어색하게 웃으며 볼을 긁적거렸다.

사실 그녀의 체력은 원래부터 또래 여자아이들보다는 활발하고 힘도 셌지만, 남자들, 그것도 운동으로 다져진 근육을 가진 용병들을 능가할 정도는 결코 아니었다.

카이린은 슬그머니 라케시드를 향해 시선을 옮겼다.

그녀의 체력이 눈에 띄게 증가한 것은 그와 '계약'이라는 것을 맺고 난 이후부터였다.

평소 덜렁대던 성격은 그 이후로 무심하게 스쳐 지나간 것조차 또렷하게 떠올릴 수 있는 예사롭지 않은 기억력으로 변했고, 몸도 더 날렵해지고 체력이나 힘도 늘었으며, 무엇보다 전에는 존재감만을 느꼈던 마나의 존재를 이제는 눈으로 똑똑히 볼 수 있게 되었다.

카이린은 그것이 라케시드 때문임을 어렴풋이 깨달을 수 있었다.

그와 그녀의 사이에는 검은 흑색의 기류가 마치 실처럼 길게 이어져 그곳으로부터 끊임없이 검은색의 마나가 그녀에게로 흘러들어 오고 있었다.

'이게 마족과의 계약에 의한, 힘을 얻는다는 것일까?'

마치 예전에는 알지 못했던 새로운 세계를 접한 것 같다는 생각에 그녀의 몸에 살짝 소름이 돋았다.

그것은 기묘하고 두려운 기분이었다.

마치 자신이 인간이 아닌 무언가가 되어가는 듯한 기분.

하지만 카이린은 곧 자신의 마음을 다잡았다.

영혼을 팔 각오로 맺었던 마족과의 계약은 그것을 수락한 그 순간부터 이미 인간임을 포기한 것이나 마찬가지였다.

설사 나중에 괴물이 된다 할지라도 카이린은 가슴속에 맺힌 앙금을 풀어낼 수 없었다.

그녀의 가족들을 살해하고 마을을 불태워 버린 이들에게 복수하기 전까지는.

단장은 라케시드를 바라보며 아련하고 슬픈 표정을 짓는 그녀의 모습에 무언가 말 못할 사정이 있음을 깨달았다.

그리고 용병들에게 있어서 본인이 숨기고자 하는 사연을 캐묻는 것은 금기나 마찬가지였다. 비록 지금 이 순간은 카이린과 라케시드가 그들과 같은 의뢰를 맡고 있는 동료라 할지라도 그것은 마찬가지였다. 게다가 서로가 비밀을 나눌 정도로 친한 사이인 것도 아니지 않은가?

그럼에도 불구하고 카이린에게 그렇게 물었던 것은 스스로도 의식하지 못할 정도로 무심코 꺼낸 말이었다.

범상치 않은 기질을 가진 그 두 사람의 정체가 호기심을 자극했던 것이다.

어색함이 흐르는 두 사람 사이의 공기를 깬 것은 무심하게 열린 라케시드의 입에서 새어 나온 목소리 덕분이었다.

"온다."

그의 말이 떨어지자 일행은 일제히 무기를 손에 쥔 채 전투 태세를 취했다.

레인 역시 어지러움을 느끼면서도 침착하게 룬어를 외웠다.

던전에 들어온다는 생각에 오전 중에 넉넉하게 메모리즈를 해놓았음에도 불구하고 공격 마법은 거의 떨어져 있는 상태였다.

남은 것은 위력이 조금 강한 5서클 마법의 플레어 버스터와 4서클의 파이어 플레임뿐이었는데 그것은 혹시나 위험한 상황이 닥치면 쓰기 위해 남겨둔 비상용이나 마찬가지였다.

아마도 지금의 상황으로 보아서는 그 둘 중의 하나만 쓰더라도 탈진해서 쓰러져 버리고 말 것이라는 생각이 들었다.

일행의 눈빛에 긴장이 감돌았다.

이곳에 들어선 후 라케시드의 말이 어긋난 적은 단 한 번도 없었다.

그가 위험하다고 했으면 분명 위험한 상황이 닥쳤으며 그가 무언가가 나타난다고 했으면 반드시라고 해도 좋을 만큼 정확하게 나타났다.

마치 원래부터 이곳을 알고 있었던 것은 아니었을까 하는 엉뚱한 상상을 할 정도로 그의 생존 감각은 탁월했던 것이다.

일행은 그것이 이블루시아에게 시달린 라케시드가 생존을 위해 어쩔 수 없이 터득하게 된 초감각이라는 것을 알지 못했다.

라케시드로서는 이 정도 함정쯤은 이블루시아의 장난—이라고 쓰고 생명의 위협이라 읽는다—에 비하면 놀이나 마찬가지였다.

다만 신경 쓰이는 것은 이곳이 중간계라서 모든 힘을 다 끌어

쓸 수는 없다는 것과 이 던전의 수준이 미묘하게 그들 일행의 수준에 맞춰져 설정되어진 것 같은 느낌이 든다는 점이었다.

누군가에게 실력을 시험당하는 것 같은 불쾌감에 라케시드의 이마가 살짝 찡그려졌다.

음무어어—!!

그러는 사이 그들의 앞에 다섯 마리의 몬스터가 나타났다.

키는 대략 3m 정도에 소의 머리를 가지고 있는 그 몬스터의 이름은 미노타우르스였다. 일행의 실력으로는 상대가 불가능한 존재였지만 라케시드가 빙화를 제외하고 중간계에서 낼 수 있는 일상적인 실력을 모두 내보인다면 가까스로 막상막하를 이룰 수 있는 숫자였다.

"으음……."

일행의 입에서 일제히 침음성이 흘러내렸다.

숲의 지배자라 불리는 오우거조차 힘에서는 한 수 양보한다는 미노타우르스의 존재는 그들조차 용병 생활을 하며 단 한 마리만을 보았을 뿐이며, 그조차도 그들 네 명의 모두 힘을 합쳐서 겨우 물리쳤을 정도로 막강한 힘을 가진 몬스터였다.

그러한 존재가 한둘도 아닌 다섯씩이나 나타나자 그들의 눈에 암담함이 떠오른 것이다.

물론 그때의 실력에 비교해 보았을 때 현재의 실력은 훨씬 나아졌다고 할 수 있지만 그렇다고 해도 세 마리 정도라면 몰라도 다섯 마리는 어려울 거라는 생각이 들었다.

"이 던전 주인, 누군지는 몰라도 엄청나게 철저한 성격이군."

레이지가 허탈한 표정으로 한숨을 내쉬었다.

그의 머릿속에 그동안 이곳에 오기까지 만났던 수많은 몬스터들의 존재가 떠올랐다.

오크는 기본에 코볼트는 옵션이며, 오우거에 트롤, 여하튼 대륙에 존재하는 몬스터란 몬스터는 거의 다 나온 것 같았다.

이제는 그러한 존재들을 이곳에 산 채로 붙잡아놓았던 던전의 주인에 대한 감탄 대신 짜증이 솟구쳤다.

'좀 쉽게 만들어놓거나 아예 입구를 찾을 수 없게 거기도 철저하게 가려놓았어야 하는 게 아니냔 말이다!'

레이지는 애꿎은 머리카락을 쥐어뜯으며 울분을 삼켰다.

카이린의 시선이 암담한 가운데 비장한 눈빛을 하고 있는 일행의 표정을 살피다가 라케시드의 표정에 가서 멎었다.

무표정하게 가라앉아 있는 그의 표정은 무언가에 분노한 듯 차갑게 굳어 있었다.

오싹!

카이린은 라케시드의 얼굴을 바라보다가 무심코 그의 눈동자를 바라보고는 등줄기가 오싹해지는 듯한 공포를 느꼈다.

일순간이었지만 그녀는 그의 황금빛 눈동자 안 깊은 곳에서 똬리를 틀고 있는 강렬하고 광포한 광기를 엿보았다.

"짜증나……."

라케시드의 입이 열리며 낮게 가라앉은 목소리가 스산하게 공기를 울렸다.

그의 마력이 요동치며 검은 머리카락이 물살에 몸을 실은 해초처럼 이리저리 흔들렸다.

라케시드에게서 흘러나온 마력에 동조한 세크리티히가 파직 하며 푸른 전류를 내뿜었다.

"거기 숨어서 엿보고 있는 녀석, 나오지 않으면……."

스르릉.

라케시드의 손의 움직임에 따라 세크리티히의 검은색 검신이 서서히 세상 밖으로 모습을 드러냈다.

심상치 않은 그의 분위기에 몬스터들이 움찔하며 접근을 멈춘 사이, 그의 눈동자 위로 그의 마음속 깊은 곳에 숨어 있던 괴물이 그 광기를 토해냈다.

"부. 쉬. 버. 린. 다."

*   *   *

키세네피아와 엘레노어는 스크린 너머로 비친 그의 눈동자에 흠칫 몸을 떨었다.

눈앞에서 직접 보는 것이 아님에도 그의 주변에 흐르는 분위기만으로 온몸이 오싹거리며 소름이 돋는 것 같은 느낌이 들었다.

"과연… 피는 못 속인다는 것인가?"

엘레노어의 입에서 무의식중에 꿀꺽하는 마른침 삼키는 소리가 흘러나왔다.

주인의 단 하나뿐인 아들이라는 사실에 그에 대한 호기심으로 실력을 시험해 보려던 것이 잘못이었다.

스크린 너머로 그들을 응시하는 라케시드의 시선에는 선명한 분노가 떠올라 있었다.

"…아무래도 안 되겠어. 루페라를 데려와야……."

"그만둬."

막 방 안을 빠져나가기 위해 허둥거리며 걸음을 옮기던 엘레노어의 몸이 키아의 제지에 딱 멈춰 섰다.

무슨 일이냐는 듯 의문 어린 시선으로 바라보는 엘레노어의 모습에 키아가 차분한 어조로 말했다.

"지금 가봐야 저들보다 늦어. 너와 나마저 그분의 앞에 모습을 드러내야 한다는 생각은 아니겠지?"

"으윽! 하지만 그럼 루페라는……!"

엘레노어의 눈빛이 흔들렸다.

그녀는 키아가 하고자 하는 말이 무엇인지 알고 있었다.

그들의 주인은 라케시드가 모든 비밀에 대한 열쇠를 찾아 스스로 자신을 찾기 전까지는 절대로 그의 앞에 스스로 존재를 드러내지 말도록 명령했다.

지금 그들이 향하는 앞에 루페라가 있다고 하더라도 함부로 그를 위해 모습을 드러낼 수 있는 상황이 아닌 것이다. 그것도 라케시드와 부딪칠 것을 뻔히 아는 이 상황에서는.

키아는 어쩔 줄 몰라 하며 울먹거리는 엘레노어의 모습을 보며 깊은 한숨을 내쉬었다.

엘레노어에게 있어 루페라는 무척이나 '특별한 존재'였다.

키아 역시 그것을 알고 있었지만 두 사람마저 위험에 빠질 수 있다는 것을 뻔히 알면서도 루페라를 구하러 갈 수는 없었다.

"어차피 실험에 대해 기록한 자료들은 전부 옮겨두었고, 실험체랑 실험 도구는 모두 폐기하도록 했으니까 운이 좋다면 그분의 일행과 만나지 않고 빠져나갈 수 있을 거야."

키아가 엘레노어에게 해줄 수 있는 말은 그것이 전부였다.

그런 그들의 뒤로 보이는 스크린에는 마치 검정색 잉크처럼 새카만 어둠이 화면 전체를 순식간에 잠식해 가고 있었다.

*   *   *

쿠쿠쿠쿠쿠쿠!

무언가가 연달아 무너지는 듯한 소리가 연속해서 들려왔다.

일행은 시야를 가린 어둠과 먼지에 눈을 가리며 기침을 했다.

"콜록! 콜록! 다들 무사한가? 대체 이게 무슨 일이야?"

"콜록! 몰라. 라케시드가 검을 뽑으려고 손을 가져간 것까지는 봤는데 그다음은 미처… 콜록콜록!"

"난 뭔가 하얀 게 번쩍인 것밖에 못 봤어. 콜록!"

"나도 무사하다."

일행은 두리번거리며 라케시드를 찾았다.

그들은 본능적으로 이 사태의 원인이 그라는 것을 느낄 수 있었다.

무엇을 어떻게 했는지는 모르겠지만 꽤 파괴력이 컸던 듯 먼지는 쉽게 가라앉지 않았다.

하지만 그 먼지보다도 일행을 당혹스럽게 만든 것은 주변을 가득 메운 어둠이었다.

"라케시드 군—! 카이린 양—! 모두 무사해～?"

무사해에—? 해에—? 해—?

단장이 외친 물음은 공허한 메아리가 되어 울릴 뿐, 그에 대한 대답은 어디에서도 들려오지 않았다.

일행의 눈동자에 당황이 서릴 때쯤 세오스가 낮은 목소리로 무미건조하게 말했다.

"…오고 있다."

흠칫.

밑도 끝도 없이 오고 있다는 말에 일행의 몸이 떨렸다.

던전을 헤매는 동안 줄곧 라케시드의 감각에 매달려 왔지만 세오스 역시 소드 마스터로, 그 실력으로 인한 감각은 크레이지 윈드의 다른 일행보다 몇 배나 더 정확한 사람이었다.

만약 오고 있는 것이 폭발에 의해 다른 곳으로 튕겨지거나 한 이유로 일행에게서 떨어져 버린 라케시드나 카이린이라면 다행이겠지만, 만약 몬스터라거나 그 외에 호의를 가지고 있지 않은 다른 어떤 존재라면 무척이나 위험한 상황이 될 수도 있었다.

그들의 긴장과는 달리 짙은 어둠 속에서 모습을 드러낸 것은 라케시드와 그의 등 뒤에 축 늘어진 채 업혀 있는 카이린이었다.

라케시드의 표정은 딱딱하게 굳어 있었는데, 그의 주변에 있는 공기가 왠지 무겁게 가라앉아 있는 것 같아 일행은 그들이라는 것을 알아채고도 선뜻 긴장을 풀지 못했다.

라케시드의 눈이 일행을 주욱 훑었다. 자신과 마주친 황금빛 눈동자가 자신의 마음을 꿰뚫는 것 같은 기분에 일행은 흠칫 몸을 떨었다.

"아무래도……."

라케시드의 입이 열리며 낮게 가라앉은 목소리가 흘러나왔다.

그의 눈이 닿는 곳에 있는 어둠이 실체를 가진 듯 넘실거리는 것이 보였다.

"생각보다 만만한 곳은 아닌 것 같군."

라케시드의 눈동자가 심연처럼 깊게 가라앉았다.

그가 처음 물리적 공격을 포기하고 검에 빙화를 둘렀을 때 그 공격에 반응한 것이 이것들이었다.

마치 물, 혹은 젤리처럼 자유로이 형상을 바꾸는 그것들의 정체는 어둠이었다.

잉크보다 검고 늪보다 깊은 진한 어둠의 힘.

라케시드는 검이 몬스터와 닿는 순간 느낄 수 있었다.

이것들이 마계의 마물의 숲에서 바알을 가두었던 환상 마법진과 흡사한 것이라는 것을.

그것을 증명하기라도 하듯 그의 빙화에 의해 산산조각이 났던 주변의 벽들이 빠른 속도로 복구되고 있는 것을 볼 수 있었다.

그야말로 현세(現世)에 존재하는 물질이라면 절대로 불가능한 일이었다.

다른 일행 역시 주위의 이상함을 느꼈다.

짙은 어둠으로 가려져 있지만 주변의 무언가가 꿈틀대고 있다는 것은 느껴졌던 것이다.

"무슨……!"

일행의 눈빛이 흔들렸다.

오랫동안 용병 생활을 해왔지만 이러한 것이 있다는 말은 단 한 번도 들은 적이 없었다. 혼란스러워하는 그들에게 라케시드가 대답했다.

"환상 마법이다."

"설마! 아무것도 느껴지지 않았는데?!"

레인은 믿을 수가 없었다.

그가 알고 있기로 환상 마법은 단지 사람의 눈과 감각을 속이는 것으로, 고작해야 하나의 물체를 만들거나 원래 있는 것의 모양을 다르게 보이도록 하는 것이 전부였다.

이렇게 공간 자체를 환상으로 만들어내는 광범위한 마법이 아니었던 것이다. 게다가 지금까지 지나오면서 만난 몬스터들과 함정의 존재들은 모두 실제로 생명을 위협하는 것들이었다.

실체를 가진 환상이라니!

환상 마법이 이러한 힘을 가졌다면 사람들이 눈속임 마법이라 부르며 그토록 경시하지는 않았을 것이다.

"이것은 마치… 하나의 공간을 '창조' 해 낸 것 같잖아!"

레인은 스스로 5서클 마법사로서 자부심을 가지고 있는 자였다.

그 정도라면 왕궁에서도 왕실 마법사로 귀족 중에 백작과 동급의 대우를 했으며, 그 위의 후작이라도 함부로 대하지 않는 대단한 실력이었다.

그런데 지금까지 전혀 이상함을 눈치 채지 못했다.

아니, 어쩌면 그토록 수많은 종류의 몬스터들이 마치 그들을 시험하기라도 하듯 그들이 전투를 끝내고 잠시 쉬고 있을 때쯤 해서 시간을 맞추어 꾸준히 나온다는 것을 느꼈을 때부터 이상함을 눈치 챘어야 할지도 모른다.

하지만 레인은 단지 그것이 우연에 의한 것이라고만 생각했다. 침입자를 막기 위해 설정해 놓은 프로그램에 의해 그러한 타이밍이 이루어진 것이라고 생각한 것이다.

누군가가 그들의 힘을 시험하기 위해 장난을 치는 것이라든지 던전이라 생각한 이 공간 자체가 사실은 환상 마법이 아닌가 한 생각 따위는 눈곱만큼도 하지 못한 것이다.

아연한 표정으로 몸을 떠는 레인의 모습에 라케시드는 짧게 혀를 찼다.

그의 심정이 이해가 가지 않는 것은 아니다.

그조차도 빙화를 쓰지 않았다면 깨닫지 못했을 수도 있으니까.

하지만 이곳까지 오면서 계속해서 누군가의 시선을 느꼈고, 기묘한 위화감이 계속해서 그의 감각을 자극했기에 결국 성질을 못 이겨 자제하던 빙화를 꺼내고 말았고, 갑작스레 표출된 거대한 힘에 압도당한 환상 마법은 마나의 균형을 이루지 못해 결국 흔들리고 말았다.

"그나저나… 들켰으니 이만 나오는 게 어때?"

라케시드의 눈이 어둠 너머의 공간을 응시했다.

그곳에 어둠과는 다른 실체의 그림자가 웅크리고 있다는 것을 느낀 것이다.

라케시드의 말에 어둠 속에 있던 그림자가 흔들렸다.

"후후후, 대단하시군요. 설마 이것을 눈치 채실 줄이야. 이곳의 공간은 그래도 제가 나름대로 심혈을 기울여 제작한 곳인데 말입니다."

스르륵.

어둠이 일렁였다.

그것들은 주위를 탐색하듯 스멀거리며 주위를 맴돌더니 한순간 어디론가 사라져 버렸다.

그리고 드러난 풍경은…….

"으음……."

일행의 입에서 침음성이 흘렀다.

세오스의 시선이 자신의 뒤에 있는 마법진에 가서 박혔다. 그들이 맨 처음 이동 마법으로 이동해 왔던 그 마법진이었다.

환상 마법이 거둬지며 드러난 것은 사방 400m 정도의 커다란 정사각형의 공간이었다.

그곳 어디에도 거대한 미로 따위는 보이지 않았으며, 마법진에서 그들이 이동한 거리도 고작해야 50m 정도밖에 떨어져 있지 않았다.

그리고 벽의 한쪽에는 투명한 유리로 만들어진 거대한 원통 같은 것이 빼곡하게 늘어서 있었는데 그 안에는 사람의 시신으로 생각되는 것들이 푸른 액체에 담긴 채 뽀글거리고 있었다.

"생체 실험실… 인가?"

주변을 둘러보던 일행의 시선이 그 중앙에 있는 한 사람에게 닿았다.

갈색 머리카락에 녹색 눈동자를 가진 남자의 모습은 무척이나 평범해 보였다.

마치 얼굴에 '나는 성실한 학자예요' 라고 쓰여 있는 것 같은 그의 모습은 이 실험실의 모습과 어우러져 무척이나 기묘한 느낌을 주었다.

하지만 일행은 그런 그의 모습에 더욱 긴장할 수밖에 없었다.

외모와는 달리 그의 주위에서 풍기는 분위기는 무척이나 사이하고 요사스럽게 느껴졌던 것이다.

Chapter 21
수수께끼의 단체

MUTATION
DEMON

　그의 눈이 가느다랗게 휘어지며 입가에 진한 미소가 맺혔
다.

　"설마하니 당신을 이곳에서 뵐 줄은 몰랐습니다, 라케시데
라님."

　"……!"

　라케시드의 눈동자가 흔들렸다.

　"나를… 아나?"

　라케시데라. 그 호칭은 마왕의 후계를 뜻하는 데라의 칭호
를 붙인 것으로, 그를 그렇게 부르는 것은 마계의 존재뿐이었
다.

　하지만 눈앞의 그는 그가 아는 사람도 아니었으며 마족은

더더욱 아니었다.

'설마… 흑마법사인가?'

라케시드의 눈동자가 깊게 가라앉았다.

코끝으로 희미하게 피비린내가 느껴지는 것 같았다. 마족인지 아닌지를 떠나서 그의 존재 자체는 어둠과 무척이나 어울리는 분위기를 가지고 있었다.

희미하게 느껴지는 어둠의 마나까지도.

"글쎄요……."

그는 애매모호한 표정으로 미소 지었다.

긍정하는 것도 부정하는 것도 아닌 어중간한 표정이었지만 라케시드는 그것이 긍정이라고 느꼈다.

'인간과 계약한 마족이 누가 있었지?'

라케시드의 머릿속에 적신호가 켜졌다.

좋지 않다.

인간과 계약한 마족은 거의 대부분 이블루시아를 추종하는 이들이었다.

마계에서라면 마왕이나 아이켄, 그리고 이블루시아의 눈치도 살펴야 하고 라케시드가 미성년이고 하니까 섣불리 그를 건드릴 수 없다고 하지만 중간계라면 달랐다.

무엇보다 미성년 마족이 중간계로 나오게 되는 원인이 차원의 균열에 의한 강제 이동이 대체적이다 보니 중간계에서 라케시드를 죽인다면 영영 흔적도 없이 사라지게 되는 것이다.

누구에게도 의심받지 않고 말이다.

은연중에 긴장하고 있는 라케시드의 모습을 깨달았는지 남자가 희미한 미소를 떠었다.

"걱정하지 마세요. 저는 당신께 위해를 가할 생각이 없습니다. 제 이름은 루페라 덴 라빌츠. 엄밀히 따지자면 당신의 편에 가까우니까요."

"…뭐라고?"

라케시드의 눈썹이 꿈틀거렸다. 루페라. 그것은 분명 그들에게 이 일을 의뢰한 귀족이 두려워하던 이름이었다.

다른 일행 역시 그의 말에 흠칫 놀랐다.

"덴 라빌츠……! 라빌츠 백작 가문! 십 년 전에 사라졌다고 들었는데……!"

단장인 바우트가 경악 어린 목소리로 외쳤다.

그 가문의 이름은 무척이나 유명한 것이었다.

백 년간 이스틴블 제국의 국경을 지키던 유서 깊은 가문이었으나 너무나 올곧은 백작의 성격이 중앙 귀족에 적을 만들어 결국 반역에 연루되어 일가가 몰살당한 가문으로, 후에 그들의 결백이 드러나기는 했지만 살아남은 자가 없어서 결국 그 재산과 영토가 국가에 회수 조치되었다는 말이 있었다.

워낙에 충신으로 이름 높았던 가문이었기 때문에 이스틴블 제국의 수도에서는 한동안 그로 인해 말이 많았었다.

아마 지방의 영지가 망한 것으로 그 정도의 이슈가 된 것은 라빌츠 가문이 유일할 것이다.

"아아, 사라졌죠. 단 두 명만 빼고는."

빙긋.

온화한 미소를 얼굴에 떠었지만 초승달처럼 휘어진 눈 사이로 드러난 루페라의 눈동자는 서늘하게 가라앉아 있었다.

그의 머릿속에 십 년 전의 기억이 떠올랐다.

강하고 올곧은 기사인 아버지와는 달리 그는 그림과 책을 좋아하는 성격이었다.

쌍둥이로 태어난 아들과 딸 하나를 둔 백작은 그러한 아들을 매우 못마땅하게 여겼지만 강압적으로 그에게 검을 쥐도록 하지는 않았다. 하지만 그의 여동생은 그와는 달리 성격도 활발하고 여자아이답지 않게 몸을 움직이는 것을 좋아했는데 아버지의 휘하에 있는 기사들은 모두 그녀가 여자로 태어난 것을 안타까워할 정도였다.

그녀는 루페라가 자신이 감당해야 할 짐을 힘겨워할 때마다 환하게 웃으며 이렇게 말했다.

"걱정하지 마. 루페라가 영주가 되면 나는 루페라의 검이 될게. 무슨 일이 있어도 지켜줄 거야."

그럴 때면 루페라는,

"그런 건 남자가 하는 말이야. 바보."

라고 하면서도 그 마음이 무척이나 기뻐서 행복해했다.

그러나 영원할 줄 알았던 행복은 여지없이 조각나 부서지고 말았다.

"반역이 일어났다! 라빌츠 백작가다!"

"반역자를 처단하라!"

무언가를 만드는 것은 엄청난 시간과 노력이 들어가지만 부수는 것은 그야말로 한순간이었다.

백 년을 이어져 온 그의 가문이 무너진 것은 단 한순간이었다.

그의 아버지는 오해가 있었을 것이라며 재판에 회부하기를 원했지만 귀족들은 그것을 용납하지 않았다.

하긴, 그럴 수밖에 없었을 것이다.

원래 그의 아버지는 아무런 잘못이 없었고 반역이라는 것도 단지 그를 못마땅하게 여긴 다른 귀족들의 모함일 뿐이었으니까.

결국 백작의 외침은 공허한 외침이 되었고, 그의 성과 마을은 붉은 불길에 휩싸였다.

루페라는 아직도 잊을 수 없었다.

그날의 악몽을.

그의 아버지는 기사들에 의해 목이 베여졌고 그의 어머니는 병사들에게 유린당한 채 혀를 깨물고 죽었다.

루페라는 그 장면의 충격을 채 지우기도 전에 자신과 동생을 노리는 약탈자들의 눈을 피해 도망 다녀야 했다.

그때 그들의 나이는 고작 열세 살……

하지만 앞으로 화근이 될지도 모르는 그들을 어리다고 해서 그냥 내버려 둘 만큼 귀족들의 손길은 만만하지가 않았다.

비밀 통로를 열고 하수구를 기고……

나무덩굴에 손등이 긁히고 넘어져 무릎에 피가 나도 눈물 한 방울 소리 내어 흘릴 수가 없었다.

그들은 필사적으로 도주했다.

그러나 아이들의 힘으로 병사들의 눈을 피하는 것이 어디 쉽기만 한 일일까.

결국 그들은 채 영지를 벗어나지 못하고 병사들의 눈에 띄고 말았다.

루페라는 그들의 다리를 물고 주먹으로 치며 반항을 시도했지만 칼을 든 성인 남자의 힘은 도저히 연약한 어린아이가 감당할 수 있는 것이 아니었다.

서러움에 그때까지 참아왔던 눈물을 흘리며 자살을 생각하고 있을 때, 허공에서 누군가의 음성이 울려 퍼졌다.

"살고 싶나?"

처음에는 잘못 들었나 싶었다.

그도 그럴 것이, 주변에는 병사들밖에 없었고 병사들은 그들에게 그러한 말을 내뱉을 존재들이 아니었으니까.

그러나 그 목소리가 다시 한 번 울렸을 때는 그것이 환청이 아님을 깨달을 수 있었다.

병사들 또한 어디선가 울려 퍼지는 목소리에 당황한 표정이 역력했으니까.

"내가 너희들을 살려주면 너는 내게 무엇을 주겠느냐?"

루페라의 눈동자에 불꽃이 피어올랐다.

"무엇이라도! 살아서 복수만 할 수 있다면 영혼이라도 팔겠습니다!"

그는 여동생을 끌어안은 채 처절하게 외쳤다.

그리고 그 말이 채 끝나기도 전에……

피의 비가 내렸다.

비릿한 내음이 코끝을 간질였다.

그들을 공격했던 병사들은 살점 한 조각 남기지 못한 채 한 줌의 핏물로 화해 주변을 물들였다.

그 어쩔할 정도로 자극적인 장면과 강렬한 혈향은 가까이 있던 두 남매에게 욕지기를 치밀게 만들었다.

"우욱!"

그러나 만 하루를 굶으며 도망 다닌 탓에 목구멍을 타고 넘어오는 것은 쓰디쓴 위액뿐이었다.

루페라는 그 쓴맛에 정신이 번쩍 드는 것을 느꼈다.

"누구……?"

루페라의 시선이 자신의 위로 드리워진 그림자의 주인을 바라보았다.

붉은 핏빛과는 어울리지 않은 맑은 하늘빛의 머리카락이 햇빛에 부서지듯 은빛으로 반짝였다.

하얀 옥을 갈아 만든 듯 매끄러운 피부와 라벤더를 닮은 연한 보라색의 눈동자는 마치 천사가 하강한 듯 아름다워 보였다.

루페라는 반사적으로 자신의 눈을 비볐다.

자신의 눈앞에 보이는 현실을 믿을 수가 없었던 것이다.

단 한 번도 신에 대해 진지하게 생각해 본 적이 없었지만 지금 이 순간 그는 신이 있다면 이러한 모습이 아닐까 생각했다.

그러할 정도로 그는 인간 같지 않은 느낌을 갖고 있었다.

그는 멍하게 바라보는 루페라를 향해 빙그레 온화한 미소를 지었다.

그의 입을 타고 지독히도 오만한 목소리가 그의 영혼을 유혹하듯 울려 퍼졌다.

"내 이름은 라드 혼 아론시아. 지금 이 순간부터 너와 너의 동생의 영혼은 내 것이다."

천사의 탈을 쓴 악마.

그는 그렇게 루페라의 주인이 되었다.

라케시드는 자신을 보며 아련한 표정을 짓는 루페라를 보며 이상한 기분이 들었다.

무엇인지는 알 수 없었지만 자신을 보며 누군가를 연상시키는 듯한 그의 표정이 무척이나 불쾌하게 여겨졌던 것이다.

마치 자신을 바라보며 짓던 어머니의 그 눈빛처럼.

"네 눈빛, 불쾌해."

라케시드의 눈썹이 꿈틀댔다.

도전적인 그의 목소리에 루페라가 다시금 빙긋 미소 지었다.

"그것참, 유감이군요. 저는 당신의 눈빛이 마음에 드는데요. 마치… 그분을 처음 봤을 때의 눈빛 같거든요. 겉으로는

화려하면서도 속으로는 깊은 어둠과 절망을 감춘… 공허한 눈
동자요."

그리하여 세상이 멸망하길 꿈꾸었던 그분과 말이지요.

루페라는 그 뒷말은 내뱉지 않았다.

라케시드의 금빛 눈동자에 감춰진 광기는 그것보다 더하면
더했지 결코 덜할 것 같지 않았다.

단지 그것이 폭주하지 않는 것은 그만한 이유가 없기 때문
일 것이다.

라케시드와 루페라의 사이에 흐르는 미묘한 분위기에 일행
이 긴장하고 있는 무렵 세오스의 목소리가 그들 사이의 대치
를 깨뜨렸다.

"저기 있는 것, 용병들이다. 우리들보다 먼저 이 의뢰를 맡
은."

"……!"

그 말에 일행이 흠칫 놀라며 세오스가 가리키고 있는 곳을
향했다.

그것은 루페라의 뒤에 있는 유리관이었다. 그 안에 있던 그
저 사람의 시신이라 생각했던 것들이 사실은 이곳을 찾은 용
병들이었던 것이다.

"루파! 렌텐!"

레이지의 눈동자가 흔들렸다.

그들 중에는 크레이지 윈드 용병단의 각 개인과 친분을 맺
고 있는 자도 있었다.

그러한 이들이 죽은 후 눈조차 감지 못한 채 누군지 알 수 없는 수상한 자의 손에 이상한 실험을 당하고 있는 것이다.

"네 녀석, 그들을 어떻게 한 거지?"

레이지의 질문에 루페라가 이마를 찡그렸다.

이 뜻밖에 의미있는 만남의 여운을 좀 더 길게 음미하고 싶었는데 용병들이 그것을 깨뜨려 버린 것이다.

"보다시피 실험체로 삼았다. 며칠 견디지 못하고 다 죽어버리더군. 쓸모가 없어서 폐기할까 생각 중이었지. 마침 새로운 재료들도 도착한 것 같으니까."

마치 길거리에서 고기를 고르는 아낙의 눈빛처럼 무덤덤한 표정으로 말하는 루페라의 모습에 일행은 온몸에 오싹 소름이 돋는 것을 느꼈다.

인간의 감성을 가지고 있는 자라면 결코 이러할 수가 없었다.

같은 동족이 아닌 무생물을 보는 것 같은 그의 눈빛은 말로만 들어왔던 마족보다도 더욱 차갑게 느껴졌다.

"으드득! 설마 네놈… 흑마법사인가?"

이를 갈 듯 낮게 으르렁대는 레인의 음성은 마치 목소리로 사람을 죽일 수 있다면 수십 번은 찢어 죽일 수 있을 만큼 살벌한 기운을 담고 있었다.

흑마법사들로 인해 마법사 전체가 받은 피해란 이루 말로 표현할 수 없을 정도였다.

대표적인 예가 몇백 년 전 마왕과 계약했다는 미치광이 흑마법사에 관한 것이었다.

그로 인해 망해 버린 나라가 몇이었으며, 그로 인해 불타 버린 도시가 몇 개였던가.

그 이후로 일반의 마법사들은 흑마법사들이란 아주 끔찍한 존재로 생각하게 되어버렸다.

악마와 손을 잡고 사마외도의 길을 걷는 사악한 존재라 생각한 것이다.

레인 역시 그렇게 배워왔고 그렇게 생각하며 자라왔다.

그리고 지금 이 순간 그동안 그가 가지고 있던 생각에 확신을 갖게 되었다.

이러한 짓을 자행할 수 있는 자는 흑마법사밖에 없을 것이라고. 그렇기 때문에 흑마법사란 세상에 존재해서는 안 될 악의 근원 같은 것이라고.

레인의 분노에 카이린은 반사적으로 몸을 움찔거렸다.

그녀는 레인의 반응을 통해 세상 사람들이 마족과 계약한 이들을 어떻게 보는지를 어렴풋이 짐작할 수 있었다.

일행의 반응도 그와 썩 다르지 않았다.

카이린은 새삼 자신이 택한 길이 얼마나 험하고 모진 길인지를 느꼈다.

그녀는 마족과 계약한 것도 모자라 그 힘으로 신전을 무너뜨리려 하고 있었다. 그것은 실현 여부를 떠나 전 세계의 인류를 적으로 삼는다는 것과 마찬가지의 의미였다.

그러나 카이린은 라케시드와 계약한 것을 후회하지 않았다.

마을 사람들 모두가 죽고 홀로 살아남았다.

부모의 목숨을 대가로 삼아 평생을 안고 갈 짐을 떠안아 버렸다.

그녀의 영혼이 바스러져 어둠의 나락으로 떨어진다고 하더라도 절대로 포기하거나 후회할 수는 없는 것이다.

레인은 그러한 카이린의 반응을 눈치 채지 못했다.

그의 온 감각은 눈앞의 루페라를 향해 곤두세워져 있었다.

비록 마탑에서 쫓겨났지만 그는 자신이 스스로 마법사라는 자부심을 가지고 있었다.

그래서 더더욱 스스로의 힘을 기른 지식의 선구자가 아닌 마족의 힘을 빌린 타락한 마법사의 존재를 용납할 수 없는 것이다.

그의 호박색 눈동자가 분노로 이글거렸다.

"어둠의 힘 따위를 얻기 위해 다른 이들의 생명을 가지고 장난이나 치는 네놈 따위… 절대로 용서할 수 없다!'

그의 손 위로 그동안 아껴두었던 5서클의 화염계 공격 마법인 플레어 버스터가 불길을 이글거리며 그 모습을 드러냈다.

그리고 그것은 나타남과 동시에 루페라를 향해 길게 꼬리를 그으며 날아갔다.

루페라는 레인의 행동에 어이가 없었다.

마치 채 자라지 못한 어린아이가 객기를 부리는 것 같은 기분이랄까.

물론 지나온 삶의 길이는 레인이 더욱 길었다.

그는 삼십대 중반을 넘어섰고 루페라는 이제 겨우 이십대 초반을 지나고 있을 뿐이니까.

그러나 마법사들에게 있어서 서로를 증명하는 것은 서클이었다.

나이 차이가 수십 배가 나더라도 상대가 자신보다 높은 서클을 가지고 있다면 고개를 숙여야 하는 것이다.

루페라의 입가에 피식거리는 조소가 감돌았다.

"고작해야 5서클 애송이인 주제에 뭘 어떻게 하겠다고?"

우우웅.

그의 말을 증명하기라도 하듯 그의 손짓에 따라 일곱 개의 원이 나타났다가 사라졌다. 그리고 플레어 버스터가 눈앞에 이른 순간 구현된 것은…….

콰콰콰쾅―!!

레인이 만든 플레어 버스터는 루페라가 만든 방어막과 부딪치며 굉음을 일으켰다.

순식간에 일어난 힘의 충돌에 의한 충격파로 인해 주변의 벽이 흔들리며 천장에서 돌 부스러기가 후두두 떨어졌다.

"무… 뭐야?!"

마나 탈진으로 파랗게 질린 레인의 얼굴 위로 경악이 떠올랐다.

그의 마법이 명중된 듯 보인 상황이었지만 그는 마법이 부딪치는 순간 나타난 그 마나의 파동을 똑똑히 기억했다.

루페라는 절대로 그 정도의 마법에 타격을 입지 않았다.

레인은 그것을 직감적으로 느낄 수 있었다.

루페라가 구현시킨 그 푸른빛의 보호막.

그것은 분명 7서클 마법에 해당하는 워터 프로텍트 실드(Water protect shield)였으니까.

"끄… 끝난 건가?"

레이지의 목소리가 어리벙벙하게 허공중으로 울려 퍼졌다.

그의 상식으로 생각하기에 그러한 마법을 맞고도 살아 있는 존재란 있을 수 없다는 판단이 들었던 것이다.

그러나 라케시드와 세오스, 그리고 레인은 결코 이것이 끝이 아님을 알고 있었다.

"으음……."

용병단의 단장인 바우트의 입에서 신음 소리가 흘러나왔다.

레인의 마법이 격중당한 그곳, 거기에는 푸른 반원의 막에 둘러싸인 채 여유로운 미소를 흘리고 있는 루페라의 모습이 보였다.

"설마 라빌츠 가문의 장자가 정말로 어둠과 계약했단 말인가?"

바우트는 믿을 수가 없었다.

그는 죽은 라빌츠 백작이 반역의 혐의를 쓰기 전에 만난 적이 있었다.

백작은 고지식한 면이 강했으나 무척이나 올곧고 바른 사람이었으며 함께 만났던 그의 딸 역시 무척이나 맑고 순수한 눈망울을 가지고 있었다.

그러한 부녀의 모습을 보며 굳이 아들의 모습을 보지 않더라도 그 품행이 어떠할 것이라 예상하는 것은 어렵지 않았다.

그런데 고작 십 년 사이에 한 사람의 운명이 이토록 바뀔 수가 있단 말인가?

예전의 모습을 보았기에 더더욱 믿기 어려웠다.

그가 아는 라빌츠 가의 사람들은 죽으면 죽었지, 불의와 타협할 만한 성격은 아니었으니까.

"쿡쿡쿡."

루페라의 입에서 낮은 웃음소리가 흘러나왔다.

그는 자신을 경악 어린 눈으로 바라보는 바우트의 모습이 무척이나 우습게 여겨졌다.

세상에 변하는 것은 없다.

그러나 바우트의 얼굴은 마치 라빌츠 가문의 사람이라면 마땅히 오해를 받았어도 그저 대의를 위해 얌전히 참고 살아야 한다고 말하고 있는 것 같지 않은가!

"네 녀석은 나의 가문을 알고 있는 것 같군. 그렇다면 지금부터는 잊는 게 좋아. 난 예전의 라빌츠완 전혀 다른 존재니까. 날 이렇게 만든 것은 바로 이스틴블 제국의 귀족들이야. 오로지 권력만을 추구하는 부패한 존재들. 아마 그들은 나의 가문은 충직한 사냥개의 가문이라 사냥이 끝나면 그냥 잡아먹으면 얌전히 음식이 되어줄 거라고 생각했겠지. 왜? 그야말로 충의밖에 모르는 바보들이었으니까. 그런데 내가 왜 그토록 심한 배신을 당하고도 그러한 취급을 묵묵히 참고 견뎌야 하는 거지?"

나른한 목소리로 말하는 그의 말투는 마치 한가로이 뜰에 나가 햇볕을 즐기는 한량의 그것처럼 느긋하게 들렸다.

하지만 웃으며 말하는 그의 목소리에도 일행은 등골이 쭈뼛거리는 것을 느낄 수 있었다.

그렇게 말하는 그의 눈동자가 얼어붙을 듯 싸늘하게 느껴졌던 것이다.

라케시드 역시 그에게서 느껴지는 광포한 마나의 흐름에 바짝 긴장한 상태였다.

검사라면 몰라도 마법사는 그가 상대하기 가장 까다로워하는 타입이었다.

그것도 상대가 고위 마법사라면 더욱더.

이러한 경우 검사가 마법사를 이길 방법이란 단 하나뿐이었다.

바로 마법사가 마법을 사용하기에 앞서 그를 해치워 버리는 것.

라케시드가 언제 검을 뽑는 것이 좋을지 타이밍을 재고 있을 때 별안간 그가 홱 고개를 돌려 라케시드를 바라보았다.

"아, 라케시데라께서 말씀해 보시겠습니까?"

"응?"

"이들은 당신의 소유입니까?"

"…뭐?"

라케시드의 얼굴이 얼떨떨하게 변했다.

이들이 자신의 소유라니? 대체 이게 무슨 말인가 싶어 그 말이 무슨 뜻인지 얼른 이해가 가지 않은 것이다.

루페라는 그의 표정이 부정을 의미한다고 생각했다.

아니라도 군이 상관은 없었다.

이미 그들 용병 일행은 그의 신경을 거슬렸으니까.

루페라의 주위로 짙은 어둠의 기운이 넘실거렸다.

이제까지와는 판이하게 달라진 그의 분위기에 일행의 얼굴에 떠오른 긴장감도 높아졌다.

"라케시드, 너는 저 녀석과 대체 무슨 관계인 거냐? 라케시데라는 또 뭐고?"

흑마법사의 존재에 분노한 레인과 라빌츠 가문의 변화에 대한 혼란스러움으로 다른 것은 신경 쓰지 못하는 단장과는 달리 레이지는 루페라의 태도에서 라케시드와의 부딪침을 꺼려하는 듯한 태도를 느꼈다.

게다가 루페라가 하는 말을 들어보면 무언가 라케시드와 개인적인 친분 관계가 있는 것처럼 느껴졌다.

레이지의 질문에 라케시드는 발끈했다.

"나도 모르겠으니까 저 녀석한테 물어봐, 날 어떻게 아는 건지."

라케시드는 맹세코 이 이전에 루페라를 만난 적이 단 한 번도 없었다.

루페라가 내뿜는 기운은 흡사 마계의 상급 마족을 보는 것 같은 기분을 들도록 만들었다. 만약 이러한 기운을 가진 자를 이전에 만난 적이 있다면 결코 기억하지 못할 리가 없었다.

더군다나 상대는 마족이 아닌 인간이지 않은가?

라케시드는 이번이 중간계에 내려온 것도 처음이었고, 영혼의 상태가 아닌 온전히 살아 있는 인간의 모습을 본 것도 어머니 이후로 처음이었다.

당연히 어디에서도 루페라를 만난 적이 없었던 것이다.

레이지 역시 그의 말이 진실임을 느꼈다.

정색하며 대답하는 그의 얼굴에 떠오른 감정 역시 짙은 의구심이라는 것을 깨달은 것이다.

"그럼 대체 저 녀석이 왜 널 아는 것처럼 말하는 거야? 너, 어디 왕자라도 되냐?"

레이지는 답답한 기분에 신경질적으로 외쳤다. 정말로 그렇게 생각해서 내뱉은 말이 아닌 그저 욱하는 기분에 튀어나오는 대로 주워 담은 말이라는 것이다.

라케시드가 귀족일 거라는 생각은 했지만 왕족일 것이라는 생각은 단 한 번도 한 적이 없었다.

그도 그럴 것이, 평민들에게는 귀족만 해도 하늘 위에 존재하는 구름 같은 존재였다. 그런데 그러한 구름보다 높은 곳에 떠 있는 저 하늘의 태양이나 달과 같은 존재인 왕족이 고작 용병 놀음이나 할 것이라고는 꿈에도 상상해 본 적이 없는 것이다.

물론 용병이라는 직업에 대해서 폄하하는 것은 아니었다.

그 역시 용병이었고 그 직업에 대한 나름의 프라이드와 자부심도 있었다.

그렇다고 해도 귀족이란 신분이 보기에 용병이라는 직업은 무척이나 하찮고 지저분한 직업으로 비쳐질 수 있었다.

아무리 미사여구를 가져다가 꾸민다고 하더라도 돈에 실력을 판다는 것은 변하지 않으니까 말이다.

그들의 입장에서 보자면 어쩌면 돈만 주면 말 잘 듣는 하인이나 마찬가지로 여길지도 모른다.

하지만 별생각없이 내뱉은 레이지와는 달리 라케시드는 생각지도 못하게 정곡을 찌른 말에 반사적으로 움찔 몸을 떨고 말았다.

레이지가 상상하는 왕족과는 하늘과 땅 차이만큼이나 괴리감이 있겠지만 그 역시 한 종족의 왕족임은 사실이었으니까.

아마도 루페라가 라케시드에 대해서 아는 것도 그와 같은 이유 때문이 아닐지 생각했다.

흑마법사라면 분명 계약한 마족이 있을 테고 어쩌면 그에게서 라케시드의 이야기를 들었을지도 모르니 말이다.

흑마법사로서는 마왕자를 선뜻 건드리기가 꺼려졌을 것이다.

마족과 계약한 흑마법사들은 본능적으로 마족을 두려워했다.

물론 계약한 마족이 그들이 만난 마족보다 상위의 존재라면 상관이 없지만 같은 하급이라거나 중급이라거나 하면 본인이 의식하지 않아도 스스로 주눅이 들고 상대의 의지를 거부하기 어렵게 되는 것이다.

그것은 그들이 근원으로 삼는 어둠의 마나를 마족으로부터 받기 때문이었다.

루페라는 계속해서 라케시드에게 말을 거는 레이지의 모습이 무척이나 거슬린다고 생각했다.

"아직 주위에 신경 쓸 여력이 있는 모양이군요?"

그의 손 위로 붉은 화염이 이글거리며 솟아올랐다.

긴 화살촉 모양을 하고 있는 그것은 분명 2서클 마법인 파이어 에로우였다.

그것들은 순식간에 늘어나더니 한쪽 벽면의 반 이상을 차지할 정도로 수많은 양의 불화살을 만들어냈다.

레인은 그 모습에 너무나 놀라 얼굴이 새파랗게 질려 버렸다.

압도적인 그 숫자도 숫자였지만 아무리 그 마법이 2서클 마법에 불과할지라도 시동어 하나 내뱉지 않은 그의 모습에 질려 버린 것이다.

그것은 그야말로 마법의 법칙 자체를 무시한 이적(異跡)이었다.

루페라는 경악한 그들의 심정 따위는 아랑곳하지 않은 채 오연하게 내려다보는 시선으로 가볍게 손을 까닥였다.

"끝이다."

나직한 목소리가 오만하게 공동 안을 울려 퍼졌다. 루페라의 녹색 눈동자가 잔혹한 살기로 번들거렸다.

하지만 그는 곧 표정을 굳힐 수밖에 없었다.

"왜……."

루페라의 목소리가 낮게 가라앉았다.

이해할 수 없다는 듯 바라보는 그의 시선의 끝에는 라케시드가 세크리티히를 늘어뜨린 채 싸늘한 시선으로 그를 바라보고 있었다.

세크리티히의 검신에는 푸른 전류가 파직거리며 튀고 있었고 용병들을 향해 날아갔던 파이어 에로우의 존재는 흔적도 없이 사라져 있었다.

순간적으로 막을 치듯 나타났다가 사라진 빙화가 파이어 에로우와 맞닿은 즉시 소리도 남기지 않고 흔적도 없이 소멸되어 버렸던 것이다.

"왜 제 앞을 막으시는 겁니까?"

루페라는 그가 용병들을 보호하려 한 것이라고는 생각지 않았다.

인간의 피를 이었다고 하지만 그가 자라온 곳은 피와 파괴가 지배하는 마계의 공간이었다.

그리고 마족들이란 절대 타인을 위해 검을 뽑는 존재들이 아니었다.

라케시드는 자신에게 이유를 묻는 루페라의 모습에서 그가 이러한 상황이 있을지도 모른다는 예상을 했다는 것을 알 수 있었다.

라케시드와 싸우고 싶지 않다는 식으로 얘기했지만 정작 싸움이 일어나면 피하려 들지는 않을 것이라는 것을 깨달은 것이다.

아니, 어쩌면 루페라는 라케시드가 이 싸움에 끼어들기를 원했을지도 모른다.

그의 눈동자 한편에 자리 잡은 감정은 분명한 흥미와 호기심, 그리고 그의 실력을 시험하고 싶다는 호승심이었으니까.

라케시드는 등 뒤에 업고 있던 카이린을 세오스에게 맡겼다.

"……."

"제대로 못 지키면 다들 나한테 죽.는.다."

세오스는 난감한 듯 카이린과 라케시드를 번갈아 바라보다가 라케시드의 말에 움찔해서 고개를 끄덕였다.

작은 체구의 소녀라 그런지 받아 든 세오스가 흠칫 놀랄 정도로 카이린은 가벼웠다.

마치 어린아이를 안은 듯한 느낌이랄까. 한 손에 안길 정도로 가냘픈 몸이 안쓰러울 정도로 말라 있었다.

세오스는 라케시드와 루페라의 싸움에 자신이 끼어들 만한 자리가 없다는 것을 알았다.

루페라가 띄웠던 무수히 많은 수의 파이어 에로우.

그것은 도저히 그의 검으로 막을 수 있는 성질의 것이 아니었다.

어쩌면 전설로 칭해지는 그랜드 마스터 급의 검사라면 가능할지도 몰랐다.

그러나 소드 마스터인 세오스로서도 그것들을 모두 막으며 일행을 지키는 것은 불가능했다.

아마 그것들이 직격했다면 고작해야 스스로의 주위를 막는 것으로 그쳤을 것이다.

그리고 조금도 힘든 기색 없이 그러한 것들을 만들어낸 루페라의 다음 공격에 무너지고 말았을 것이다.

카이린을 바라보는 세오스의 눈이 흔들렸다.

무언가 알 수 없는 어둠의 힘을 간직한 아이였다.

라케시드와 그녀의 관계가 무엇인지 알 수는 없었지만 자신과 비슷한, 아니, 그보다 더한 힘을 가진 그라면 그녀에게서 내뿜어지는 어둠의 기운을 느낄 수 있었을 것이다.

그럼에도 불구하고 이토록 보호하려 든다면 아마도 무척 소중한 대상일 거란 느낌이 들었다.

세오스는 조심스러운 태도로 그녀를 안전한 곳에 데려다 눕혔다.

"다들 이쪽으로 와. 도와주려고 해봤자… 오히려 방해만 될 테니까."

세오스의 말에 라케시드를 엄호하려던 다른 일행이 움찔하며 머쓱한 표정으로 그를 바라보았다.

그들 역시 라케시드처럼 하늘을 빼곡히 메우던 파이어 에로우에 대항할 만한 능력은 가지고 있지 않았다. 남에게 운명을 맡긴 채 처분을 기다려야만 하는 이 상황은 그들에게 무척이나 암담한 기분을 선사했다.

"저 루페라라는 녀석도 괴물이지만 라케시드도 만만치 않군. 저러한 녀석들이 대체 어디서 나타난 거야?"

"그러게……."

그들의 표정은 무척이나 착잡해 보였다.

상식적으로 생각하면 그들의 힘은 이해할 수 없는 것이나 마찬가지였다.

루페라의 실력이 7서클에 해당한 것도 까무러칠 노릇인데 수식어는커녕 시동어조차 없이 구현되는 마법과 그러한 마법을 실행하고도 눈썹 하나 까닥하지 않는 모습은 그야말로 전설에서 말하는 드래곤의 존재가 아닐까 싶을 정도로 비현실적인 모습을 주었다.

라케시드는 또 어떠한가. 그러한 마법을 단지 검 하나로 막아냈다.

아마도 특수한 마법이 걸린 마법검이 아닐까 예상되기는 했지만 그러한 것을 감안하더라도 그 수많은 파이어 에로우 안에 뛰어든 용기와 그 많은 수의 화살을 모두 베어낸 솜씨는 예사로운 것이 아니었다.

그런데 그 둘의 모습을 옆에서 지켜보자니 자신들의 운명이 걸려 있는 것이나 마찬가지인 이 싸움에 그들은 아무런 영향력을 행사할 수 없다고 생각하니 허탈한 기분에 사로잡혀 마치 자신들이 무능력자인 것처럼 느껴졌던 것이다.

루페라는 그들이 자리를 피하는 것을 알면서도 라케시드에게서 시선을 떼지 않았다.

솔직히 그에게 있어서 용병 몇의 목숨쯤은 아무것도 아니었다.

하지만 라케시드. 마계의 왕자이며 그의 다음 주인이 될지도 모르는 자의 존재는 결코 만만하게 넘길 수가 없었다.

"정녕 절 막으시겠다는 건가요?"

루페라의 눈동자가 깊게 가라앉으며 입가에 띠고 있던 미소가 사라졌다.

낮게 울리는 그의 목소리에 라케시드가 오만한 표정으로 피식 미소 지으며 말했다.

"아니, 막는 게 아니지. 단지 널 붙잡아 누구에게 나에 대한 이야기를 들었는지 자세히 얘기가 나누고 싶어졌거든."

그의 눈동자에 감도는 비릿한 살기에 루페라의 몸이 움찔 떨렸다.

"후후, 제가 얌전히 대답을 해드릴 것이라고 생각하십니까?"

루페라의 입가에 다시금 미소가 맺혔다.

그것은 기분이 좋은 것 같기도 하고 단지 습관적으로 보이는 것 같기도 한 애매모호한 표정이었다.

사실 루페라는 이런 식으로 라케시드와 부딪치게 된 것이 두려우면서도 기뻤다.

무엇보다도 그의 주인이 그토록 만나기를 고대하는 주인공이 아닌가?

그의 미움을 받게 된 것 같은 현 상황이 난감하면서도 그의

실력을 알 수 있으리라는 생각에 스스로도 통제하지·못할 정
도로 웃음이 흘러나왔다.

라케시드는 그것이 자신을 비웃는 것 같아 기분이 나빠졌
다.

"그거야 실력으로 물어보면 되겠지."

세크리티히의 검신에서 새하얀 기운이 마치 또 하나의 검을
그 위에 덮어씌운 듯 뿌옇게 검을 감싸 안았다. 루페라는 차가
워 보이는 그 하얀 검에서 느껴지는 엄청난 열기에 흠칫하며
표정을 굳혔다.

"그것이 바로 빙화……. 위험한 것을 사용하시는군요."

아무리 그라 해도 빙화를 정면으로 상대하는 것은 위험했
다.

그리고 소드 마스터를 넘어 거의 그랜드 소드 마스터의 경
지에 다다라 있는 라케시드를 스피드로 따라잡겠다는 것은 말
도 되지 않았다.

루페라는 라케시드가 움직였다는 것을 판단한 즉시 재빠르
게 수인을 맺었다.

후르륵.

마치 바람에 천이 날리는 것 같은 가벼운 팔랑거림의 소리
가 들리는 것 같더니 루페라가 있던 자리가 열기로 녹아내렸
다.

블링크를 통해 제자리에서 삼십여 미터쯤 떨어져 있던 루페
라는 한 번 공격이 실패했음을 깨닫자마자 이어지는 라케시드

의 후속타에 다급히 실드를 만들어냈다.

　화르르륵!

　투명한 막에 닿은 하얀 불꽃이 위협적으로 혀를 날름거렸
다.

　"웃……!"

Chapter 22
얼음 불꽃[氷火] vs 호문클로스

MUTATION
DEMON

 상상했던 것보다 강력한 압력에 루페라의 얼굴이 순식간에 창백하게 변했다.

 마나가 타들어가고 있었다.

 자연의 기운인 마나가, 모든 생명의 원천이라는 그 마나가! 라케시드의 빙화와 만나는 순간, 순식간에 소멸되고 있는 것이다.

 루페라는 급히 실드를 해제하며 다시 한 번 블링크로 자리를 이동했다.

 "쿨럭!"

 루페라의 입에서 한 움큼 핏물이 토해졌다. 그 잠깐 사이에 열기가 훑고 지나갔는지 얼마 떨어지지 않은 곳에 나타난 그의 몰골은 무척이나 낭패스러워 보였다.

마치 인두로 지진 듯 발갛게 달궈진 채 길게 사선으로 그어진 상처는 보기에도 끔찍할 정도로 뭉그러져 있었다.

"인위적으로 수식화시킨 마나의 배열을… 소멸시켜 버리다니……."

루페라의 입에서 침음성이 흘러나왔다.

그는 라케시드의 빙화가 마법에 있어서 천적이라는 것을 느낄 수 있었다.

마녀의 저주처럼 눈에 보이지 않는 현상이라면 모를까―그것도 빤히 느껴진다면 말짱 도루묵이겠지만―형상화된 마법으로는 그의 빙화를 비해 그에게 타격을 주는 것은 거의 불가능에 가깝다는 것을 깨달은 것이다.

루페라의 얼굴에 검은 그림자가 내려앉았다.

마법의 유리함을 잃은 마법사가 검사에게 이긴다는 것은 개미가 하루 만에 전 대륙을 한 바퀴 도는 것보다 힘든 일이었다.

처음부터 만만히 여겼던 것이 실수이다.

그의 존재를 눈치 챈 순간, 이곳을 떠나 자신의 주인에게로 갔어야 했다.

라케시드의 위로 한 사람의 그림자가 겹쳐 보였다.

절대적인 힘을 가지고 있는 그의 주인이…….

"아무래도… 이 자리가 제 마지막이 될지 모르겠군요."

루페라는 오연한 표정으로 자신을 직시하는 라케시드의 무심한 눈동자를 보며 쓴웃음을 지었다.

입가의 피를 쓰윽 문질러 닦아낸 그의 손이 빠르게 수인을 맺었다.

"그럼 이번에는… 진짜로 가보도록 하겠습니다. 얼음의 창, 아이스 스피어, 광폭한 바람이여, 윈드 토네이도. 더블 스펠 컴파운드(Double spell compound) 아이스 스톰!!"

루페라의 손짓을 따라 나타난 3서클 아이스 스피어와 5서클의 윈드 토네이도는 더블 스펠 컴파운드 마법으로 인해 서로 합쳐져 얼음의 폭풍인 7서클의 아이스 스톰 마법을 구현해 냈다.

원래의 아이스 스톰 마법은 범위 마법으로, 그 효과는 단지 눈보라가 휘날리며 그사이에 날카롭게 갈린 얼음의 파편이 피시전자의 피부를 칼로 얇게 저며낸 듯 자잘한 상처를 내고 극도로 낮은 온도에 노출된 상처로 인해 감각이 무뎌지고 피로해지는 것이 주요 목적이었다.

하지만 루페라가 두 마법을 합침으로써 이루어낸 마법은 어지간한 마상용 투창에 비견될 정도의 커다란 창들이 날카로운 눈보라 사이에 감춰진 채 태풍의 눈의 위치에 서 있는 라케시드를 향해 무서운 속도로 떨어져 내리고 있었다.

"훗, 불에는 얼음이라는 건가?"

라케시드는 보이지 않는 곳에서 자신을 향해 움직이는 날카로운 살기를 느끼며 입가에 진한 미소를 띠어 올랐다.

이러한 감각은 무척이나 오랜만에 느껴보는 것이었다.

약 사백 년쯤 전까지만 해도 그에게는 하루에도 수십 차례의 암살의 위협이 다가왔다.

그중에는 무기를 들고 직접 몸으로 돌진하는 녀석들도 있었고 이와 같이 마법을 이용해 공격하는 녀석들도 있었다.

그로 인해 죽을 뻔한 적도 여러 번이었다.

그러나 확실한 것은 그에게 있어서 전투란, 스스로 가장 살아 있음을 절감하게 되는 순간이라는 것이었다. 특히나 이처럼 상대하는 재미가 있는 녀석이 적이라면 더욱더 말이다.

"하지만······."

라케시드의 입가에 미소가 더욱 짙어졌다.

그의 빙화를 상대하기 위해 얼음 속성의 마법을 일으킨 것은 나쁜 판단은 아니었다. 다만······.

"어설픈 물은 불을 더 키울 뿐이지."

화르륵—!!

그의 말이 끝나기가 무섭게 시선과 맞닿은 불꽃이 새하얗게 타올랐다.

불과 물은 극.

물이 불보다 강하다면 불을 꺼뜨릴 수 있지만 약하다면 오히려 불을 더욱 성나게 할 뿐이었다.

제아무리 아이스 스톰 마법이 7서클이라 할지라도 마법으로는 가히 경지에 이르렀다고 할 수 있는 이블루시아가 펼치는 9서클의 블리자드마저 어느 정도 견뎌냈던 라케시드에게는 큰 타격을 줄 수 없었다.

더군다나 불의 정화라 할 수 있는 빙화를 불러낸 상태가 아니던가?

자신을 성가시게 하는 눈보라에 화가 난 듯 라케시드의 주위를 에워싼 채 혀를 날름거리는 빙화의 불꽃은 마치 라케시드의 등 뒤로 새하얀 성화의 날개가 피어난 듯 성스럽게 보였다.

"재주는 이게 끝인가?"

라케시드의 입가에 잔혹한 미소가 피어올랐다.

그는 어느샌가 전투에 도취되어 루페라에게 물어볼 말이 있었다는 사실은 까맣게 잊어버리고 있었다.

금빛 눈동자에 짙은 살기의 불꽃이 피어올랐다.

루페라의 눈동자에 체념의 빛이 떠올랐다.

그의 눈앞에 보이는 라케시드의 모습은 처음 만났던 그의 주인의 모습과 판박이라 할 만큼 흡사했다.

타락한 성스러움. 그리하여 오히려 마족보다도 잔인하고 요사스러워 보이던 그 모습이.

'역시… 그분의 핏줄이라는 것인가?'

한편 세오스와 일행은 눈앞에서 벌어지는 싸움의 모습에서 눈을 뗄 수가 없었다.

숨 가쁘게 오가는 공방은 한 수 한 수가 치명타였으며, 어쩌다 그들의 싸움의 여파로 충격파가 날아올 때면 레인이 죽을 힘을 다해 유지하고 있는 실드마저 흔들릴 정도였다.

"크으윽! 도대체… 둘 다 인간이 맞기는 한 건가?"

레인은 속에서 넘어오는 비릿한 액체를 삼키며 인상을 썼다. 명치끝이 알싸하게 아려오는 것이 내상을 입은 듯싶었다.

아마도 이대로 시간이 지속된다면 장이 꼬이는 듯한 통증을 느끼며 쓰러져 버릴 것은 자명한 일이었다.

하지만 그는 뒤의 일행을 안전하게 보호할 수 있는 힘을 가진 유일한 사람이었으며 마법사로서 눈앞에서 보이는 세기의 대결을 놓치고 싶지 않다고 생각했기에 이를 악물고 통증을 견뎠다.

제멋대로 흔들리려는 마나의 흐름을 아슬아슬하게 붙들어 놓던 그의 입에서 다시 한 번 푸념이 흘러나왔다.

"젠장! 누구는 직접 가서 싸우고도 압도하는데 누구는 그 옆에서 충격파만으로도 피하기만 급급하니……."

레인이 보기에 둘의 싸움은 곧 우열이 가려지는 것 같았다.

처음 비슷하게 싸울까 싶었던 둘의 실력은 라케시드의 압승으로 이어졌다.

전투 초반에 루페라가 라케시드에게 검상을 입었던 것이 타격이 컸는지 계속해서 밀리더니 라케시드의 주위로 서리가 내려앉듯 새하얀 기운이 맴돌자 저항할 힘을 잃은 듯 체념 어린 표정을 지은 것이다.

하지만 실상은 레인이 생각하는 것과는 조금 달랐다.

루페라는 공격할 수단을 잃은 것이 아니었다.

지금까지 써왔던 마법이 아니더라도 그에게는 아직 사용할 수 있는 마나가 무한에 가까울 정도로 남아 있었으며, 그가 아는 마법의 종류도 다양했다.

그러나 문제는 어지간한 마법이 아니고서야 라케시드의 몸에 타격을 주기란 어렵다는 것이었다.

게다가 라케시드의 위로 라드의 모습이 겹쳐 보이면서 그가 라드의 단 하나뿐이라는 후계자라는 것을 자각하자 저항할 의지가 사라져 버렸다.

"할 수 없죠. 뭐, 그렇게까지 진지하게 절 막으시겠다니, 저들의 목숨은 포기하겠습니다."

"뭐……?"

루페라를 향해 검을 휘두르던 라케시드의 신형이 멈칫했다.

빙화의 불길을 앞에 두고도 루페라의 표정은 태연했다. 그의 모습 어디에도 죽음에 대한 두려움 따위는 느껴지지 않았다.

라케시드의 시선이 움찔 떨렸다.

'대체 무슨 꿍꿍이인 것이지?'

한 번 이상함을 느끼자 서서히 살인의 충동이 사라지며 그의 이성이 돌아왔다.

태연하게 그를 바라보고 있는 루페라의 모습에서 불길함이 느껴졌다.

빙화의 불길은 보기에는 아무런 온도가 없는 것처럼 보여도 실제로는 근처에 오는 것만으로도 살갗이 녹아내릴 정도로 강렬한 열기를 가지고 있었다.

실재로 그들이 무대로 삼아 싸운 지하실의 공동 안은 군데 군데의 돌들이 흐물흐물하게 녹아 마치 진흙처럼 변한 채 열기를 채 식히지 못하고 부글부글 끓고 있었다.

만약 라케시드의 빙화가 좀 더 넓은 영역에 걸쳐 영향력을 행사했다거나 온도가 조금만 더 높았어도 이곳은 용암지대처럼 변해 버리고 말았을 것이다.

직접 공격을 받지 않은 채 그저 주변으로 새어 나오는 기운에 그 정도가 되었다면 정면으로 그 기운을 마주하고 있는 루페라가 느낄 열기는 가히 어느 정도일지 상상할 수 있었다.

그러나 루페라는 그러한 기운 속에서도 태연했다.

마치 이 정도는 영향을 받지 않는다는 듯이.

'하지만 아까 베었던 곳은……!'

흠칫.

라케시드의 눈동자가 흔들렸다.

그의 빙화가 훑고 지나가 화상을 입은 것처럼 대각선으로 그어졌던 그의 가슴의 상처는 어느덧 공격을 받았음을 알리는 가느다란 실선만을 남긴 채 거의 모든 흉터가 아물어 있었던 것이다.

마족이라 할지라도 이 정도의 자가 치유력은 가지고 있을 수 없었다.

"너… 대체 정체가 뭐냐?"

라케시드는 그의 정체가 진심으로 궁금해졌다.

좀 전까지만 해도 묻고 싶었던 것이 자신에 대해 말해준 자가 누구인지, 마족과 계약을 한 것이 아니라면 혹 바알은 아닌지를 묻고 싶었던 것이 그의 정체에 대한 의문으로 뒤바뀐 것이다.

아연한 표정을 짓고 있는 그의 모습에 루페라는 어깨를 으쓱였다.

아직 그의 존재는 세상에 나타날 때가 아니었다.

그것이 비록 주인의 후계자라 할지라도.

[테필로스 루페이란! 저 녀석, 호문클로스로군.]

"호문··· 클로스?"

갑작스럽게 말을 건 세크리티히의 말에 라케시드의 눈이 동그랗게 커졌다.

'테필로스 루페이란'은 한때 그의 이름이 될 뻔했던 테루라는 이름의 어원으로, 영원한 생명이라는 뜻을 가지고 있는 아글레스 고어였다. 그 호문클로스라는 존재가 눈앞에 보이는 루페라라는 것이었다.

루페라 역시 라케시드가 무심코 반문한 그 단어에 흠칫 놀랐다.

연금술 중에서도 생명 창조의 영역에 가까운 호문클로스.

이제는 잊혀진 그 단어를 라케시드가 알고 있는 것이다.

아니, 물론 그 단어를 아는 것은 결코 이상하지 않았다. 마족의 수명이란 인간과는 비교도 되지 않을 정도로 길었으며 라케시드는 어려 보이는 겉모습과는 달리 순수 마족은 아니더라도 마계에서 근 일천여 년을 살았을 정도로 오랜 삶을 살아온 존재였으니까.

그가 놀란 것은 라케시드가 정확하게 그를 향해 그 단어를 내뱉었다는 것이다.

"하, 이것참! 여러 번 놀라게 하시는 왕자님이신걸요?"

루페라의 입가에 쓴 미소가 걸렸다.

이미 짐작하고 있는 것이라면 굳이 정체를 감추려 애쓸 필요는 없었다.

손쉽게 긍정하는 루페라의 태도에 놀란 것은 오히려 라케시드였다.

사실 그는 호문클로스라는 존재에 대해서 아는 것이 없었다.

단지 마법에 의한 생명체라는 것 외에는.

뭐라고 말을 꺼내야 할지 몰라 당황하는 라케시드의 귓가로 세크리티히의 말이 들려왔다.

[호문클로스의 종류는 여러 가지다. 그러나 일단 연금술사가 생명의 창조와 영원한 생명의 비밀을 연구할 목적으로 만드는 순수한 의미의 호문클로스가 있고, 또 다른 하나는 원래 있는 생명체를 무력에 특화된 전투 기계로 변형시키는 의미의 호문클로스가 있는데 이 두 가지가 거의 대부분의 의미를 차지한다. 그리고 아마도 저 녀석은 그 후자일 것이다.]

'…근데 그걸 왜 나한테 설명하는 거냐?

[궁금해하는 것 같기에. 그리고 네가 여기서 죽어버리면 나도 곤란하거든.]

세크리티히의 대답에 라케시드의 눈썹이 꿈틀거렸다.

'내가 죽긴 왜 죽어!! 저 녀석 힘으로는 날 상대하지 못해!'

[너 설마 호문클로스의 힘이 저 정도가 다라고 생각하는 것은 아니겠지? 응?]

자존심이 상한 듯 발끈하는 라케시드의 생각에 세크리티히가 피식 웃었다.

[너, 혹시 호문클로스와 키메라를 착각하고 있는 것 아니냐? 그것들은 질적으로 달라. 무엇보다 호문클로스의 전투 학습 능력은 거의 마족의 열 배에 가깝다. 어느 정도냐 하면… 예전에 마도 시대 때 호문클로스 한 명이 등장한 적이 있었다. 그때 드래곤들의 수장이었던 골드 드래곤 레오나스가 백일 동안의 접전 끝에 그를 죽였는데 그 역시 만신창이가 된 채였다. 그런 그가 했던 말이… '호문클로스가 깨어났다면 보는 그 즉시 죽여라. 만약 열 번 이상의 전투를 치른 호문클로스라면 웜 급 이상의 드래곤만, 스무 번 이상의 전투를 치른 호문클로스라면 에이전트 급 드래곤만, 백 번 이상의 전투 경험이 있다면 드래곤족 전원이 멸망을 각오하고 덤벼라였다'. 물론 여기서 말한 전투 경험이라는 것은 본인보다 강한 자와 겨룬 경험을 얘기한다. 그리고 호문클로스의 가장 까다로운 점은……]

'…까다로운 점은?'

[그들이 전투를 하면서 상대방의 기술에 면역을 갖게 되며, 심지어는 그것을 자신의 것으로 흡수해서 사용키도 한다는 것

이지.]

세크리티히의 말에 라케시드의 얼굴이 굳어졌다.

그 말인즉, 강한 힘으로 압도할 수 없다면 결국에는 빠르게 강해지는 상대의 힘에 밀려 결국은 목숨을 잃게 될 수도 있다는 소리였다.

"이기려면 진심으로 상대해야 한다는 거로군."

지금의 상황은 그에게 불리하지도 유리하지도 않았다.

상대가 전투를 하면 할수록 강해지는 호문클로스라는 전투 생명체라는 것도 알아냈고 그가 아직 자신의 힘에 미치지 못한다는 것도 알아냈다.

비록 루페라가 그의 빙화의 힘에 면역력이 생겼다 할지라도 그에게 불리하기만 한 것은 아니라고 생각했다.

그는 실제로 이보다 더욱 불리한 싸움에서도 이긴 적이 많았다.

단지 전투에 대한 재능의 부족으로 물러서기에는 마족들 사이에서도 꿋꿋하게 버텨왔던 자존심에 스크래치를 내는 것이나 마찬가지였다.

라케시드의 입가에 도전적인 미소가 맺혔다.

"재미있겠군."

예전 그를 괴롭히던 마족들을 소멸시켰던 것은 마왕이 가르쳐 준 검술의 힘이 아니었다.

그것의 이름은 빙화.

자칭 마신이라 우기던 한 소녀가 알려준 힘이었다.

잔뜩 피를 흘린 채 만신창이가 되어 쓰러진 그의 앞에 나타났던 까만 눈과 까만 머리카락을 가지고 있던 하얀 얼굴의 소녀는 피처럼 붉은 입술을 오물거리며 그에게 물었다.

"거기서 뭐 해? 시체 놀이?"

정말로 궁금해서 묻는다는 듯 의아함과 호기심이 담겨 있는 소녀의 모습에 라케시드의 이마에 핏대가 솟아올랐다.

"꺼.져."

그는 소녀가 자신을 놀리는 것이라고 생각했다.

마계에 자신에 대해서 모르는 마족은 아무도 없었으며 피범벅이 된 그의 몰골을 보고 저렇게 태평하게 묻는 태도도 이해할 수 없었다.

차갑게 내치는 라케시드의 말에도 소녀는 생긋 미소 지었다.

"너무한데? 난 안타까워서 그런 건데."

약 올리듯 빙그르르 웃는 소녀의 모습에 라케시드는 울컥했다.

이제는 어린 소녀에게마저 무시당하는 것인가 하는 생각에 그의 눈동자에 살기가 감돌기 시작했다.

마계의 법은 미성년 마족을 죽일 수 없도록 되어 있었지만 그것은 성마식을 치른 천 살 이상의 마족들에 한해서였고, 미성년 마족끼리는 서로 죽인다고 해도 큰 문제는 없었다.

단지 '그의 뒤에 있는 보호자의 보복을 감당할 자신이 있다면' 이라는 전제 조건이 단서로 따라붙기는 하지만 말이다.

그러한 법칙이 있었기에 라케시드가 여태껏 목숨을 건지고 있었던 것이기도 했다.

마계에 존재하는 마족 중 감히 베리알의 심기를 거스를 만큼 간 큰 마족은 존재하지 않았기 때문이다.

물론 괴롭힘과 죽기 직전까지 공격하는 태도는 있었지만 그의 목숨을 직접 끊는 것은 어린 마족들 사이에서도 금기였다.

그러나 그와는 반대로 라케시드는 타인의 목숨을 빼앗는 것에 대해서는 비교적 자유로운 편이었다.

그의 보호자라고 할 수 있는 마왕이나 보좌관인 아이켄보다 강한 마족이 없기 때문이었다.

문제는 그가 오히려 약해서 누군가를 공격할 만한 일이 없었다는 것이랄까.

그러한 때에 나타난 소녀는 무척이나 만만해 보였다.

물론 그것이 라케시드의 착각이라는 것은 얼마 지나지 않아 드러났다.

"으윽! 무슨 꼬맹이가······!"

자신만만하게 휘두른 검이 오히려 소녀에게 빼앗긴 채 검면으로 머리를 얻어맞는 수모를 당했던 것이다.

"바~보~야~ 그렇게 그냥 검만 휘두르는 건 인간의 아이라도 하겠다. 어떻게 검을 배운 지 백 년이 가까워져 가는데 아직도 실력이 그 모양이냐? 초대 마왕은 삼십대에 이미 어떤 마족도 상대할 생각조차 할 수 없을 정도로 강한 힘을 가지고

있었다고. 그만큼은 바라지도 않아. 적어도 검에 기운을 불어넣어야 할 것 아니야!'

한심하다는 듯이 한숨을 내뱉는 소녀의 모습에 라케시드는 발끈했다.

"네가 초대 마왕을 보기나 했냐?! 강했는지 아닌지 어떻게 알아? 그리고 검기 같은 거, 나도 곧 할 수 있을 거야!'

악을 쓰듯 소리치는 라케시드의 눈이 파랗게 빛났다.

소녀는 살기 어린 라케시드의 시선에 하암~ 하고 하품을 하며 중얼거렸다.

"어느 천년에?"

"으윽……!!"

라케시드는 억울했다.

그는 검기를 쓰지 못하는 것이지, 하기 싫어서 안 하는 것이 아니었다.

이상할 정도로 마나(마력)와 반발하는 그의 신체가 마법은 물론, 검기마저 쓸 수 없도록 방해했던 것이다.

그 덕분에 신체적인 힘이나 검술의 기교는 다른 누구보다 월등히 뛰어났지만 마나를 싣지 못한 검은 파괴력에서 다른 이들에게 상대가 되지 못했다.

소녀는 분한 듯 이를 깨문 채 자신을 노려보는 라케시드를 잠시간 아무 말 없이 응시했다.

"…네 몸 안에 있는 기운은 폼이냐?"

"…뭐?"

라케시드의 눈동자가 어리둥절하게 변했다.

몸 안의 기운? 무슨 기운?

그런 라케시드의 모습에 소녀가 다시 한 번 푹 한숨을 내쉬었다.

"신성력, 그리고 마력. 그 두 가지가 반발하며 사용을 어렵게 하고 있다는 건 알고 있지?"

"…무슨 말을 하고 싶은 거야?"

"그 힘보다 더 깊은 근원에 있는 힘."

"근원에… 있는 힘?"

소녀는 라케시드가 자신의 말을 알아듣지 못하는 것이 무척이나 답답하게 느껴졌다.

예전에는 무척이나 똑똑한 녀석이었는데 아무래도 마족의 육체에 억지로 영혼을 구겨 넣으면서 문제가 생긴 것 같다는 생각이 들었다.

"잘 느껴봐. 불보다 뜨거우면서 얼음보다 차가운 그 기운을. 그것의 이름은… 흠, 그건 내가 가르쳐 줄 게 아니군. 어쨌든 그 힘을 온전히 네 것으로 만들 수 있다면 너는 다른 세상을 볼 수 있을 거야. 네가 살고 있는 이 마계보다 훨씬 더 넓은 우주를."

그 손길에 닿는 모든 것을 파괴하고 소멸로 몰아넣을 그 강대하고 위험한 힘을…….

"불보다 뜨거우면서 얼음보다 차가운 기운?"

라케시드는 멍하니 중얼거리며 자신의 손을 바라보았다.

검을 쥐고 있던 손가락은 여기저기가 꺾이고 부러져 볼품없이 퉁퉁 부어 있었다.

"그 힘을 손에 넣는다면… 강해질 수 있는 거야?"

라케시드는 자신도 모르게 소녀에게 그렇게 물었다.

그 말을 온전히 믿는 것은 아니었지만 어쩐지 그것이 어둠 속에서 보이는 희미한 빛줄기처럼 느껴져 그의 마음을 이끌었던 것이다.

관심을 보이는 듯한 라케시드의 모습에 소녀가 환하게 미소 지었다.

"물론. 그 힘을 손에 넣는다면 누구보다도 강해질 수 있을 거야. 신조차 죽일 수 있을 정도로. 이건 마신인 내 존재를 걸고 맹세할 수 있으니까."

실제로 그녀의 말대로 빙화의 힘이 신조차 죽일 수 있을 정도의 힘을 가지고 있는지는 알 수 없었다.

그리고 그때 만났던 소녀 역시 실제로 마신인지조차 확신할 수 없었다.

다만 그가 사용하는 빙화의 힘은 극히 일부분이었고, 그것 만으로도 충분히 최상급 마족을 상대할 수 있었다는 것으로 그 힘을 미루어 짐작해 볼 뿐이었다.

게다가 라케시드는 루페라를 상대하며 온 힘을 다한 것이 아니었다.

라케시드의 몸에 흐르는 전투의 흥분에 세크리티히는 자신의 충고가 전혀 먹히지 않았음을 깨달았다.

[바보 녀석, 저 호문클로스 녀석은 네 녀석을 죽이려는 마음이 없는 것 같은데 왜 괜히 일을 벌여서…….]

세크리티히는 타박하듯 말하며 한숨을 내쉬었다.

그는 루페라에게서 느껴지는 기운에서 한줄기 미묘한 익숙함을 느꼈던 것이다.

그것은 매우 불길한 느낌이었다.

이 둘이 부딪친다면 무언가 좋지 않은 일이 벌어질 것만 같다는… 아주 불길한 예감.

세크리티히는 그 느낌의 원인이 무엇일지를 곰곰이 고민했다.

분명 이 익숙한 기운 때문에 느끼는 불안감이었다.

그러나 이 기운을 어디서 느껴봤는지가 좀처럼 떠오르지를 않았다.

[흐으음, 분명히 최근―천 년 전쯤―에 느껴봤던 기운인데…….]

어둠이되 온전한 어둠은 아니며 빛이되 그 사이함이 악마의 심성보다 더하게 느껴지는 이 기운은…….

[헉! 설마 그놈이?!]

세크리티히의 머릿속(?)에 한 인물의 얼굴이 떠올랐다.

일천 년 전 마왕과 계약하여 세상에 멸망에 가까운 타격을 입혔던 존재……. 그리하여 마도 시대를 끝내고 현재의 정세가 이뤄지게 하는 데 지대한 공(?)을 세운 자.

라드 혼 아론시아가.

세크리티히는 결코 흐를 리 없는 땀이 등줄기를 흥건하게 적시는 것 같은 느낌을 받았다.

라케시드와 그는 절대로 만나서는 안 되는 관계였다.

만약 라드 혼 아론시아가 라케시드의 존재를 알게 된다면 무슨 짓을 저지를지 몰랐다.

자신이 원하는 것을 얻기 위해 사랑하는 여인마저 마왕에게 제물로 바쳤던 자이다.

만약 그 여자가 살아 있고 현재 마왕의 부인이 되어 있는 상태이며 자신의 아들마저 낳았다는 것을 알게 된다면……

세크리티히의 검신이 부르르 떨렸다.

그 사실은 절대로 알려져서는 안 되는 것이었다.

라케시드에게도.

라드에게도.

그러나 그는 알지 못했다.

이미 라드 혼 아론시아가 라케시드의 존재를 감지하고 있다는 것을……

라케시드는 어쩐지 세크리티히의 상태가 조금 이상하다고 생각했다.

무언가 혼잣말을 중얼거리는 것 같더니 급기야는 검신까지 부르르 떨었다.

'설마 내가 죽을 거라고 생각하는 건가?'

라케시드는 그것이 자신이 죽었을 경우 다시 마계로 돌아가지 못하고 누군가 찾아줄 때까지 중간계에서 하염없이 기다려야 할지도 모른다는 두려움 때문이라고 생각했다.

그리고 자신을 그토록 약하다고(?) 생각하는 것에 발끈했다.

"흥! 저 녀석 따위, 내 상대가 아니라고. 누구한테서 내 얘기를 들었는지는 몰라도 호문클로스가 있다는 얘기는 그것을 만든 마법사도 있다는 얘기겠지? 네 녀석을 없애고 슬슬 찾아보다 보면 나오겠지."

루페라는 전의를 불태우는 라케시드의 표정을 보고 난감함을 느꼈다.

아직 그들의 존재는 세상에 드러나서는 안 되었다.

그런데 용병들에게 들킨 것도 모자라 처리도 할 수 없는 상황에 놓였으며 설상가상으로 향후 모시게 될 주인이 될지도 모르는 라케시드는 자신에게 싸움을 걸고 있으니 태연함을 느끼는 것이 더 이상할 것이다.

게다가 그는 이미 라케시드가 내뿜는 빙화의 기운에 어느 정도 적응이 된 상태였다.

이상하게도 완벽하게 그 기운을 차단할 수는 없었지만 가까이에서 그저 견디는 것이 조금 힘든 정도이다.

단, 조금 전까지만.

"……!"

루페라의 얼굴에 당황스러움이 떠올랐다.

라케시드에게서 느껴지는 빙화의 온도가 점점 더 올라가는 듯이 느껴졌던 것이다.

치이익—

흐물거리며 녹아내린 채 열기에 부글부글 끓고 있던 바닥의 진흙탕이 순식간에 물기가 증발해 버리며 바싹 말라 버렸다.

"크윽!"

닿는 것만으로도 온몸의 수분을 빨리고 가루가 되어 바스라질 것 같은 느낌에 루페라는 얼른 그 자리를 피했다.

"빙고~ 이 정도 온도는 못 막지?"

라케시드의 입가에 진한 미소가 맺혔다.

그러나 사실 그의 상태 역시 썩 좋은 편은 아니었다.

무엇보다 무리하게 빙화의 힘을 끌어 올리면서 신성력과 마력이 서로 날뛰기 시작했기에 그조차도 열기에 의한 고통에서 아주 자유롭다고는 할 수 없었다.

단지 그러한 고통이 익숙했기에 표정으로 떠올리지 않았을 뿐.

처음 그가 빙화를 피워 올렸을 때, 그는 그것의 위력을 다스리지 못해서 산 하나를 홀랑 태워먹었다. 그리고는 전신 화상을 잃은 채 하루를 꼬박 앓아야 했다.

마족의 뛰어난 자연 치유력을 가지고도 그만큼이나 고생하게 했던 열기였다.

그 공격을 직접 당하는 루페라로서는 당연히 죽을 기분이었다.

마치 좀 전의 공격은 장난이었다는 듯이 좀 전에는 마법이라도 쓸 여유가 있었지만 현재는 단지 그 열기를 피하는 것만으로도 급급한 상황이었다.

마치 라케시드의 뒤에 거대한 문어라도 한 마리 존재하고 있는 것처럼 빙화의 불꽃은 그를 향해 수많은 촉수를 내뻗었다.

"아이스 실드. 아이스 실드. 아이스 실드……."

루페라의 손이 급하게 수인을 맺으며 아홉 겹의 실드를 만들어냈다.

4서클에 해당하는 속성 실드였지만 나름대로 유용하게 사용되는 마법이었다. 그러나 그 아홉 겹의 실드마저 사라지는 것은 한순간이었다.

루페라는 빙화의 불꽃이 첫 번째 실드에 닿는 순간 그것을 느끼고 순식간에 멀리 떨어진 곳으로 블링크를 통해 나타났다.

"대체… 이 불꽃은……."

루페라의 눈동자가 떨리며 믿을 수 없다는 듯 경악 어린 목소리가 흘러나왔다.

루페라는 얼음처럼 차가워 보이는 불꽃이란 의미의 빙화라는 이름을 가지고 있는 라케시드의 힘이 분명 불을 근원으로 한다고 알고 있었다. 하지만 불은 물체를 태우거나 녹이는 것은 이해할 수 있어도 마치 수분을 한 점도 남기지 않고 날려 버리는 것처럼 순식간에 물기가 날아가 먼지가 되어버리는 것은 이해할 수가 없었다.

이것은 마치 말려 죽이는 것 같지 않은가?

주르륵.

그의 관자놀이를 타고 식은땀이 흘러내렸다.

익숙해지기는커녕 그 정체조차 파악할 수 없는 힘이었다. 마치 세상에 이런 힘이 존재할 수 있을지가 의문일 정도로.

'마왕이 준 힘은 아니야. 마계의 힘도 아니야. 마기가 느껴지지 않는다. 하지만 그렇다고 신력이 느껴지는 것도 아니야. 대체 이것의 근원은 무엇이지?'

루페라의 머릿속이 혼란으로 엉켜들어 갔다.

빙화는 마법에만 천적인 것이 아니었다.

어지간한 기술이나 마법쯤은 한눈에 베낄 수 있는 그의 눈으로도 그 힘의 정체는 알 수가 없었다.

호문클로스의 천적.

싸움으로 상대의 능력을 파악하고 흡수하여 강해지는 그로서는 빙화의 능력은 무척이나 까다로운 상대였다.

"칫! 이것만은 쓰지 않으려고 했는데… 어쩔 수 없겠군요."

루페라는 자신의 손가락을 깨물어 피를 낸 후 그것으로 허공에 하나의 원진을 그렸다.

붉은 피는 허공에 머문 채 새하얀 빛을 내뿜었다.

그리고 곧 그 원진 안에서 하나의 검이 모습을 드러냈다.

크가가강—!!

라케시드의 검이 루페라의 검에 막혔다.

코앞에서 느껴지는 열기에 루페라의 얼굴이 일그러졌다.

"아이스 블레이드(ice blade)! 프리즈 소드 댄싱(freeze sword dancing)!"

차가운 한기가 검으로부터 뿜어져 나왔다.

검기와 어우러진 얼음의 마법이 상승작용을 일으켜 극한의 추위를 몰아왔다.

치이이이ㅡ!

상극의 힘이 부딪치며 얼음이 타고 불길이 사그라지는 미약한 소음이 울려 퍼졌다.

카캉! 캉ㅡ!

파르스름한 빛에 감싸인 루페라의 검과 흰 빛에 감싸인 라케시드의 검이 부딪치며 두 가지 빛이 산란하듯 흩뿌려졌다. 마치 춤을 추듯 어우러지다 떨어지는 것을 반복하는 두 빛은 보기에는 무척이나 아름다웠지만 그 빛에 닿는 것은 그것이 무엇이든 산산이 조각나서 부서지고 있었다.

한동안 검과 마법을 섞어 라케시드를 견제하며 빈틈을 찾던 루페라의 눈동자가 흔들렸다.

미스릴보다 강한 재질로, 신의 금속이라 불리는 오리하르콘으로 만들어진 그의 검에 자그마한 금이 가 있었다.

두 힘의 충돌을 견디지 못한 것이다.

그에 반해 라케시드의 검은 이 하나 빠진 것 없이 멀쩡했다.

마치 새로 산 것처럼 반질반질한 그 모습은 세크리티히가 어째서 마왕의 검이라 불리며 수만 년 동안 뽑을 수 있는 존재가 단 한 명도 없었음에도 불구하고 애지중지 여겨졌는지를 여실히 알 수 있게 했다.

세크리티히 역시 놀란 것은 마찬가지였다.

그는 라케시드가 가진 빙화의 힘에 대해 마신에게 조금 들은 바가 있었다.

하지만 그가 실제로 어느 정도의 힘을 사용하는지를 느끼자 들어서 상상했을 때와는 또 다른 놀람을 느낄 수밖에 없었다.

자신의 육체와 마력, 그리고 삼계(三界:중간계, 마계, 신계)가 나눠질 때 그 경계에서 나타났던 금속으로 세상에 존재하는 그 어떤 것보다 단단하다는 아르만이라 불리는 금속으로 만들어진 그의 검신이 두 기운의 부딪침에 은은한 떨림을 전달하고 있었던 것이다.

라케시드의 검술은 마법을 함께 사용하는 루페라의 힘을 압도하지는 못했지만 그를 서서히 궁지로 몰아넣는 것은 어렵지 않았다.

루페라는 자신을 향해 빠른 속도로 다가오는 검날을 보며 쓴웃음을 지었다. 라케시드의 금빛 눈동자가 사신의 그것 같다는 느낌이 들었다.

'어쩌면 이곳에서 진짜 죽을지도 모르겠는걸요.'

라케시드가 이곳에 있다는 것을 알았을 때 바로 그 자리를 떠났어야 했다.

미련하게 그 실력을 보고 싶다고 이곳에 남아 기다리는 짓은 하지 말았어야 했던 것이다.

루페라는 라드의 모습을 떠올렸다.

그의 힘이 되어 이스틴블 제국이 무너지는 모습을 두 눈으로 똑똑히 보고자 하였으나 아무래도 그때까지 갈 수 있을지 의문이 들었다.

죽는 것은 별로 두렵지 않았다.

원래대로라면 그의 가문이 멸망했을 때 죽었을 목숨이다.

게다가 그가 아니더라도 이스틴블은 라드가 희생양으로 선택한 이상 멸망을 면할 수 없을 것이다.

직접 복수를 하지 못하는 것은 안타깝지만 굳이 그것에 연연하는 것도 아니었다.

다만 걱정되는 것은 그가 죽으면 혼자 남게 될 그의 쌍둥이 누이동생이었다.

그의 눈앞에 누이동생의 모습이 아른거렸다.

밝은 햇살처럼 환하게 빛나는 주황색 머리카락에 생기발랄하게 빛나던 사랑스러운 갈색 눈동자를 가진 귀여운 소녀의 모습이……

하지만 그녀가 이곳에 나타날 리는 없었다.

라드의 명령은 라케시드를 발견하면 절대로 부딪치지도, 정체를 들키지도 말라는 것.

그 명령을 어긴 루페라를 돕는다는 것은 그녀 역시 명령을 어긴다는 것이니까.

아니, 그녀 혼자라면 그를 위해 달려올지도 몰랐다.

하지만 한 명이 더해진다면 그것은 달라진다.

키세네피아.

라드의 두뇌이자 검이라 할 수 있는 최강의 호문클로스.

애당초 중간계 최강의 존재라는 드래곤으로 태어났으며 호문클로스가 되어 수많은 강자들을 암살했던 그녀가 함께 있다면 라드의 명령을 어기는 것을 결코 용납하지 않을 테니까.

채앵—!

라케시드와 계속해서 접전을 벌이던 루페라의 검은 결국 얼마 버티지 못하고 그 중간이 동강이 나고 말았다.

그 충격에 잠깐 멈칫한 루페라의 모습에 라케시드의 검이 그의 사각을 뚫고 심장을 향해 파고들었다.

루페라의 눈동자에 얼핏 안타까운 감정이 스쳤다.

"엘레노어……."

Chapter 23
엘레노어의 다짐

MUTATION
DEMON

"안~ 돼~앳~!!"

카카카캉—!!

라케시드의 검이 막 루페라의 왼쪽 가슴에 도달했을 무렵, 검은 그림자 하나가 순식간에 둘의 사이를 파고들며 세크리티히를 튕겨냈다.

"크윽?!"

루페라를 공격하느라 주위에 대한 감각이 소홀해 있던 라케시드는 부지불식간에 당한 공격에 당혹스러운 신음을 내뱉었다.

세크리티히를 쥔 오른손이 경련을 일으키는 듯 욱신거리며 아파왔다.

'강한 공격이다. 대체 누가?'

라케시드의 시선이 자신의 검을 공격한 것을 바라보았다.

그것은 네 개의 칼날이 솟아 있는 표창 같은 모습을 하고 있었는데 크기가 거의 방패에 가까울 정도로 컸으며 중간에는 손으로 잡기 위해서인지 주먹보다 조금 큰 원이 뚫려 있었다.

그의 시선이 서서히 루페라를 향해 움직였다.

"루페라, 건드리지 마."

루페라의 앞에는 주황색 커트머리에 도전적인 눈빛의 갈색 눈동자를 가진 귀여워 보이는 소녀가 서 있었는데, 루페라는 라케시드의 검이 빗나가며 팔을 긋고 지나간 상처를 한 손으로 부여잡은 채 어딘지 멍한 표정으로 자신의 앞을 막아선 소녀를 바라보고 있었다.

짧은 갈색 반바지에 아이보리색 박스티를 입고 무릎 아래까지 올라오는 짙은 밤색의 부츠를 신은 소녀의 모습은 라케시드의 눈에 무척이나 이색적으로 보였다.

루페라의 앞을 가로막은 채 공격의 자세를 취한 그녀의 한 손에는 그의 공격을 튕겨냈던 것 같은 거대한 표창 같은 모양의 무기가 들려 있었다.

그것을 보는 라케시드의 표정이 애매하게 변했다.

"이건 정말 설마 해서 묻는 건데… 혹시 너도 호문클로스?"

"응? 어떻게 알았어?"

"……"

라케시드의 표정이 순간 아연하게 변했다.

그의 공격을 너무나 수월하게 막기에 설마 했는데 정말로 호문클로스라는 말을 듣자 암담한 기분이 들었다.

게다가 그의 느낌이 잘못된 것이 아니라면 분명 그녀는 루페라보다 강한 존재가 틀림없었다.

여유로운 몸짓과 자신만만한 태도.

처음 그의 빙화에 움찔거리며 소극적으로 임하던 루페라와는 달리 그녀의 태도는 마치 빙화의 열기가 느껴지지 않는다는 듯 당당하기만 했다.

"너 역시… 나에 대해 알고 있겠지?"

라케시드의 눈동자가 짙게 가라앉았다.

모르는 누군가가 자신을 주시하고 있다는 기분은 굉장히 불쾌한 것이었다.

게다가 그것이 자신보다 강한 누군가라면 더욱더.

마치 자신이 상대방의 손에 의해 움직이는 체스 판의 말이 된 것처럼 놀아나는 기분이 들었던 것이다.

타인의 의지에 자유를 빼앗긴 채 운명을 유린당하던 것은 어린 시절로 족했다.

라케시드의 눈동자에 붉은 살기가 감돌았다.

"말해봐. 나에 대해 무엇을 알고 있고, 무슨 일을 꾸미고 있는지. 전부."

스산하게 깔리는 라케시드의 모습에 자신만만하게 라케시드의 앞을 막아섰던 엘레노어가 몸을 움찔거렸다.

그녀는 라케시드의 눈치를 보며 자신의 뒤에서 한숨짓고 있는 루페라의 귀에 조용히 속삭였다.

"쟤, 왜 저렇게 열 받았어?"

공동 안을 감시하던 스크린이 모두 먹통이 되어버리는 바람에 상황을 알 수 없었던 그녀는 라케시드의 행동을 이해할 수 없었다.

와서 목격한 장면이 라케시드와 루페라가 열나게 싸우고 있는 장면이었고, 막 루페라의 심장에 검이 꽂히려던 찰나였으니 무언가 두 사람 사이에 트러블이 있었다는 것은 짐작할 수 있었지만 자세한 것에 대해서는 알지 못했던 것이다.

그녀는 설마 루페라가 라케시드의 성질을 살살 긁었으리라고는 생각지도 못한 채 이상하다는 듯한 표정으로 라케시드를 바라보았다.

"훗, 이제 와서 시치미를 떼려는 거냐? 굳이 나와 싸우고 싶지 않다고 말하면서 내 동료들을 죽이려 한 것은 날 도발하려는 행위가 아니었나? 아니면, 내가 그런 무시를 당하고도 그대들의 장단에 맞춰줄 거라 생각한 건가?"

라케시드는 속에서 분노가 치밀어 오를수록 몸속에서 부딪치는 마기와 신성력의 발작이 심해짐을 느꼈지만 그것을 제어할 만한 정신력이 남아 있지 않았다.

싸우면서 고통을 참는 것만으로 그는 이미 한계에 가까워져 있었던 것이다.

머릿속이 하얗게 변하는 것 같은 기분이 들며 오로지 분노와 파괴의 의지만이 또렷하게 떠올랐다.

점점 광포함에 물들어가는 그의 기운에 세크리티히가 화들짝 놀라 소리쳤다.

　[뭐, 뭐야, 너?! 설마 여기서 본신의 힘을 개방할 거냐? 미쳤어? 아무리 여기가 중간계라 그 힘이 약해졌다고 해도 그랬다가는 다 죽는다고!! 그래, 카이린! 카이린은 생각 안 하는 거냐?!]

　그는 라케시드의 이러한 증세가 무엇인지 잘 알고 있었다.

　마족들이 '본체' 라 부르는 본신의 힘을 개방될 때의 징조였던 것이다.

　마족들은 반정신체의 존재이지만 평소에는 날개와 뿔을 감춘 채 일반 중간계의 존재와 같이 육체를 가지고 생활한다.

　마족들은 그러한 일반의 상태를 봉인체라 불렀는데, 그러한 모습을 유지하는 것은 그들이 신과는 달리 반정신체이기 때문에 정신체인 본체 상태로는 극심한 피로감을 느꼈기 때문이다.

　그들이 본체로 변하게 되면 뿔과 날개가 드러나며 모습 또한 약간씩 변화하게 되는데, 그러한 경우 육체보다는 정신과 본능에 의존하게 되기 때문에 마족의 파괴성이 가장 극명하게 나타나기도 했다.

　무엇보다도 본체로 변했을 때의 중요한 점은 일반적으로 힘을 감추었을 때에 비해 약 네 배에서 여덟 배에 가까운 힘의 증폭을 이룰 수 있었는데, 물론 부작용은 있어서 육체를 단련시켜둔 것이 아니라면 본체에서 다시 봉인체로 돌아왔을 때 그 충격만으로 사망하는 경우도 있었던 것이다.

그렇기 때문에 보통 마족은 태어나서 일 개월 안에 봉인체로 변하는 것을 배우며 성마식을 끝마칠 때 즈음해서야 스스로의 의지로 자유롭게 본체로 변하는 것이 가능했다.

그리고 그것은 나이가 들어 정신력이 강해지면서 본체로 있을 수 있는 시간이 더욱 길어졌는데, 그렇다고 해도 마족들은 스스로의 힘을 컨트롤하기가 어려운 탓에 본체로 싸우는 경우가 그렇게 많지 않았다.

막말로 흥분에 겨워 힘을 마구 남발했다가 돌아왔을 때 육체가 버티지 못한다면 그대로 죽는 것이 아닌가? 그것은 그야말로 마족들이 가장 수치스럽게 생각하는 개죽음이나 다름없었기에 마족들은 어지간해서는 본체로 다니는 것을 삼갔다.

더군다나 라케시드처럼 미성년 마족이 정신력과 육체의 힘이 극명하게 차이를 보여서 폭주의 형태로 본체화되는 것이라면 거의 백발백중으로 죽거나 폐인이 된다고 할 수 있었기에 세크리티히는 라케시드가 주위를 환기토록 하기 위해 필사적으로 노력했다.

라케시드는 세크리티히가 카이린을 언급하며 하는 말에 퍼뜩 정신을 차렸다.

최초의 계약자라는 이유 때문일까? 그녀의 존재는 그에게 있어서 꽤나 특별한 의미를 부여했다.

라케시드의 시선이 급하게 일행이 있던 자리를 바라보았다.

라케시드와 루페라가 부딪치는 여파를 견디지 못한 탓인지 일행은 모두 실신 상태였다. 그중에서는 레인과 세오스의 상태가 가장 심각했는데 레인은 마나의 폭주가 일어난 듯 입으로 피를 울컥거리며 쏟아내고 있었고, 세오스는 충격파를 온몸을 다 바쳐 막은 듯 검은 반 토막이 나 있었고 온몸은 화상으로 벌겋게 익어 있었다.

그중에서 가장 멀쩡해 보이는 것은 카이린의 모습이었다.

아직까지 기절에서 깨어나지 못한 것인지, 아니면 깨어났다가 다시 기절한 것인지는 알 수 없으나 다른 일행의 중간에 있던 탓에 그녀의 피해가 가장 적은 것은 사실이었다.

멈칫.

라케시드의 눈동자가 살며시 떨렸다.

사실 그와 용병들의 사이는 특별한 것이 아니었다.

단지 그는 돈을 벌기 위해 용병이 되어야 할 이유가 있었고, 그들은 함께 일할 사람이 부족했는데 마침 그 자리에 라케시드와 카이린이 나타났을 뿐이다.

그래.

단지 그것뿐이었다.

그런데 왜 저들은 저렇게 필사적으로 카이린을 보호한 것일까.

만약 그들이 카이린을 포기하고 라케시드를 미끼로(?) 삼은 채 도망갔다면 어쩌면 그들은 목숨을 구했을지도 모른다.

라케시드와 루페라는 서로의 싸움에 집중하느라 다른 곳에 신경 쓸 겨를이 없었고, 카이린 역시 기절해서 아무런 상황을 모르는 상태였으니까.

게다가 미로가 사라진 후 루페라의 뒤쪽에 있었던 시체가 들어 있는 원통형의 투명한 유리로 만들어진 실험관처럼 생긴 물건 뒤쪽으로는 잘 드러나 보이지는 않지만 문 하나가 덩그러니 달려 있었다.

그것이 바깥으로 통하게 될지 그렇지 않을지는 알 수 없었다.

다만 그들이 그곳을 나갔더라면 지금 이 순간 이토록 만신창이가 된 채 쓰러져 사경을 헤매고 있을 이유는 없었을 것이다.

그러나 그들은 카이린을 지켰고, 라케시드의 싸움을 목숨 걸고 지켜보았다.

라케시드는 그런 그들의 모습이 이해가 되지 않을 정도로 바보스럽다고 생각하면서도 왠지 속에서 무언가가 울컥 치밀어 오를 것 같은 기분이 들었다.

하지만 그것은 분노처럼 참을 수 없는 불쾌한 감정 같은 것이 아니었다.

어딘지 아련하면서 코끝이 찡해지는 울렁임이었다.

[좀 진정하라고.]

"...알았어."

라케시드는 세크리티히의 말에 얌전히 고개를 끄덕였다.

솔직히 그의 힘으로 루페라 하나뿐이라면 몰라도 그 후에 나타난 소녀(엘레노어)까지 이 두 명의 호문클로스를 한꺼번에 상대할 수는 없었다.

끌어올렸던 빙화의 기운을 거둬들이자 갑작스럽게 긴장이 풀리며 어질한 기분이 들었다.

라케시드는 태연한 척 몸을 꼿꼿이 세웠다.

적에게—혹은 적일지도 모르는 자에게—약한 모습을 보이는 것은 그의 자존심상 절대로 용납이 되지 않는 일이었다.

루페라와 엘레노어 역시 전의를 누그러뜨리는 라케시드의 모습에 안심했다.

루페라는 그의 실력이 궁금했지만 그들 중 어느 누구도 라케시드의 목숨을 노릴 수는 없었다.

이것은 실력의 차이 이전에 라드의 암시 탓이 컸다.

그는 혹시나 하는 생각에 호문클로스 전원에게 라케시드를 죽일 수 없도록 암시를 걸어놓았던 것이다.

여러모로 천적이라 할 수 있는 그가 공격을 멈춘다면 그들 역시 그를 애써 공격할 이유는 없었다.

무엇보다 루페라 역시 계속 싸울 만큼 몸 상태가 좋은 것이 아니었다.

라케시드는 그의 존재를 꺼림칙하게 여겼지만 생각만큼 그의 전투력이 도움이 될 만한 상황은 아니었다.

마나가 무한하더라도 생명체인 이상 그에게도 정신력의 한계는 존재하고 있었으며, 빙화로 인해 입은 상처는 그의 자연 치유력으로는 한계가 뚜렷하게 보일 정도로 잘 낫지 않았던 것이다.

그래서 휴전을 제의하는 라케시드의 말은 그들에게 무척이나 반가운 말이었다.

"아무래도 여기서 그만둬야 할 것 같군. 나와 계속해서 싸우고 싶은 것이 아니라면 그 녀석 데리고 얼른 사라져 버려."

"어? 응!"

엘레노어 역시 처음 만난 라케시드에 대해 궁금한 것이 없는 것은 아니었지만 그보다는 상처를 입은 자신의 쌍둥이 오빠를 치유하는 것이 먼저였기에 얌전히 고개를 끄덕였다.

괜히 그에 대해 이것저것 들쑤셔 봤자 그의 신경만 더욱 건드리는 것이 될 수 있다고 생각하자 그녀는 평소답지 않게 조용히 입을 다물 수밖에 없었다.

'그나저나 직접 보니까 정말로 류혼이랑 판박이잖아?'

짙은 쌍꺼풀이 진 커다란 눈과 그 위에 살짝 그림자가 드리울 정도로 짙은 속눈썹이라든지 약간 날카로운 눈매와 그 안에 자리 잡은 서늘해 보이는 눈동자, 시원시원하게 뻗은 날렵한 콧날과 핑크빛이 감도는 예쁘장한 입술, 175㎝ 정도의 키와 약간 호리호리해 보이면서도 탄탄한 근육으로 단련된 몸, 그리고 기분이 안 좋은 일이 있으면 인상을 살짝 찡그리는 사소한 습관까지도 판에 박은 듯 닮았다.

만약 그의 머리카락 색이 검은색이 아닌 하늘색이었다면 그를 류혼으로 착각했을지도 모른다.

그 정도로 둘은 비슷했다.

온몸에서 풍기는 슬픈 듯한 분위기마저도.

라케시드는 자신을 바라보며 누군가를 그리워하듯 아련한 표정을 짓는 엘레노어의 모습에 한쪽 눈썹을 치켜 올렸다.

'왜 날 보면서 저렇게 슬픈 표정을 짓는 거야?'

그는 그 소녀를 만난 적이 단 한 번도 없었다.

그러니 그녀가 그를 바라보며 그러한 표정을 지을 이유도 없었다.

알 수 없는 의문에 라케시드가 불쾌한 표정을 짓는 사이 뒤쪽에서 누군가가 깨어나는 듯 옅은 신음 소리가 들렸다.

"으음……."

움찔.

반사적으로 몸을 움찔했던 라케시드가 경계 어린 표정으로 루페라와 엘레노어를 바라보았다.

생각 같아서는 그냥 보내주고 싶지 않지만 여기서 싸우기에는 장소가 너무 협소(?)했다.

루페라는 그의 눈빛에서 그러한 생각을 알아챘다.

그는 재빨리 엘레노어의 손목을 잡은 채 이동 주문을 외웠다.

애써 미소를 띠는 그의 얼굴이 파리하게 질려 있었다.

"그럼 저희는 이만. 워프!"

도망치듯이 사라지는 그들의 모습을 끝까지 지켜보던 라케시드의 신형이 털썩 그 자리에 무너졌다.

"크흐옥……."

온몸이 이블루시아의 마력탄에 두들겨 맞은 것처럼 욱신욱신 아파왔다.

목에서는 비릿한 피 맛도 느껴지는 것이 내상이 만만치 않은 것 같았다.

그야말로 외상이 없다는 것이 신기할 정도였다. 일부러 그를 직접 상처 입히는 것을 피하지 않았다면 결코 일어날 수 없는 결과였다.

"보통… 싸우고 싶지 않다고 해서 그 상대를 일부러 봐줘가며 공격하지는 않아. 저 녀석들, 대체 뭐지?"

라케시드의 의문 어린 목소리에도 세크리티히는 대답하지 않았다.

그는 호문클로스의 태도에서 그들이 라케시드의 정체(?)에 대해 알고 있음을 깨달았다.

그리고 그 말은 그들의 배후로 예상되는 라드 역시 라케시드의 존재를 알고 있다고 보는 것이 옳았다.

[…무슨 생각을 하고 있는 것이냐, 라드 혼 아론시아.]

세크리티히는 라케시드에게 들리지 않을 혼잣말을 중얼거렸다.

그의 가슴속에 라케시드의 이번 중간계행이 그다지 순탄치만은 않을 것이라는 예감이 들었다.

"라… 케… 시드……"

라케시드는 자신을 부르는 가느다란 목소리에 상념에서 깨어났다.

멀리 일행이 쓰러진 사이에서 카이린이 휘청거리며 몸을 일으키는 것이 보였다.

"후우, 저 녀석들은 또 어떻게 해야 하나……?"

한두 명도 아닌 네 명이나 되는 성인 남자들이다.

예전 같으면 그냥 버려둔 채 가버렸을 테지만 끝까지 남아 카이린을 지켰던 그들의 모습을 생각하니 차마 그렇게 할 마음은 들지가 않았다.

"뭐, 일단 깨워보면 어떻게든 되겠지."

*   *   *

붉은 계열에 가까운 갈색 벽, 짙은 브라운 톤과 금색이 섞인 고풍스러운 분위기의 침대와 가구들이 놓여 있는 방 안에 갑작스러운 흰 빛과 함께 두 남녀의 모습이 나타났다.

키세네피아는 엘레노어의 어깨에 몸을 기댄 채 힘겨운 기색을 보이고 있는 루페라의 모습에 살짝 이마를 찡그렸다.

"그분을 마주치게 되면 모든 행동을 중단하고 우선 성으로 돌아오기로 되어 있었던 것 같은데, 루페라, 엘레노어."

평소보다 차갑게 느껴지는 그녀의 목소리에 지은 죄가 있는 두 남녀가 몸을 움찔 떨었다.

"그, 그래도 나는 루페라를 내버려 둘 수가 없었단 말이야. 그것이 문제가 되었다면 나중에 주인님께 말해서 합당한 처벌을 받겠어."

엘레노어는 움찔하면서도 고개를 치켜들고 당당한 태도로 키세네피아에게 말했다.

이상할 정도로 그녀의 태도가 거슬리기는 했지만 라드의 명령에 움직이는 인형 같은 그녀가 그의 명령 없이 무슨 짓을 할 것이라는 생각은 하지 않았다.

게다가 엘레노어는 키세네피아에게 콤플렉스 같은 것이 있었기 때문에 왠지 그녀에게 고개를 숙이는 것 같은 분위기에 억지로 더 큰소리를 쳤던 것이다.

그러나 그러한 엘레노어의 태도에도 키세네피아는 아무런 반응을 보이지 않았다.

무심하게 깜박이는 그녀의 라벤더 빛 눈동자에 엘레노어는 무언가 모를 짙은 불안감을 느꼈다.

또각.

소파에 앉아 있던 키세네피아가 일어서며 힐이 바닥에 부딪치는 소리가 선명하게 귓가에 울렸다.

엘레노어의 몸이 반사적으로 움찔거렸다.

"합당한 처벌이라……."

그들의 앞에 선 그녀의 목소리가 나직하게 울려 퍼졌다.

엘레노어는 이상하게도 그녀의 분위기가 가라앉아 있다고 생각하면서도 착각일 것이라고 스스로를 위안했다.

그렇지 않으면 미친 듯이 불안하게 뛰는 이 심장의 고동을 진정시킬 수 없을 것 같았다.

"그런 거라면……."

키세네피아의 손이 루페라의 어깨에 얹어졌다.

루페라는 자신의 몸에 닿은 서늘한 그녀의 체온에 흠칫 몸을 떨었다.

지독한 불안감이 머릿속을 채웠다. 그의 눈동자에 한줄기 두려운 감정이 떠올랐다가 사라졌다.

생명을 포기한 그였지만 어쩐지 알 수 없는 눈앞의 여인만큼은 두렵다는 생각이 들었다.

키세네피아는 불안과 두려움이 교차하는 그의 눈동자를 무감각한 표정으로 바라보며 중얼거렸다.

"이미 내려졌어, 루페라."

푸욱—

"……!"

루페라의 동공이 한순간 수축되며 믿을 수 없다는 듯이 잘게 떨렸다.

"아… 아……."

엘레노어는 눈앞으로 보이는 장면에 말을 채 내뱉지 못한 채 경악 어린 얼굴로 신음성만 내뱉었다.

루페라의 어깨를 잡은 키세네피아의 반대쪽 손.

그것이 그의 왼쪽 가슴을 헤집은 채 깊숙이 박혀 들어가 있었다.

뚝. 뚝.

붉은 피가 양털로 짜인 바닥의 양탄자 위로 떨어지며 붉은 꽃잎을 한 잎 한 잎 그려 나갔다.

루페라는 무언가 입을 열어 소리를 내려 했지만 입만 조금씩 달싹일 뿐, 그 어떤 말도 꺼내지 못했다.

의문과 당혹으로 가득했던 그의 눈동자에서 서서히, 그러나 빠르게 생기가 사라져 갔다.

스르륵.

그녀의 손이 루페라의 품에서 빠져나오며 붉은 피가 폭포수처럼 울컥거리며 쏟아져 내렸다.

비현실적으로 느껴지는 그 그로테스크한 풍경 속에서 키세네피아가 입을 열었다.

"그분을 공격했다면……."

엘레노어의 눈동자에 서늘하게 가라앉은 키세네피아의 눈동자가 비춰들었다.

"너 역시 무사하지 못했을 거다."

차갑게 울려 퍼지는 그녀의 목소리에 엘레노어의 몸이 부르르 떨렸다.

그녀의 눈동자는 그 속을 알 수 없을 정도로 깊고 어두웠으며, 아무런 감정이 느껴지지 않을 정도로 차가웠다.

그녀가 하는 말은 분명 진심이었다.

엘레노어는 키세네피아에게 아무런 말도 할 수가 없었다.

그녀는 평소 루페라가 키세네피아를 어려워하는 것을 이해하지 못했었다. 그녀는 차가워 보이기는 하지만 어쨌거나 그들의 동료였고, 강하다고 해서 동료들에게 함부로 힘을 쓰는 성격인 것도 아니었으니까.

하지만 이 순간은 왜 그가 그녀를 그토록 어려워했는지 절절이 이해할 수 있었다.

'조금도… 동요가 없었다.'

엘레노어는 의식하지 못했지만 그녀의 몸은 사시나무 떨 듯

부들부들 떨리고 있었다.

인간은, 아니, 누구라도 감정을 가진 존재라면 살아 있는 생명을 빼앗는 데 있어서 그녀처럼 일말의 흔들림도 없이 마치 물에 손을 담갔다가 빼내는 것처럼 살인을 하진 못할 것이다.

미치광이 살인마라 할지라도 사람의 생명을 빼앗을 때는 호흡이 거칠어지고, 숙련된 킬러라 할지라도 동공이 수축되며 미약한 살기를 흘리는 정도의 변화는 보인다.

그런데 키세네피아는 그런 것이 없었다.

루페라가 설혹 죽을 만한 죄를 지었다 할지라도 십 년을 함께한 동료이다. 그런 그를 죽이면서 키세네피아는 마치 지나가는 벌레를 쫓듯이 대수롭지 않다는 듯한 모습을 보인 것이다.

만약 그녀가 조금이라도 이상한 낌새를 보였다면 엘레노어는 그녀를 막아섰을 것이다.

능력이 되고 안 되고를 떠나서 루페라는 그의 하나뿐인 혈육이었으니까.

하지만 키세네피아는 어떠한 징후도 없이 루페라의 목숨을 빼앗았고, 엘레노어는 옆에 있으면서도 그것을 막지 못했다.

엘레노어는 넋 나간 표정으로 루페라의 시신을 부여안은 채 아무런 말도 꺼낼 수가 없었다.

그녀의 손끝으로 아직 온기가 사라지지 않은 따뜻한 물기가 느껴졌다.

채 굳지 않은 그의 피였다.

"루… 페라……."

엘레노어의 턱이 부들부들 떨렸다.

머릿속이 텅 빈 채 아무런 생각도 떠오르지 않았다. 그저 막연하게 가슴을 치고 올라오는 슬픔에 그녀의 눈에서 눈물이 떨어져 내렸다.

"아아! 나의 루페라… 대체 왜… 흐윽! 흐으윽!"

라케시드에게 검을 겨눴다고 하지만 그에게 상처를 입힌 것도 아니었다.

긁힌 상처 하나 없이 온전했던 라케시드와 달리 그곳에 도착했을 때 루페라는 이곳저곳이 베이고 화상을 입어 보기에도 낭패를 당했음을 알 수 있는 상태였다.

만약 그의 앞에 정체를 드러낸 것 때문이었다면 엘레노어 역시 벌을 받았어야 했다.

한참을 오열하던 엘레노어의 눈동자가 파랗게 빛났다.

"으드득! 용서 못해… 키세네피아……!"

키세네피아가 그녀보다 강하다는 사실 따위는 중요치 않다. 복수의 방법은 하나만 있는 것이 아니니까.

'내게서 소중한 것을 부수었듯, 너의 소중한 것 역시 산산이 부수어주마!!'

[제2권 끝]

CHARM MASTER

참마스터

눈매 퓨전 판타지 소설

부적(Charm)이란

만드는 자의 정성, 만드는 자의 능력, 받는 자의 믿음,
이 세 가지가 충족되어야 최고의 힘을 발휘한다.

이계에서 넘어온 영환도사의 후손 진월랑!
아르젠 제국의 일등 개국 공신 가문이었던 이계인 가문, 진가가 하루아침에 몰락했다.
그것도 가장 믿었던 사람으로 인해.

홀로 살아남은 어린 월랑은 하루하루 생존 게임이 벌어지는
살인자들의 섬으로 보내지는데…….

독과 부적의 힘을 손에 넣은 진월랑!
그가 피바람을 몰고 육지로 돌아온다.

유행이 아닌 자유추구 -
WWW.chungeoram.com
Book Publishing CHUNGEORAM

Book Publishing CHUNGEORAM

청운하 新무협 판타지 소설

백팔번뇌

百八
煩惱

세상은 날 버렸다.
나 또한 세상을 버렸다.

神이 선택한 그들이 흘린 쓰레기를…
난 그저 주워 먹었을 뿐이다.
그러므로 난 여전히 배가 고프다.

일류(一流)가 되기 위해서라면…
난 기꺼이 신마저 집어삼킬 것이다.

유행이 아닌 자유추구 -
WWW.chungeoram.com

백팔살인공을 한몸에 지닌 그를
훗날 천하는 그렇게 불렀다.

대무신 大武神

임영기 新무협 판타지 소설

무간백구호(無間百九號). 태무악(太武岳).
신풍혈수(神風血手). 대살성(大殺星).

고독한 소년이 세 살 때의 기억을 좇아
천하를 상대로 싸우면서 열아홉 살 때까지 얻은 이름들.
그리고 백팔살인공(百八殺人功).

大武神

백팔살인공을 한 몸에 지닌 그를 훗날 천하는 그렇게 불렀다.

유행이 아닌 자유추구 –
WWW.chungeoram.com

Book Publishing CHUNGEORAM